C H V

Isaac Bashevis Singer

Der Tod des Methusalem

und andere Geschichten
vom Glück und Unglück
der Menschen

Aus dem Amerikanischen
von Ellen Otten

Carl Hanser Verlag

Titel der Originalausgabe:
The Death of Methuselah and Other Stories
Farrar. Straus. Giroux
New York 1988

ISBN 3-446-15220-2

Satz: Fotosatz Janß, Pfungstadt
Druck und Bindung: Clausen & Bosse, Leck
Printed in Germany

Der Jude aus Babylon

Der Jude aus Babylon, wie der Wundertäter genannt wurde, reiste die ganze Nacht in einem Wagen von Lublin in das Dorf Tarnogród. Der Kutscher, ein kleiner, breitschultriger Mann, schwieg während der ganzen Fahrt. Er döste vor sich hin und knallte mit der Peitsche, um das langsam Schritt vor Schritt gehende Pferd anzutreiben. Die alte Mähre stellte die Ohren auf und blickte aus großen Augen, die menschliche Neugier ausdrückten und das Licht des Vollmonds widerspiegelten, nach hinten. Sie schien sich zu wundern über den seltsamen Reisenden, der in einen pelzgefütterten Samtmantel gekleidet war und auf dem Kopf einen Pelzhut trug. Sie hob sogar ihre schwarze Oberlippe, was eine Art Pferdelächeln ergab. Der Wundertäter schauderte und murmelte einen Zauberspruch, der dem Kutscher zu Bewußtsein brachte, wie gefährlich sein Passagier war.

»Beeil dich, du faules Biest!«

Der Wagen fuhr an gepflügten Feldern, Heuhaufen und einer sich drehenden Windmühle vorbei, die auftauchte, verschwand und wiederkehrte. Ihre ausgestreckten Flügel schienen ihnen den Weg zu weisen. Eine Eule heulte, und eine Sternschnuppe riß sich vom Himmel los und ließ eine feurige Spur zurück. Der Wundertäter wickelte sich in seinen wollenen Schal.

»Weh mir!« stöhnte er. »Ich habe nicht mehr Kraft genug für sie.« Er meinte die Geschöpfe der Unterwelt, die Dämonen, mit denen er ein Leben lang gekämpft hatte. Jetzt, da er alt und schwach geworden war, fingen sie an, sich zu rächen.

Vor etwa vierzig Jahren war er zuerst in Polen aufgetaucht – ein großer Mann, dürr wie eine Bohnenstange, in einem langen, gelb und weiß gestreiften Gewand und mit den Sandalen und weißen Strümpfen, wie sie die Juden im Jemen und in anderen arabischen Ländern tragen. Er nannte sich Kaddisch ben Mazliach – ein seltsamer Name – und behauptete, daß er die Kunst des Hellsehens und des Heilens in Babylon gelernt hatte. Er konnte Schlaflosigkeit und Wahnsinn heilen, Dibbuks austreiben und einem Bräutigam, der an Impotenz litt oder vom bösen Blick getroffen worden war, helfen. Er besaß auch einen schwarzen Spiegel, in dem die Verschwundenen und die Toten zu sehen waren. Er benahm sich wie ein frommer Jude – in kalten Winternächten ging er in das ungeheizte rituelle Badhaus, und er fastete montags und donnerstags – aber die Rabbiner und Gemeindeältesten mieden ihn, beschuldigten ihn, ein Zauberer und Bote des Bösen zu sein. Es gab auch Gerüchte, daß er eine Frau mit schlechtem Ruf in Rom habe, wie seinerzeit der falsche Messias Sabbatai Zwi. Welche Stadt auch immer er besuchte, man verbarg schwangere Frauen vor ihm, und die jungen Mädchen mußten als Schutz doppelte Schürzen tragen, eine vorn und eine hinten. Eltern verboten ihren Kindern, ihn anzusehen. In Lublin, wo er sich nach langen Jahren des Umherwanderns im Alter niedergelassen hatte, erlaubte man ihm nicht, im jüdischen Viertel zu leben oder Synagogen und Lehrhäuser zu betreten, er mußte sich eine Unterkunft am Rande der Stadt in einer elenden Hütte suchen. Es war schmerzlich, ihn anzusehen. Sein langes Gesicht war ziegelrot, und die Haut schälte sich. Sein schütterer Bart stach in alle Himmelsrichtungen, als ob ständig der Wind hindurchbliese. Sein rechtes Auge war geschlossen, vor Angst erblindet, wie es hieß. Seine Hände zitterten, und sein Kopf wackelte wie der eines Neugeborenen. Gelehrte und Kabbalisten hatten ihn schon vor langer Zeit gewarnt, daß er mit dem Feuer spiele und daß die Mächte des Bösen ihn nicht leicht davonkommen lassen würden.

In der stillen Herbstnacht drückte sich Kaddisch in die Ecke seines Sitzes im Wagen neben dem langen Schatten, der mit ihm fuhr, und murmelte: »Ein Pfeil in deine Augen, Satan.«

Im Heiligen Land geboren, Sohn eines polygamen sephardischen Juden und seiner jungen taubstummen Frau, ein Querkopf und Konvertit zum Judentum, hatte Kaddisch ben Mazliach mit seinen Kameen und Zaubersprüchen die Welt durchwandert. Er hatte Persien, Syrien, Ägypten und Marokko besucht. Er hatte in Bagdad und Buchara gelebt. Er hatte nicht nur Juden, sondern auch Araber und Türken geheilt, und obwohl ihn die polnischen Rabbiner in Lublin exkommuniziert hatten und wie einen Leprakranken behandelten, blieb er ein Heiler und ein Zauberer. Er hatte einen mit Diamanten und Perlen gefüllten Beutel zusammengespart, den er versteckt um seinen Hals trug. Er hatte nie die Hoffnung aufgegeben, daß er im Alter Buße tun und in das Land Israel zurückkehren werde. Aber das Glück war ihm nicht immer treu. Er war mehrmals beraubt, auf der Straße geschlagen und um sein Geld gebracht worden. Er hatte mehrere Male geheiratet, aber die Frauen fürchteten sich vor ihm und brachten ihn zur Scheidung vor den Rabbiner. Er verließ sie.

Gerade jetzt, als er sich nicht wohl fühlte, begannen die Bösen ihn zu peinigen und sich für die Zeiten, in denen er sie beherrscht hatte, zu rächen. Schon seit einigen Jahren hatte er keine einzige Nacht durchschlafen können. Kaum war er eingeschlafen, hörte er das Lachen von Frauen und die Klänge verballhornter Hochzeitslieder, gesungen und gespielt von weiblichen Dämonen. Manchmal zogen Kobolde an seinem Bart und zerrten an seinen Schläfenlokken oder klopften an sein Fenster. Dann wieder machten sie sich über ihn lustig, indem sie seine Sachen von einer Ecke in die andere schoben. Sie rissen Fäden aus seinem Gewand und seinem Gebetsmantel. Nackte, barfüßige Mädchen, deren Flechten bis zur Hüfte hingen, setzten sich kichernd auf sein Bett. Ihre weißen Zähne leuchteten in der Dunkelheit. Sie stahlen ihm seine Goldstücke – er konnte ihre Finger fühlen, die in seine Brusttasche schlüpften. Sie wanden ihr Haar um seinen Hals, als ob sie ihn ersticken wollten, jammerten und beschworen ihn so heftig, sich ihnen zu überlassen, daß er ohnmächtig wurde.

»Kaddisch«, sagten sie, »du hast die zukünftige Welt ohnehin verloren. Ergib dich und werde einer von uns.« Kaddisch wußte, daß ganze Horden von Lapiuten auf seinen Tod warteten, so daß sie seine sündhafte Seele ergreifen und in Fetzen reißen konnten. Wenn er die Schrift auf seiner Mesusa überprüfte, hatte er mehr als einmal die heiligen Worte auf dem Pergament ausgelöscht gefunden. Seine kabbalistischen Bücher waren von Mäusen und Motten zerfressen. Seine Gebetsriemen waren beschädigt. Und obwohl seine Hütte am Stadtrand geheizt war, es war doch immer ein kalter Luftzug und modrige Dunkelheit zu spüren. Um sich vor Diebstählen zu schützen, versteckte er seinen Besitz in Koffern, die mit Fell bezogen und mit Kupferringen verstärkt waren, es half alles nichts. Kein jüdisches Mädchen und keine Haushälterin wollte für ihn arbeiten. Die alte nichtjüdische Frau, die seine Hütte reinhielt, hing Kreuze an die Wände und brachte einen wilden Kater und einen bissigen Hund mit. Er kochte selbst, um nichtkoscheres Essen zu vermeiden, aber die

Kobolde und Teufel warfen ganze Hände voll Salz in das Essen, so daß es ungenießbar war.

Am schlimmsten war alles an Festtagen. Am Vorabend des Sabbats bedeckte er den Tisch mit einem fleckigen Tuch und entzündete in schwarz gewordenen Leuchtern zwei Kerzen, die immer wieder ausgingen. Er träumte davon, Tauben hervorzuzaubern und Wein aus der Wand zu klopfen, aber die Kraft der Kabbala war schwächer geworden, und seine Wunder gelangen immer weniger. Sein Gedächtnis hatte so sehr gelitten, daß er vergessen hatte, daß es verboten war, am Sabbat Feuer zu machen, und begann seine Pfeife zu rauchen. Der Hund knurrte und versuchte ihn zu beißen. Selbst die kleinen Kaninchen, die die Frau als Haustiere hielt, wurden frech und krochen in sein Bett. Es war nicht zu verwundern, daß er, wann immer er gebeten wurde, einen Zauber, eine Heilung oder eine Prophezeiung vorzunehmen, zusagte und sich auf die Reise begab, wie weit oder beschwerlich sie auch sein mochte.

»Ich bin auf jeden Fall verloren. So will ich wenigstens eine einzige Seele retten«, entschied er.

Jetzt war er auf dem Weg zu dem Dorf Tarnogród, zum reichen Reb Falik Chaifetz, in dessen neuem Haus sich plötzlich der Schwamm eingenistet hatte und an dessen Wänden wilde Pilze wucherten. Obwohl Kaddisch aufrecht im Wagen saß, nickte er ein. Sein Kopf sank vor Müdigkeit immer tiefer, und er schnarchte mit leisem Pfeifen. In der Morgendämmerung begann der Himmel zu glühen, und der Weg war in dichten Nebel gehüllt, als ob sie sich dem offenen Meer näherten. Der Kutscher ging jetzt vorsichtig neben dem Wagen her, Schritt vor Schritt, denn man hatte ihn gewarnt, nicht zu dicht neben dem Zauberer zu sitzen. Nur wenn die Mähre Schwierigkeiten machte – sich auf die Hinterfüße stellte und wieherte –, peitschte der Kutscher sie und schimpfte: »Gib Ruhe, altes Gerippe!«

Einen ganzen Tag lang saß Kaddisch in Reb Falik Chaifetz' halb leerem Haus und bereitete die Amulette und Zaubermittel vor, die er für die Reinigung des kranken Gebäudes brauchte. Die Zimmer waren feucht, und gelbe Flecken bedeckten die Wände. Kaddisch war sicher, daß irgendwo ein böser Geist versteckt war, vielleicht in einem Kopftuch mit Hexenknoten oder in einer Kamee mit gottlosen Namen oder in dem Haar eines Tölpels. Sobald er das Haus betreten hatte, spürte er den fauligen Hauch. Es konnte kein Zweifel sein, hier hatte sich der Geist eines Feindes eingenistet, heuchlerisch, unsauber und äußerst bösartig. Kaddisch hatte alle Ecken mit einer Kerze in der Hand untersucht. Er prüfte den Kamin, den Herd und stocherte zwischen rußigen Ritzen und Schlupfwinkeln herum. Er kletterte auf einer Wendeltreppe zum Dachboden und stieg dann in den Keller hinunter. Reb Falik begleitete ihn durch das ganze Haus. Kaddisch zündete alle Spinnweben an, und Riesenspinnen mit weißen Bäuchen krochen davon, während er mit blauen Lippen Zaubersprüche murmelte. Er spuckte in alle Richtungen, wo die Unsichtbaren sich versteckt haben mochten.

Dies war vielleicht sein letzter und entscheidender Kampf mit den Bösen. Wenn sie sich dieses Mal nicht ergeben würden, wie konnten sie dann für immer in die Wüste hinter den schwarzen Bergen getrieben werden?

Kaddisch war heimlich nach Tarnogród gekommen. So war es zwischen ihm und Reb Falik Chaifetz verabredet worden. Trotzdem hatten die Leute in der Stadt davon Kenntnis bekommen. Schon vor seiner Ankunft hatten sich viele vor Reb Faliks Haus versammelt. Gruppen von

Frauen zeigten auf ihn und flüsterten miteinander. Ein paar Jugendliche stiegen einander auf die Schultern und versuchten durch die Ritzen der Fensterläden ins Innere zu spähen. Einige Bauern hatten ihre Krüppel, Epileptiker, ihre Verrückten und Lahmen hergebracht. Eine Mutter trug ihr von einem Anfall heimgesuchtes, mit den Augen rollendes Kind auf dem Arm. Ein Vater schleppte seinen verrückten Sohn an, der wie ein Tier an den Wagen gebunden war. Eine Frau brachte ein Mädchen, dessen Gesicht von einem Bart bedeckt war.

Reb Falik Chaifetz kam heraus und erklärte der Menge, daß dies zu nichts führen könne. Er bat sie fortzugehen, aber es kamen immer mehr Leute. Kaddisch öffnete ein Fenster im ersten Stock, steckte seinen zerzausten Kopf heraus und beschwor die Menge: »Leute! Ich habe keine Kraft mehr. Quält mich nicht.« Gleichwohl empfing er die Kranken und Lahmen den ganzen Tag. Kaddisch lag daran, die Stadt so bald wie möglich zu verlassen. Aber plötzlich, am späten Abend, kam der Synagogendiener und verkündete, der Rabbiner wünsche ihn zu sehen. Kaddisch ging mit ihm zum Haus des Rabbiners, wo die Fensterläden schon für die Nacht geschlossen waren. Der alte Rabbiner trug ein schwarzes Gewand, sein Hut saß schief auf seinem Kopf, und eine breite Schärpe gürtete seine Hüften. Er sah den Wundertäter wütend an, maß ihn von Kopf bis Fuß und fragte:

»Seid Ihr der berüchtigte Kaddisch ben Mazliach?«

»Ich bin es, Rabbi.«

»Euer Name, Kaddisch, heißt heilig, aber Ihr seid unrein und verderbt«, rief der Rabbi. »Glaubt nicht, daß die Welt schläft. Ihr seid ein Hexenmeister, der sich mit den Toten abgibt.«

»Nein, Rabbi.«

»Leugnet es nicht.« Der Rabbi stampfte mit dem Fuß auf. »Ihr beschwört die Dämonen herauf. Wir werden das nicht stillschweigend dulden.«

»Ich weiß, Rabbi.«

»Denkt daran, Ihr werdet es bedauern!« schrie der Rabbi und griff nach seiner langen Pfeife, als ob er Kaddisch damit auf den Kopf schlagen wollte. »Hunderte von Jahren werdet Ihr mit den Teufeln herumwandern, und man wird Euch nicht einmal in die Hölle eintreten lassen. Die Welt ist nicht ein einziges Chaos!«

Kaddisch schauderte, versuchte zu antworten, brachte aber kein Wort hervor. Er wollte von den vielen Menschen sprechen, die er vom Tod errettet hatte. Er steckte seine Hand in die Tasche, in der er die Briefe von dankbaren Patienten verwahrte, hebräische, ladinische, arabische, sogar jiddische, aber er konnte seine Finger nicht bewegen. Er lief auf unsicheren Beinen davon, hörte Stimmen und Gelächter. Er sah nicht, wohin er ging.

Er beschloß, sofort nach Lublin zurückzukehren, aber der Kutscher weigerte sich jetzt, ihn zu fahren. Kaddisch blieb nichts anderes übrig, als die Nacht in dem leeren Haus zu verbringen, in dem er den Tag über gewesen war. Reb Falik Chaifetz' Magd brachte ihm Bettücher, einen Kerzenhalter mit einer dicken Wachskerze, einen Kessel mit heißem Wasser, Brot und eine Schüssel mit Borschtsch.

Der Jude aus Babylon versuchte zu essen, aber er konnte nicht schlucken. Sein Kopf fühlte sich wie mit Sand gefüllt an. Ein eisiger Wind blies durch den Raum, obwohl alle Fenster geschlossen waren. Die Kerze flakkerte, und in den Ecken des Raumes krochen Schatten wie Schlangen umher. Große glänzende Käfer bewegten sich über den Boden, und ein fauliger Gestank verpestete die Luft. Kaddisch legte sich auf sein Bett, völlig angekleidet.

Als er kurz einnickte, befand er sich in der kabbalistischen Stadt Safed. Seine jemenitische Frau kniete vor ihm, löste seine Sandalen, wusch seine Füße und trank das Wasser. Plötzlich warf es ihn aus dem Bett, als sei ein Erdbeben ausgebrochen. Alle Lichter gingen aus. In der Dunkelheit schienen die Wände sich auszudehnen, und alle Räume schwankten und schlingerten wie ein Schiff in stürmischer See. Bärtige Gestalten mit Hörnern und Schnauzen stießen ihn und umringten ihn wie ein Rudel Wölfe. Fledermäuse flogen über ihn hinweg. Alles knarrte und klopfte, als sei das Haus am Einstürzen. Wie immer, wenn die Geschöpfe der Nacht sich seiner bemächtigten, öffnete er den Mund, um sie zu bannen, aber zum ersten Mal in seinem Leben hatte er alle Namen und Beschwörungen vergessen. Sein Herz schien stillzustehen, und er fühlte seine Füße erkalten. Der Beutel um seinen Hals hatte sich gelockert, und er hörte die Goldstücke, Perlen und Diamanten herausfallen.

Als es ihm schließlich gelang, das Haus zu verlassen, schien Tarnogród zu schlafen. Ein blutroter Mond schimmerte hinter einer dünnen Wolkendecke. Eine Hundemeute, die am Tag schlief und in der Nacht um die Metzgerläden schlich, bellte ihn an. Hinter ihm ertönten die Schritte der Menge in wildem Tumult. Ein heftiger Windstoß blies unter seinen Mantel, und er glaubte zu fliegen. Lichter leuchteten auf, und er hörte Musik, Trommeln und dröhnendes Gelächter. Er erkannte plötzlich, daß es eine Hochzeit war und er der Bräutigam. Sie kamen auf Stelzen ihm entgegen und riefen: »Glückwünsche, Kaddisch!« Es war klar, die Dämonen verheirateten ihn mit einem weiblichen Dämon. Entsetzt und mit letzter Kraft gelang es ihm noch »Schaddai, Allmächtiger, zerstöre Satan!« auszurufen.

Er versuchte zu fliehen, aber seine Knie versagten. Lange Arme griffen nach ihm, zupften von allen Seiten an ihm, rissen, kitzelten, kneteten ihn wie der Bäcker den Teig. Er war der Gastgeber des Festes, seine unreine Freude. Sie warfen sich ihm an den Hals, küßten, streichelten, umarmten ihn. Sie spießten ihn auf ihre Hörner, leckten ihn, ertränkten ihn in Speichel und Geifer. Eine riesige Frau preßte ihn an ihre nackten Brüste, legte sich mit ihrem ganzen Gewicht gegen ihn und flehte ihn an: »Kaddisch, mach mir keine Schande. Sag ›mit diesem schwarzen Ring heirate ich dich gemäß den Gotteslästerungen von Satan und Asmodi‹.«

Mit tauben Ohren hörte er das laute Splittern zerbrochenen Glases, das Stampfen von Füßen, geiles Gelächter und Quieken. Ein Gerippe von einer Großmutter tanzte mit Gänsefüßen, in der Hand das geflochtene Sabbatbrot, schlug Purzelbäume und rief die Namen Chavriri, Briri, Ketev-Mriri. Kaddisch schloß die Augen und wußte zum ersten und zum letzten Mal, daß er einer von ihnen war, verheiratet mit Lilith, der Königin des Abgrunds.

Am Morgen fand man ihn tot, mit dem Gesicht nach unten, nicht weit von der Stadt. Sein Kopf war im Sand begraben, Hände und Füße ausgebreitet, als sei er aus großer Höhe abgestürzt.

Der Hausfreund

Wir saßen im Café Piccadilly, Max Stein und ich, und unsere Unterhaltung drehte sich um verheiratete Frauen mit Liebhabern, die von ihren Männern geduldet wurden. ›Hausfreunde‹ nannten wir diese im Jiddischen Schriftstellerklub. Ja, Frauen – worüber hätten wir sonst reden sollen? Keiner von uns war an Politik oder Geschäften interessiert. Ich stellte fest, daß die Männer an den anderen Tischen die Kurse der Aktien und Obligationen oder die Rennberichte lasen. Die Frauen blätterten in den bunten Magazinen, die Photos von Prinzen, Prinzessinnen, Mördern, Abenteurern und Filmstars brachten. Von Zeit zu Zeit nahmen sie Lippenstifte und kleine Spiegel heraus und bemalten ihre bereits roten Lippen. Warum tun sie das, fragte ich mich. Wem wollen sie damit imponieren? Die Männer waren alle ältlich mit grauen Schläfen. Wenn sie von ihrer Zeitung aufschauten, so taten sie es nur, um eine Zigarre anzuzünden oder mit dem Löffel an ein Glas zu klopfen zum Zeichen, daß sie zahlen wollten. Max Stein, ein frustrierter Maler, versuchte mich auf einem Zeichenblock zu zeichnen, aber ohne Erfolg. Er sagte zu mir: »Man kann Sie nicht zeichnen. Ihr Gesicht verändert sich jede Sekunde. Einen Augenblick sehen Sie jung aus, den nächsten alt. Sie haben ganz merkwürdige Zuckungen. Selbst Ihre Nase verändert sich von einer Minute zur anderen. Worüber haben wir gesprochen?«

»Über Hausfreunde.«

»Ja, ja. Ich sage etwas und vergesse es im nächsten Augenblick. Manchmal habe ich Angst, senil zu werden. Ehemänner, die Hausfreunde dulden, wissen genau, was vor sich geht. Sie lassen sich keinen Moment täuschen. Es ist eine Notwendigkeit. Am einen Tag heiraten sie und am nächsten erscheint der Hausfreund auf der Szene. In Wirklichkeit haben sie schon lange vor der Hochzeit mit seinem Auftauchen gerechnet. Das sind Leute, die sich tödlich mit sich langweilen. Solche Männer können nur Frauen mit dem gleichen Temperament und gleichen Neigungen heiraten. Liebe ist angeblich ein Instinkt, aber was ist Instinkt? Instinkt ist nicht blind oder was man unbewußt nennt. Der Instinkt weiß, was er will und plant und berechnet tadellos. Er ist oft schlau und allwissend. Schopenhauer beharrt auf dem Thema des blinden Willens. Aber der Wille ist weit entfernt davon, blind zu sein – im Gegenteil. Der Intellekt ist blind. Geben Sie mir eine Zigarette.«

»Die Schachtel ist leer«, sagte ich.

»Warten Sie einen Augenblick.« Max Stein ging ein Päckchen Zigaretten holen. Er kam zurück und sagte: »Es sieht nach Regen aus. Als ich sechzehn war, war ich schon jemandes Hausfreund. Feiwel hieß er, und ich wurde Mottele genannt, nicht Max. Meine Eltern waren arm, aber Feiwels Vater hatte ein Kurzwarengeschäft in der Gesiastraße. Feiwel hatte immer die Taschen voll Geld. Er ging mit einem Mädchen namens Salka, und ich war der Hausfreund. Jeden Abend gingen sie aus, um Frankfurter Würstchen mit Senf zu essen und ein Bier zu trinken, und sie bestanden immer darauf, daß ich mitkomme. Ich fragte ihn: ›Wozu braucht ihr mich?‹ Und er antwortete: ›Es ist mir unangenehm, wenn wir alleine sind. Was kann man mit einem Mädchen reden? Ich frage sie nach ihrem Zuhause, ihren Eltern – dies und das. Sofort fängt sie an zu gähnen. Irgendwie hat sich Salka an dich gewöhnt. Wenn du nicht kommen kannst, macht sie Ausflüchte, um nicht ausgehen zu müssen. Sie muß ihr Haar waschen, sie hat

Kopfschmerzen, ihre Schuhe drücken sie plötzlich oder sie muß etwas für ihre Mutter besorgen.‹

Wo immer wir hingingen, wir gingen immer zu dritt. Am Sabbat, nach dem Tscholentessen, führte er Salka in das Jiddische Theater in der Muranowskastraße und kaufte immer drei Karten. Ich neckte ihn: ›Bist du denn gar nicht eifersüchtig?‹ Und er sagte: ›Eifersüchtig? Warum? Salka ist gerne in deiner Gesellschaft. Was immer du sagst, ist charmant. Wenn du bei uns bist, ist sie bester Laune. Sie redet, sie lacht, macht Späße, und sie ist nett zu mir. Ohne dich wird sie boshaft und läßt kein gutes Haar an mir.‹ Einmal fragte ich ihn: ›Wie soll das werden, wenn du verheiratet bist?‹ Und Feiwel antwortete: ›Du wirst jeden Tag zu uns kommen.‹

Und so war es. Salka kam auch aus einem wohlhabenden Haus. Ihr Vater gab ihr eine große Mitgift. Die Hochzeit fand in der Wiener Hochzeitshalle statt, und ich war Brautführer. Ich hatte damals schon angefangen zu malen, und Feiwel beauftragte mich, Salka zu porträtieren.

Schon damals war es üblich, daß das Brautpaar auf die Hochzeitsreise ging. Feiwel und Salka mußten aus irgendeinem Grund die Reise etwas hinausschieben, schließlich wählten sie den Ort Druskienniki – ein Ferienort am Njemen – und, Sie werden es nicht glauben, aber Mann und Frau bestanden darauf, daß ich sie begleiten sollte. Als Salkas Mutter das hörte, tobte sie: ›Seid ihr alle drei verrückt geworden? Die Leute machen Stielaugen und wetzen ihre Zungen. Sie werden das Schlimmste über Euch sagen und Ihr werdet das Gespött der ganzen Stadt sein.‹ Salkas Vater war zu sehr von seinem Geschäft in Anspruch genommen, um sich um anderes zu kümmern. Was meine Eltern anging, denen war alles gleich. Ich war schon ausgezogen, und sie mußten sich um die jüngeren Kinder kümmern.

Wir waren ärmer als arm und nicht besonders fromm. Außerdem, wer schert sich um die Reinheit eines Sohnes? Ich will es kurz machen, Feiwel und Salka gingen nach Druskeniki, und ich ging mit. Grinsen Sie nicht so. Was Sie denken, geschah nicht. Jedenfalls nicht dort. Aber ich hatte Salka oft in Feiwels Anwesenheit geküßt, und er hatte mir immer zugeredet. Wenn wir uns trafen, und ich vergaß sie zu küssen, erinnerte Feiwel mich daran. Warten Sie, ich muß mir eine Zigarette anzünden.«

Max Stein zündete eine Zigarette an und fuhr fort: »Es gibt Männer und Frauen, die nicht wissen, was Eifersucht ist. Sie müssen ihre Liebe mit jemandem teilen, und außerdem verdächtigen sie niemanden. Meine Theorie ist, daß jedes menschliche Wesen mit all seinen Idiosynkrasien und Launen geboren wird. Napoleon war schon im Mutterleib das, was er werden sollte, und so war es mit Casanova, Rasputin, Jack dem Bauchaufschlitzer, auch mit den Genies wie Shakespeare, Tolstoi – und weiß Gott, wem. Sie können einwenden, daß noch andere Umstände eine Rolle spielen – Milieu, Erziehung, all die Phrasen der Soziologen –, aber wie ich es sehe, ist alles in einem Menschen vorbestimmt. Wie kommt es, daß jeden Winter Eisblumen auf den Fensterscheiben erscheinen, genauso wie Büsche und Blumen von einem Sturm hinweggeweht werden? Warum ist jede Schneeflocke ein Sechseck? Es heißt, daß alle Moleküle das gleiche Muster aufweisen. Aber wie erinnern sich die Moleküle an das letztjährige Muster? Seit meiner Kindheit habe ich mich mit diesen Rätseln beschäftigt. Mein Leben lang habe ich meine eigenen Pläne gemacht, aber es fügte sich immer so, daß ich irgendjemandes Hausfreund wurde. Ich hatte mich so an verheiratete Frauen gewöhnt, daß eine Frau, wenn sie mir sagte, sie sei nicht verheiratet, für mich tabu war. Können Sie das verstehen?«

»Man kann alles verstehen«, sagte ich.

»Wie erklären Sie das?«

»Man gewöhnt sich an etwas.«

»Ist das alles?«

»Wenn Sie darauf bestehen, kann ich es auch einen Komplex nennen.«

»Ach, Sie sind ein Zyniker«, sagte Max Stein. »In meinem Alter kann man das ruhig sein, aber in Ihrem Alter sollte man nicht zynisch sein. Freud war auf seine Weise eine große Persönlichkeit. Die Tatsache, daß so viele seiner Schüler Idioten sind, ist nicht sein Fehler. Alle Schüler sind Idioten. Was waren die Anhänger Tolstois? Was sind die Marxisten? Was sind die Chassidim, die miteinander streiten und sich drängeln, um ein paar heilige Krümel vom Tisch des Rabbiners zu erhaschen. Was sind die angeblichen Künstler, die Picasso oder Chagall imitieren? Sie sind eine Schafherde und werden immer von einem Hund getrieben.«

»Was ist aus Feiwel geworden?« fragte ich.

»Nichts. Solche Leute leben ihr Leben in Frieden und Ruhe. Er war ein Langweiler, und nach einiger Zeit wurde sie es auch. Sie hatten sechs Kinder und alle gerieten nach ihm, nicht nach ihr. Sagte man zu ihnen ›sitz‹, so setzten sie sich, und sagte man zu ihnen ›leg dich‹, so legten sie sich. Sie gingen zur Schule und aufs Gymnasium. Einer der Jungen wurde Arzt. Ein anderer wurde Anwalt. Aus lauter Beharrlichkeit.«

Es begann zu regnen, und es donnerte. Es wurde dunkel. Die Tagesbesucher suchten ihre Zeitungen und Zeitschriften zusammen und gingen. Die Kellnerinnen nahmen die roten Tischdecken fort und die Aschenbecher und legten weiße Tischtücher und Silberbesteck auf. Aus dem Café wurde ein Restaurant. Max Stein und ich beschlossen, zum Abendessen zu bleiben. Die Kristalleuchter wurden angezündet, und in ihrem Licht sah Max Steins Gesicht gelblich und sein Haar weiß aus. Er rückte seine Krawatte zurecht und sagte: »Was sollen wir da im Regen herumschleichen und uns erkälten? Wir haben weder Frauen noch Kinder. Da Sie ein Schriftsteller sein wollen, habe ich mehr Geschichten für Sie, als Scheherezade für ihren Sultan hatte. Ich hätte sie selbst schreiben können, aber ich ziehe den Pinsel der Feder vor. Außerdem sind viele der Leute noch am Leben, und sie würden sich erkennen. Ich will keine Skandale. Ich bin zu der Schlußfolgerung gekommen: es gibt im Leben keine Regeln. Schöne Frauen bleiben allein bis sie grau werden und verwelken, während häßliche Frauen sich reiche Männer schnappen und noch dazu Liebhaber haben. Jahrelang war ich überzeugt, daß eine Frau entweder von ihrem Mann oder von ihrem Liebhaber davonlaufen kann – nicht von beiden. Aber ich hatte unrecht. Als es geschah, wurde mir klar, daß man nie zu klug sein kann.

Der Ehemann war Zahnarzt und hatte eine Schwäche für die Malerei. Den ganzen Tag stand er an dem Stuhl und bohrte in den Zähnen. Am Abend verwandelte er sich in einen Künstler. Er hätte mich gern als Lehrer gehabt, aber er konnte nur andere imitieren. Er hatte eine nette kleine Frau – Hanka, die zwölf Jahre jünger war als er. Eine Zeitlang war sie seine Gehilfin. Dann redete sie ihm ein, an ihrer Statt eine Helferin einzustellen, und als ich ihn als Schüler nahm, wurde auch sie meine Schülerin. Für sie war alles leichter als für ihn. Er stand den ganzen Tag auf seinen Beinen, während sie ein Mädchen hatte. Männer sind Schwächlinge, und Frauen können mit einem Lächeln oder einer Liebkosung alles bei ihnen erreichen. Er liebte sie nicht nur, er vergötterte sie. Hanka dies und Hanka das. Er wollte unbedingt von mir hören, daß sie Talent habe, und um seinetwillen behauptete ich das. Sie schmierte eine Leinwand nach der anderen voll und hängte sie auf. Sie lief in alle Ausstellungen, alle Galerien, und machte alles nach. Sie las alle Artikel und Kritiken in den Zeitungen und Zeitschriften und plapperte im Jargon der Kritiker. Kubismus? Dann also Kubismus. Expressionismus? Dann also Expressionismus. All ihre Köpfe wurden plötzlich viereckig, und die Nasen auch. Chagall malte seine Juden und Hirsche, wie sie durch die Luft flogen, und Hanka imitierte ihn. Menschen dieser Art sind so gierig nach Lob, daß sie schamlos darum betteln, und wenn sie von anderen kein Lob erhalten, dann preisen sie sich selbst.

Nicht aus Liebe oder Leidenschaft habe ich etwas mit ihr angefangen, sondern weil Morris – so hieß der Zahnarzt – es so deichselte. Bei jeder Gelegenheit sprach er von dem Reichtum einer Künstlerseele und wie schwer es für einen Künstler sei, sich auf einen Menschen zu beschränken. Solche Männer sind nicht nur tolerant, sie treiben ihre Partner noch zum Ehebruch. Was Feiwel aus Naivität tat, tat Morris planmäßig. Er wollte, daß ich mit seiner Frau schlafe, und er bekam, was er haben wollte. Sie wollte es auch, um mit den anderen Künstlern, die Verhältnisse hatten, Schritt zu halten. Bei den sogenannten Progressiven war dies üblich. Sie ging zu all ihren Versammlungen, zog mit in den Demonstrationen und lief schließlich mit einem ungebildeten Kerl davon – einem Messerhelden und Kontrolleur in der Transportarbeitergewerkschaft. Das hatten Morris und ich nicht erwartet.«

»Wo ist sie denn hingelaufen?«

»Wohin sie alle rennen«, antwortete Max Stein. »In das Land des Sozialismus, in das kommunistische Paradies. Es geschah ganz plötzlich, so wie ein Donnerschlag an einem sonnigen Tag. Kleine Köpfe lassen sich leicht verdrehen. Sie raffte ihre Sachen zusammen und hinterließ einen beleidigenden Brief, in dem sie uns Faschisten, Ausbeuter, Imperialisten und Provokateure schimpfte. Sie rannten nach Nieswin an der polnisch-sowjetischen Grenze, und von dort aus schmuggelten sie sich nach Sowjetrußland hinein. Die polnischen Grenzer ließen sie ohne Schwierigkeiten durch. Wie sie in Rußland empfangen wurden, erfuhr ich erst Jahre später. Das war lange vor Genosse Stalins Säuberungen und den Moskauer Prozessen, aber selbst damals warf man sie alle ins Gefängnis. Während diese Sklaven auf die Knie fielen und den sozialistischen Staub küßten, erschien irgendein Tschekist oder ein Soldat der Roten Armee und sagte ›Poidiom – los‹. Idealismus ist gut und schön, aber ein paar Monate im Lubljanka Gefängnis war der normale Empfang für einen Idealisten. Man hat mir gesagt, daß alle schließlich nach Sibirien zum Goldgraben geschickt wurden.«

Wir saßen lange schweigend, und Max Stein versuchte, seine Gabel auf dem Tellerrand zu balancieren. Die Gabel fiel runter, und Max Stein murmelte: »Nu.«

»Was geschah dann?« fragte ich.

»Was konnte schon geschehen?« sagte Max Stein. »Wir waren überrascht und verblüfft, aber wie lange kann man überrascht und verblüfft sein? Das erste, was Morris tat, war, ihre Bilder von den Wänden zu reißen und in den Abfallkübel im Hof zu werfen. Ich habe es durch ein Fenster gesehen. Ich erwartete, daß irgend jemand sie an sich nehmen würde, aber die Mieter hatten kein Interesse für Kubismus, Expressionismus und abstrakte Kunst. Sie standen nur herum und staunten. Morris hatte nicht viel Zeit zum Brüten. Patienten hatten Verabredungen gemacht, und er mußte sie behandeln. Ich hörte jemanden fragen: ›Wo ist Ihre Frau?‹, und er antwortete ›Sie ist verreist.‹ Ich hatte irgendwo ein Zimmer, das ich mein Atelier nannte. Nachdem Hanka fort war, gab es keinen Grund mehr, bei Morris zu bleiben, und ich sagte ihm, es sei Zeit, sich zu trennen. Aber er sagte zu mir: ›Willst du auch weglaufen? Du bleibst besser da.‹

›Wozu‹, fragte ich. ›Um die dreißig Trauertage abzusitzen?‹ Und er sagte ›Ich werde nicht immer allein bleiben. Früher oder später werde ich eine finden. Ich will nicht euch beide verlieren.‹

Es mag wie ein Witz klingen, aber ich wartete darauf, daß Morris heiratete, damit ich wieder sein Hausfreund sein könnte. Sie lachen? Ich könnte selber lachen. Das menschliche Leben ist nicht nur tragisch, sondern auch höchst komisch. Das Zimmer, das ich mein Atelier nannte, war klein und dunkel. Im Winter war es drinnen so kalt wie draußen. Ich war vor einigen Jahren durch eine geistige Krise gegangen und hatte kein Verlangen mehr zu malen. Ich hätte auch nie ein Modell bekommen, um in dieser gräßlichen Höhle für mich zu sitzen. Morris hatte ein gemütliches Heim. Dort war es hell und warm.«

»Warum hat er nicht seine Sprechstundenhilfe geheiratet?« fragte ich.

»Genau das hat er getan«, sagte Max Stein. »Nicht sofort. Er brauchte ein paar Monate, um sich zu entscheiden. Vielleicht hätte er gern eine besser aussehende Frau gehabt. Milka, so hieß sie, war keine Schönheit. Sie war aus der Provinz nach Warschau gekommen, um zu studieren, hatte aber keinerlei Mittel. Sie hatte Kurse an einer Volkshochschule genommen, wo man keine Zeugnisse vorlegen mußte. Ich muß Ihnen jetzt etwas sagen, das völlig verrückt klingen wird. Weil Milka ein Mädchen und keine verheiratete Frau war, hatte ich nicht das geringste Verlangen nach ihr, aber ich wußte, daß Morris sie früher oder später zwangsläufig heiraten würde. So fand ich plötzlich Geschmack an ihr. Ich fing an, ihr Komplimente zu machen, ihre Schönheit – die sie nicht hatte – zu preisen, und ich bot ihr an, sie im Malen zu unterrichten. Ich begann sogar, sie in Morris' Gegenwart zu küssen. Als Morris das sah, gestand er mir, daß er seit einiger Zeit in Milka verliebt sei. Liebe kann sehr praktisch sein, selbst auf Bestellung.«

»Wie lange sind Sie bei ihnen geblieben?« fragte ich.

Max Stein dachte nach. »Eine ganze Anzahl von Jahren«, sagte er. »Es ist schwierig, Ihnen eine genaue Antwort zu geben. Während ich bei ihnen war, wurde ich auch Hausfreund in einem anderen Haus. Ich wurde so etwas wie ein Jeschiwa-Schüler. Ich aß in einem Haus und schlief in einem anderen. Sie könnten ein Buch darüber schreiben. Ich wurde ein solcher Spezialist, daß ich, wenn ich ein Ehepaar kennenlernte und ein paar Worte mit ihnen gewechselt hatte, fühlte, ob sie einen Partner suchten.«

»Solche Leute sind eben Homosexuelle«, sagte ich.

»Was? Das sind doch nur Worte, Namen«, sagte Max Stein. »Die Leute wissen selbst nicht, was sie wirklich sind. Es ist eine Tatsache, daß wir alle auf der Suche sind. Niemand ist zufrieden mit dem, was er hat. Einen Tag nach der Hochzeit fangen beide Seiten an zu suchen, der Mann sowohl wie die Frau. Das ist für mich die nackte Wahrheit.«

Bestattung auf See

Alle drei saßen in einer Zelle: Seinwel, der Schläger, Koppel, der Dieb, und Reuben, der Falschspieler. Den ganzen Nachmittag spielten sie mit einem schmutzigen gezinkten Kartenspiel. Niemand hatte Geld für die Kasse, so spielten sie um ihre Nase oder ein Ohr. Der Gewinner hatte das Recht, den Verlierer am Ohrläppchen zu ziehen oder seine Nase zu zwicken. Gewann einer mehr als zehn Rubel, so konnte er statt zu zwicken den Verlierer auch knuffen. Der höchste Einsatz war fünfundzwanzig Rubel und eine Kopfnuß, aber dazu kam es nie, denn das Verlieren konnte gefährlich werden. Gegen Abend wurde es dunkel im Käfig, wie die Insassen ihr Gefängnis nannten, denn die Eisenstäbe an den Fenstern waren von einem dichten Drahtnetz bedeckt, so unterhielten sie sich und erzählten Geschichten.

Das Thema war die Ehe, und Koppel, der Dieb, ein Mann von einigen sechzig, mit einem schmalen, pockennarbigen Gesicht und einer Narbe auf der Stirn – das Andenken an eine Messerwunde – sagte: »Nicht alle Menschen sind gleich. Im allgemeinen wird einer wie wir seine Sache mit einer Frau erledigen und seiner Wege gehen. Wer will denn heiraten? Das ist nur etwas für die Ehrbaren. Wenn du hier in diesem Kasten sitzt und deine Frau läuft draußen frei herum, dann tut sie, was ihr gefällt. Sie kann ihre Treue auf der Bibel beschwören, dir jeden Tag ein Paket bringen, dir die Füße küssen, aber eine Garantie hast du nicht. Für Leute wie wir ist heiraten, wie wenn ein gesunder Mann sich in ein Krankenbett legt. In Piask heirateten die Diebe, aber sie hatten strenge Gesetze. Wenn einer von den Polizisten erwischt wurde, taten die anderen für ihn, was sie konnten. Wenn seine Frau herumscharwenzelte und von einem Fremden schwanger wurde, dann war sie geliefert. Und der Vater des Bastards hatte Grund, zu bereuen. Ich bin im Bilde. Ich habe sieben Jahre in Piask gelebt, und es ist nur einmal passiert, daß eine von ihren Frauen sich vergaß. Es kam zu einer Untersuchung, und sie wurde schuldig gesprochen. Sie versuchte sich herauszureden, aber sie legten ihr eine Schlinge um den Hals.

Warum erzähle ich euch das? Ein Dieb, wenn er auch nur etwas Verstand hat, wird nicht unter den Hochzeitsbaldachin laufen. Aber es passieren merkwürdige Sachen, und manchmal nimmt es ein schlimmes Ende. Das war nicht in Piask, sondern in Warschau – in Pociejów. Wolf, der Schläger, hatte dort seine Stammkneipe. Chaskele Spiegelglaß lebte damals noch. In Pociejów gab es viele Bordelle. Die Straßen wimmelten von Provinzlern. Neben Wolfs Stammkneipe gab es noch einen anderen Treffpunkt, die Suppenküche der Witwe Sprinze Chodak. Sprinze kochte koscher und trug eine Perücke. Sie war eine tüchtige Geschäftsfrau. Nach dem Tod ihres Mannes hatte sie nur noch eine Tochter namens Schifra. Diese Schifra war die schönste Frau, die ich je gesehen hatte. Sie war auch klug – nicht von der Schule her, sondern vom Leben. Sie sprach besser polnisch als die Polen und russisch wie eine Russin. Und ihr Jiddisch! Sie hatte eine glatte Zunge. Man hätte jedes ihrer Worte küssen mögen. Sie hatte feuerrotes Haar und sie hatte die Augen eines Katers. Ihre Figur war wie gemeißelt. Wer sie einmal an einem Sabbatnachmittag gesehen hatte, in einem engen Kleid, mit einem Straußenfedernhut, hochhackigen Schuhen, in einer Hand eine Handtasche, in der anderen einen Sonnenschirm, der konnte sie nie mehr vergessen. Die Männer verschlangen sie mit ihren Augen, aber Sprinze hütete sie wie einen Schatz. Vor seinem Tod hatten ihr Mann und sie sich geeinigt, Schifra früh zu verheiraten, und Sprinze hatte zehntausend Rubel für eine Mitgift bei der Kaiserlichen Bank in Petersburg hinterlegt. Die Burschen versuchten, ihr Fallen zu stellen, aber vergeblich. Schifra machte die Buchführung in der Suppenküche ihrer Mutter. Sie half ihr auch beim Einkauf bei den Großhändlern. Es war ein Vergnügen, ihr bei einem Telephongespräch zuzuhören. Sie handelte, und sie machte Scherze. Ich war damals ein Junge von zwölf Jahren, aber ich lag des Nachts wach und dachte an sie. Wenn ich endlich einschlief, erschien sie mir im Traum.«

»Hör auf uns zu plagen. Komm zur Sache«, sagte Reuben.

»Ja, ja. Die Sache war, daß zwei reiche Männer sich in sie verliebten. Einer war der Sohn des Hausbesitzers, in dessen Haus wir wohnten – Mendele. Er besuchte das Gymnasium und die Musikschule. Er trug immer eine Geige in einem Kasten mit sich herum. Wenn er die Straße entlangging, sahen ihm alle Mädchen nach. Sein Vater, Leiser, hatte einen Privatlehrer angestellt, der Mendele in der Gemara unterrichten sollte. Es hätte kein besseres Paar als Schifra und Mendele geben können, aber als Leiser hörte, daß Mendele Schifra heiraten wolle, fing er an zu toben und zu wüten und drohte, ihn zu enterben. Schifras Vater war Kutscher eines Fuhrwerks gewesen. Leisers Frau sagte zu Mendele: ›Mein Sohn, deine Hochzeit wird meine Beerdigung sein.‹ Aber Mendele ließ sich nicht abbringen. Er antwortete: ›Ich will Schifra heiraten, nicht ihren toten Vater.‹

Der andere, der sich in Schifra verliebte, war Boris Bundik, ein Rechtsanwalt. Er war fünfzehn Jahre älter als

Mendele. Er wohnte nicht in Pociejów, sondern in der Granicznastraße, aber alle seine Klienten waren aus Pociejow. Er war ein großer, gut aussehender Mann, viel größer als Mendele, und er war ein guter Freund der Polizisten. Später erfuhr man, daß er irgendwo eine Frau hatte, aber in Pociejów hielt man ihn für einen alten Junggesellen. Sprinze war eine seiner Klientinnen, und er ging oft in die Suppenküche, um eine Kleinigkeit zu essen. Man nannte das Lokal nur eine Suppenküche. In Wirklichkeit war es ein richtiges Restaurant. Hätte man sie entsprechend bezahlt, hätte sie für einen Kaiser kochen können. Es wurde bald klar, daß Boris Bundik nicht wegen des Essens kam, sondern um einen Blick auf Schifra zu werfen. Kurz und gut, er verliebte sich. Er wollte Schifra heiraten, aber sie hatte schon mit Mendele angebändelt. Sie waren heftige Rivalen, und Schifra soll gesagt haben: ›Ich weiß nicht, wen ich nehmen soll – ich liebe euch beide.‹

Was ich Ihnen jetzt erzähle, wurde erst später entdeckt. Sie sprachen lange darüber, Geheimnisse hin und her, bis sich die Drei auf einen Plan einigten: da sie beide liebte, sollte sie beide heiraten. Zu der Zeit wurde Sprinze krank und mußte zu einer Nierenoperation ins Spital. Danach ging sie zur Erholung auf einen Monat nach Otwock. Schifra übernahm den Haushalt und das Geschäft. Boris und Mendele kamen zu ihr, und sie saßen bis spät abends zusammen. Die Leute in Pociejów wurden mißtrauisch, aber Schifra ließ sich nicht in die Suppe spucken. Wenn ein Betrunkener Lärm machte, nahm sie ihn am Kragen und warf ihn hinaus. Und wer wollte sich mit Boris Bundik einlassen? Man zitterte schon vor dem Hauch aus seinem Mund.

Ich will es kurz machen. Eines Tages verschwanden alle drei – Schifra, Mendele und Boris Bundik. Sprinze, die wieder zu Hause war, wachte am Morgen auf, und da war keine Schifra. Sie fing an zu schreien, suchte überall nach ihr, aber Schifra war getürmt. Ebenso Mendele. Es gab einen Aufruhr in Pociejów. Die Polizei fertigte ein Protokoll an, aber das war auch alles, was man tun konnte. Anfangs glaubten die Leute, daß Schifra mit Mendele abgehauen sei. Später erfuhren sie, daß auch Boris Bundik verschwunden war. Der Polizeikommissar soll eine Vermißtenanzeige aufgegeben haben, aber zu der Zeit waren sie alle schon jenseits der Grenze.«

Koppel machte eine Pause. Er wischte sich den Mund mit dem Ärmel und kratzte die Narbe auf der Stirn.

»Das ist wirklich eine tolle Geschichte!« sagte Seinwel, der Schläger. Seinwel war klein und rund wie ein Faß. Man nannte ihn den ›Schläger‹, weil er einmal einen Eichentisch mitsamt seinen vier Beinen zerschlagen hatte.

»Wo haben sie denn geheiratet? In Warschau?« fragte Reuben. Reuben war das Gehirn der Gruppe. Er schrieb für Koppel und Seinwel die Briefe aus dem Gefängnis. Er hatte seine Karriere als Spieler begonnen und pflegte die Bauerntölpel im Kartenspiel zu betrügen. Jetzt war er wegen Wechselfälschung im Kittchen.

Eine Zeitlang schwiegen alle drei. Dann fuhr Koppel fort: »Habt Geduld. Die ganze Wahrheit kam erst nach Monaten heraus. Ja, sie hatten in Warschau geheiratet. Vor einem Rabbi spielte Boris Bundik die Rolle von Schifras älterem Bruder, und Mendele war der Bräutigam. Bei einem anderen Rabbi war Boris der Bräutigam und Mendele Schifras jüngerer Bruder. Was weiß ein Rabbi? Man gibt ihm drei Rubel, und er schreibt einen Heiratskontrakt aus. Du könntest zehnmal in Warschau heiraten, und kein Hahn würde danach krähen.

Wie lange kann man sich die Haare raufen und den Tag der Geburt verfluchen? Mendeles Eltern hatten sechs andere Kinder und auch noch Enkel dazu. Mendele war der Jüngste. Sprinze heulte und war verzweifelt, aber in einer Suppenküche mußt du um fünf am Morgen raus und riesige Töpfe mit Essen vorbereiten. Sprinze nahm ein Mädchen, eine Köchin, aber ihr wißt, wie es heißt – ›Die Hände eines Fremden taugen nur zum Feuerschüren.‹ Wochen vergingen. Monate. Sprinze zog einen Zauberer zu Rate, Max Blotnik, der behauptete, Verschwundene in einem schwarzen Spiegel sehen zu können, aber das war nur Hokuspokus.

Eines Tages, als Mendeles Mutter mit ihrem Mädchen zu Ulrichs Basar gegangen war, hörte sie jemand ›Mama! Mama!‹ rufen. Sie drehte sich um, und da stand Mendele, weiß wie eine Leiche, in zerrissenen Kleidern. Es entstand ein großer Lärm, und sie schrie: ›Mein Gott! Wo bist du gewesen?‹ ›In Amerika‹, antwortete er. ›In Amerika, und jetzt bist du zurück?‹ rief sie aus, und er sagte: ›Man hat mich abgeschoben!‹

Es kam heraus, daß die drei sich nach Preußen hineingeschmuggelt hatten und nach Hamburg gegangen waren. Keiner von ihnen besaß einen Paß, aber in einem fremden Land braucht man nichts als Geld. Boris war schwerreich, aber Mendele bekam von seinem Vater nur ein Taschengeld. Er konnte knapp hundert Rubel zusammenkratzen. Schifra besaß nur ihre Kleider und ein Armband, das angeblich aus Gold und mit Diamanten besetzt war, aber als sie damit zu einem Juwelier ging, sagte er, es seien nur Blech und Glasperlen. Als Boris Bundik merkte, daß er der reiche Mann und Mendele ein Bettler war, zeigte es sich, was er für ein Schwein war. Für sich und Schifra kaufte er Billette erster Klasse nach New York und für

Mendele eines dritter Klasse. Es wäre alles in Ordnung gewesen, wenn Schifra sich nicht geweigert hätte, auf dem Schiff von Mendele getrennt zu sein. Sie schlug Krach, aber Boris setzte sich durch. Offenbar waren ihm Bedenken wegen dieses schmutzigen Geschäfts gekommen. Was brauchte er einen jüngeren Mann als Partner? Dieser Unfug konnte nicht lange gutgehen. Er war ernüchtert, und das Spiel war aus.

Mendele erzählte später überall die ganze Geschichte. Er lag in einem Loch im Zwischendeck, und Schifra kam aus ihrer Kajüte erster Klasse zu ihm. Sie aßen gemeinsam Pellkartoffeln mit Heringslake, und sie schlief neben ihm auf einer harten Bank. Boris Bundik wollte sie in die feine Kabine zurückholen, aber Schifra sagte: ›Da du so geizig und schäbig bist, will ich dich nicht als meinen Mann. Sobald wir in New York landen, lasse ich mich von dir scheiden. Ich will einen Gott und einen Mann.‹ Zwischen den beiden Männern kam es zu einer Prügelei, aber welche Chance konnte Mendele gegen Boris Bundik haben, der die Pratzen eines Mörders hatte? Er gab Mendele einen Stoß, und der drehte sich dreimal um sich selbst. Er griff auch Schifra an. Es geschah alles in großer Schnelligkeit. Außer sich vor Wut griff Boris nach einem Messer und stieß es in Schifras linke Brust, direkt ins Herz. Man versuchte sie wiederzubeleben, aber sie war auf der Stelle tot. Einige der kräftigeren Passagiere stellten sich gegen Boris. Sie warfen ihn zu Boden und verprügelten ihn. Der Kapitän entdeckte die Sache bald und erschien mit seiner Mannschaft. Einige meinten, daß man den Mörder in einen Sack stecken und ins Meer werfen sollte. Andere sagten, dies könne nicht ohne eine Untersuchung gemacht werden. Ein Matrose brachte ein Seil, man schnürte das Ungeheuer zusammen und schleifte ihn in den Gepäckraum, in dem es von Ratten wimmelte. Dort sollte er bei Wasser und Brot bleiben. Ein Schiff darf keine Leichen an Bord haben, so wickelten sie Schifra in ein Bettuch und ließen sie ins Meer gleiten. Ein Passagier, ein frommer Jude, sprach die heiligen Worte und das Totengebet. Alle Passagiere aus allen Klassen kamen zu der Beerdigung, wenn man das eine Beerdigung nennen kann. Mendele wurde von einem heftigen Fieber befallen und schlug mit dem Kopf gegen die Wand. Er war blutüberströmt. Er konnte nicht einmal der Zeremonie beiwohnen. Man trug ihn in die Krankenabteilung, wo ein Arzt und Medikamente waren, man verband ihn und legte ihn in ein Bett.

Ich weiß das alles, weil ich Mendele die ganze Geschichte erzählen hörte, nicht einmal, sondern viele Male. Als es Mendele besser ging, kam einer der Leute des Kapitäns und brachte ihn zu einem Verhör. Mendele erzählte alles genau, wie es gewesen war und verschwieg nichts. Beide hatten sie geliebt, und so hatten beide sie geheiratet. Auch Boris wurde zu einem Verhör gebracht, aber er bestritt alles. Nach ihm war er Schifras Ehemann und Mendele hatte versucht, ihm seine Frau zu stehlen.

Als das Schiff in New York anlegte, ging der Kapitän mit der ganzen Geschichte zu den Behörden. Es gibt da eine Insel, die Ellis Island heißt – die Insel der Tränen, wie die Passagiere sie nannten –, und dort mußten alle Reisenden der dritten Klasse hin. Ein Arzt untersuchte jeden Passagier, und wenn einer schlechte Augen oder eine kleine Wunde hatte, wurde er zurückgeschickt. Die Beamten auf der Insel sprachen alle Sprachen – Englisch, Jiddisch, Russisch, Polnisch, sogar Chinesisch –, und sie holten sich Mendele und Boris Bundik zu einem neuerlichen Verhör. Es waren auch Zeugen da. Mendele sagte wiederum die ganze Wahrheit, aber Boris Bundik log das Blaue vom Himmel herunter, um sich zu schützen. Die Beamten ließen sich nichts vormachen. Sie hatten die beiden Ehekontrakte von Schifra vor sich. Einer war mit Boris' Namen unterzeichnet, der andere mit Mendeles. Nach einer Weile wurde beschlossen, Mendele nach Hamburg zurückzuschicken und Boris in Amerika vor Gericht zu bringen. Dort setzen sie die Mörder auf einen elektrischen Stuhl und braten sie zu Tode. Mendele hat nie erfahren, was mit Boris geschah.«

»Warum haben sie denn Mendele nicht in Amerika behalten?« fragte Seinwel.

»Weil Bigamie auch in Amerika verboten ist«, antwortete Koppel.

»Er könnte doch behauptet haben, daß er der Ehemann und Boris der Liebhaber gewesen ist«, sagte Reuben, der Falschspieler.

Koppel lachte und zwinkerte mit den Augen. »Erstens hatte er kein so schlaues kleines Gehirn wie du. Zweitens, was sollte ihm Amerika ohne Schifra? Dort hätte er Hosen bügeln müssen. In Warschau hatte er einen wohlhabenden Vater.«

»Ja, das ist richtig.«

»Was ist aus ihm geworden? Hat er wieder geheiratet?« fragte Seinwel.

»Ja, vier Jahre später«, antwortete Koppel. »Die ersten Monate lief er völlig kopflos herum. Er wollte nicht essen, und seine Mutter schleppte ihn zu Ärzten. Er lief durch die Straßen und redete zu sich selbst wie ein Verrückter. Seine Geschichte erschien in den Zeitungen. Nicht nur in den jiddischen, auch in den polnischen.«

»Kanntest du seine neue Frau?« fragte Reuben.

»Ja, ich kannte sie. Ein Mädchen aus einem reichen Haus, aber sie war keine Schifra.«

»Hat man jemals etwas von Boris Bundik gehört?«

»Er verschwand wie ein Stein im Wasser.«

Es wurde still zwischen den Gefangenen, von draußen war das Rattern der Straßenbahn auf den Gleisen zu hören. Von der Oberleitung zündete ein Funke, und die Zelle war einen Augenblick lang wie von einem Blitz erleuchtet.

»Die Liebe ist wie die Elektrizität«, sagte Seinwel. »Sie flackert kurz auf und ist bald erloschen.«

»Hat es einen Sinn, zwei Männer zu heiraten?« fragte Reuben.

»Und hatte es einen Sinn im Altertum, daß ein Mann zwei oder vier oder sechs Frauen heiratete?« sagte Koppel. »Die Männer hatten das Sagen, und sie machten die Gesetze, wie es ihnen gefiel. Wenn Frauen einmal die Gesetze schreiben werden, werden sie es für legal erklären, daß eine Frau ein Dutzend Männer heiraten kann.«

»Wenn man sich so etwas Verrücktes vorstellen kann. Wie soll dann ein Mann wissen, daß er der Vater seines Kindes ist?« fragte Seinwel.

»Er kann es nicht wissen«, sagte Reuben.

Und die Insassen brachen in das heitere Gelächter derer aus, die nichts mehr zu verlieren haben.

Der Einsiedler

Die Winternacht war lang und kalt. Die Bettler und Pilger, die im Lehrhaus auf den Bänken schliefen, begannen sich zu rühren und wachten auf. Einer seufzte, ein anderer hustete, ein dritter kratzte sich am Kopf. Eine Gedächtniskerze in einem Leuchter neben dem heiligen Schrein warf zittrige Schatten über Wände und Decke.

Aus dem äußeren Raum hörte man Fußtritte, und jemand stampfte den Schnee von seinen Schuhen. Die Tür wurde geöffnet, und ein magerer, blasser Mann trat schneebedeckt ein. Die Bettler richteten sich auf.

»He, wo kommst du her mitten in der Nacht?« fragte einer von ihnen.

»Ich habe mich verirrt. Ich war zu Fuß nach Lublin unterwegs, aber der Weg war plötzlich vom Schnee verschüttet, und ich kam nicht weiter. Es ist ein Wunder, daß ich überlebt habe.«

»In diesem Schneesturm ist das noch mehr als ein Wunder!«

»Du wirst am Sabbat das Dankgebet sprechen müssen«, rief ein anderer. »Du wirst auch hungrig sein«, sagte ein dritter.

»Erst muß ich etwas trinken.«

Der Fremde zog seinen schäbigen Mantel aus und dann noch einen, den er darunter trug. Als er hereingekommen war, war sein Bart weiß vom Schnee gewesen, aber als der Schnee schmolz, wurde er schwarz. Er sah nicht eigentlich wie ein Bettler oder ein Pilger aus, eher wie ein Händler, der sich auf dem Weg zu einem Markt verirrt hatte. Er trug einen Ranzen und einen Korb, wie ihn die Jeschiwaschüler gebrauchen.

»Was hat dich veranlaßt, bei diesem Wetter zu Fuß zu

gehen?«, fragte ein vierter Bettler. »Konntest du keinen Schlitten bekommen?«

»Sie haben nicht auf mich gewartet, und warum soll ein Pferd mich ziehen, wenn ich meine eigenen zwei Füße habe?«

»Wenn du hungrig bist, kannst du ein Stück Fleisch von mir haben, das mir gestern eine gutmütige Hausfrau gegeben hat«, sagte einer der Bettler.

»Fleisch? Nein. Danke.«

»Ein Stück Brot?«

»Brot, ja. Aber ich muß erst meine Hände waschen.«

»Im Vorraum ist eine Waschgelegenheit.«

»Danke. Später.«

»Du hast wohl Angst, daß das Fleisch nicht streng koscher ist?«

Der Fremde schwieg eine Weile, als ob er eine Antwort überlege. Dann sagte er: »Für mich ist alles Fleisch nicht koscher.«

»Du ißt überhaupt kein Fleisch?«

»Nein.«

»Und was tust du am Sabbat?«

»Der Sabbat ist ein Tag der Ruhe, nicht ein Tag des Fleisches.«

»Was bist du? Ein Einsiedler?«

»Man kann es so nennen.«

»Nu, sei's drum.«

Die Bettler murmelten und flüsterten miteinander. In Litauen war ein Einsiedler nichts Besonderes, aber in Polen waren Einsiedler selten. Einer der Bettler fragte: »Und Wein trinkst du auch nicht?«

»Nein.«

»Und was machst du mit den vier Gläsern Wein, die man am Osterfest trinken muß?«

»Diese vier Gläser trinke ich.«

»Was erlaubst du dir sonst noch?«

Alle warteten auf eine Antwort, aber der Fremde schwieg. Er lief im Lehrhaus auf und ab. Er wärmte eine Hand an dem heißen Lehmofen und ging zu den Bücherregalen. Er nahm ein Buch heraus, schaute hinein und stellte es wieder zurück. Niemand erwartete, daß er eine Unterhaltung anfangen würde, aber plötzlich kam er zu den Bettlern herüber und sagte: »Gott der Allmächtige schickt uns in diese Welt, damit wir unsere Leiden ertragen. Wir können ihnen nicht entgehen.«

»Wer sagt das? Die Reichen gehen ihren Vergnügungen nach und genießen das Leben.«

»Was? Ich war einmal selbst ein reicher Mann«, sagte der Fremde, »es hat mir kein Vergnügen gebracht.«

»Warst du krank?«

»Ich war so stark wie Eisen. Und ich bin es noch, Gott sei Dank.«

»Du sprichst in Rätseln.«

»Freunde, ich kann heute nacht doch nicht schlafen.« Der Fremde erhob seine Stimme. »Wenn ihr zuhören wollt, will ich euch eine Geschichte erzählen. Ich will nicht drum herumreden, sondern gleich zur Sache kommen. Vielleicht könnt ihr etwas daraus lernen. Es sei denn, ihr wollt weiterschlafen?«

»Nein. Fang an.«

Der Fremde murmelte vor sich hin und schien zu zögern. Er blickte noch einmal zu den Bücherregalen, als ob er von ihnen Rat und Erlaubnis erwarte. Er setzte sich auf eine der Bänke und begann: »Ich bin in Radom geboren. Mein Vater – er ruhe in Frieden! – war ein recht wohlhabender Mann. Ich prahle nicht, wenn ich sage, daß ich schon als Schüler ein halber Gelehrter war, und die Heiratsvermittler waren schon vor meiner Bar Mizwa hinter mir her. Ich heiratete die einzige Tochter eines Mannes aus Pilica. Mein Schwiegervater war ein reicher Mann und nahm mich in sein Geschäft. Da meine Frau das einzige Kind war, wäre bei seinem Tod alles an mich gefallen – in hundertzwanzig Jahren, wie es heißt. Wir waren kinderlos, was natürlich ein Unglück ist, aber was kann man machen. Mein Schwiegervater war Holzhändler und, ehrlich gesagt, es stellte sich heraus, daß ich ein tüchtiger Kaufmann war. Ich hatte alle anderen Kaufleute fest in der Hand. Wenn jemand mir damals gesagt hätte, daß ich ein Einsiedler werden würde, wie ihr das nennt, hätte ich ihn ausgelacht. Meine Frau – Esther hieß sie – kaufte in Radom und manchmal sogar so weit entfernt wie Warschau, ein, denn Pilitz war ein kleines Dorf. Sie hatte viel Schmuck, hielt zwei Mädchen, und wir schlemmten an Wochentagen mit gebratenen Tauben und Marzipan.

Wenn keine Kinder da sind, dann wird der Mann des Hauses zum Kind. Ich will gestehen, daß ich durchaus kein Heiliger war. Ich erlag völlig den weltlichen Leidenschaften. Zum Schein las ich jeden Tag eine Seite im Talmud, im übrigen tat ich, was ich wollte. Natürlich aß ich koscher. Aber wieso ist nichtkoscheres Essen besser als koscheres? Ich liebte besonders, was andere nicht haßten – ihr wißt, was ich meine. Ich bin von Natur aus ein hitziger Mann, und eine Frau war nicht genug für mich. Meine Frau war oft krank, und zwei Wochen im Monat ist die Frau nicht rein. Ich war oft auf Geschäftsreisen, und wie es so geht, kehrte ich häufig zu ihrer unreinen Zeit zurück. Das machte mir oft Kummer. So geschah es, daß ich, wenn ich einem appetitlichen Mädchen begegnete, nicht widerstehen konnte. Ich wußte, daß es eine tödliche

Sünde war, aber ich fand alle möglichen Entschuldigungen. Der Böse spielt die Rolle des Gelehrten recht gut. Er kann die Dinge so drehen und wenden, daß es eine gute Tat ist, am Jom Kippur Schweinefleisch zu essen.

An einem Sommerabend fuhr ich in einem Wagen nach Hause. Es gab nur zwei Reisende – mich und eine Frau aus einem Dorf in der Nähe von Lublin. Es hätte keinen Sinn, ihren Namen zu nennen. Es war eine warme und dunkle Nacht. Der Kutscher war schwerhörig. Die Situation war günstig. Ich ließ mich auf eine Unterhaltung mit ihr ein. Ihr Mann war ein Frommer, ein Schiedsrichter in rabbinischen Streitigkeiten, wie sie sagte. Gewöhnlich hielt ich mich an Dienstmädchen, verlassene Frauen oder eine Kellnerin in einem Gasthof, obwohl ich verheiratete Frauen vorzog. Aus irgendeinem Grund bekam der Böse diesmal mehr, als er erwarten konnte. ›Baruch‹, sagte er zu mir, ›sei kein Narr. Sie wartet nur darauf. Vergnüge dich mit ihr.‹ Ich rückte näher an sie heran, aber sie reagierte nicht. Ich sagte ihr wie hübsch und klug sie sei und machte noch andere Komplimente, bis sie plötzlich nachgab. Warum es in die Länge ziehen? Ich sündigte mit ihr an diesem Abend, in dem Wagen. Der Weg war steinig, und die Räder ratterten über die Steine. Wie ich schon sagte, die Nacht war pechschwarz und der Kutscher schwerhörig. Während es geschah, war ich bestürzt und wunderte mich, warum die Frau eines frommen Mannes, eine jüdische Tochter aus einer ehrenwerten Familie, sich so erniedrigte. Obwohl ich glaubte, das beste Geschäft meines Lebens gemacht zu haben, hatte ich doch einige Zweifel an dem Ganzen, und der Böse sprach mir gut zu: ›Hatte König David die Erlaubnis, Bathseba zu heiraten? Er schickte einfach ihren Mann, den Hethiter Uria, in den Krieg. Nu, sind alle die anderen sogenannten Heiligen wirklich so gut?‹ Der Böse hat auf alles eine Antwort.

Wie auch immer, wenn zwei Fremde sich unterwegs treffen und sich auf solche Schändlichkeit einlassen, so schämen sie sich doch und sind sich fremd. Ich saß in einer Ecke und sie in der anderen. Nach einiger Zeit fielen mir die Augen zu, und ich nickte ein. Im Traum sah ich einen Mann. Sein Bild war so lebhaft als sei ich wach. Er war klein, hatte einen blonden Bart und war in einen Kaftan aus Samt gekleidet, in ein weites Gewand mit Fransen und Schuhen wie die eines Rabbiners. Ich hatte diesen Mann vorher nie gesehen, und selbst im Traum wußte ich, daß er mir ganz unbekannt war. Mir fiel auf, daß er auf der rechten Stirnhälfte eine Geschwulst hatte. Er kam nah an mich heran und sagte: ›Baruch, was habt Ihr getan? Wegen einer solchen Schandtat verliert man die zukünftige Welt.‹

Im Traum fragte ich ihn: ›Wer seid Ihr?‹, und er antwortete: ›Das ist unwichtig. Die Augen können nur bei Licht sehen, aber die Seele sieht auch im Dunkeln.‹ Das waren seine Worte. Ich fuhr auf und erwachte. Ich weiß nicht warum, aber seine Worte entfachten einen Sturm in mir. Ich hörte die Frau in ihrem Beutel herumsuchen, und ich fragte sie: ›Wartet Euer Mann zu Hause auf Euch?‹

›Warum wollt Ihr das wissen?‹ antwortete sie.

›Ich bin nur neugierig‹, sagte ich.

›Hört zu‹, sagte sie, ›was vorbei ist, ist vorbei. Ich kenne Euch nicht, und Ihr kennt mich nicht. Und damit Schluß. Ich werde bald wieder bei meinem Mann sein, und Ihr seid auf dem Weg zu Eurer Frau. Wir tun, als sei nie etwas passiert.‹

Ich hatte solche ordinären Sprüche von übermütigen Mädchen, Köchinnen und dergleichen gehört, aber von dieser Frau war es schockierend. Ich sagte nichts mehr.

Ich legte den Kopf zurück und schlief wieder ein. Sofort sah ich abermals den gleichen Mann mit dem blonden Bart, dem Samtrock und der Geschwulst auf der Stirn. Er schrie: ›Ihr dürft Euch nicht länger Baruch nennen. *Baruch* heißt gesegnet, aber Ihr seid verflucht.‹

Ich zitterte und wachte in kalten Schweiß gebadet auf. Die Frau war offenbar auch eingeschlafen. Ich sagte etwas zu ihr, aber sie antwortete nicht. Es war, wie es in den Sprüchen Salomon geschrieben steht: ›Also ist auch der Weg der Ehebrecherin, die verschlinget und wischet ihr Maul und spricht: Ich habe kein Übels getan.‹

Ich kehrte als ein zerschmetterter Mann zurück. Ich hatte niemals Ärger über die Frauen empfunden, mit denen ich mich vergnügt hatte. Warum sollte man sich ärgern? Aber gegen diese Frau empfand ich Widerwillen. Irgend etwas brannte in mir, und ich wußte nicht warum. Ich hörte, daß jemand mich beschimpfte, aber ich wußte nicht, wer und was er sagte. Ich dachte: wenn eine Frau wie sie, mit einem Gelehrten verheiratet, imstande ist, ihn so leichtherzig zu betrügen, dann kann doch kein Mann einer Frau sicher sein. Und wenn das so ist, dann ist es das Ende der Welt. Mir kam auch in den Sinn, daß sie schwanger geworden sein könnte und ihrem Mann einen Bastard gebären würde. Ich fand keine Ruhe mehr. Ich fürchtete, in die Neunundvierzig Tore der Unreinheit gesunken zu sein. Ich sah auch meine Frau anders an. Wer weiß? Wenn sie mit mir war, schien sie schwächlich zu sein, aber wenn ich fort war, konnte sie sich verjüngen. Ich fand keine Ruhe mehr, weder in der Nacht noch in vielen Nächten und Tagen später. Mein Mißtrauen wurde so groß, daß ich schon das Schlimmste erwartete, wenn meine Frau an der Tür vom Metzger Kutteln und Kalbsfüße kaufte. Ich bildete mir ein, daß sie ihm zublinzelte und ihm zunickte. Wochen vergingen auf diese Weise. Gewöhnlich heilt die Zeit solche Störungen. Aber meine Unruhe wurde immer schlimmer. Sie drohte mein Gehirn zum Bersten zu bringen. Ich war ernstlich besorgt, verrückt zu werden und in einem Irrenhaus zu landen. Zeitweise dachte ich daran, einen Arzt aufzusuchen und ihm von meinen Qualen zu berichten. Meiner Frau gegenüber war ich von Haß erfüllt, während ich in meinem Innersten genau wußte, daß sie eine anständige Frau war und ihr solche wollüstigen Gedanken niemals kommen würden. Für Augenblicke kehrte meine Liebe zu ihr wieder zurück, und ich wünschte, sie gesund und glücklich zu sehen. Dann wiederum wünschte ich ihren Tod und dachte mir alle möglichen Arten der Rache aus. Wann immer ich sie mit einem Mann sprechen sah, und sei es nur mit dem Wasserträger, war ich überzeugt, daß sie nicht nur mich zu betrügen, sondern meinen Tod planten. Um es kurz zu machen, ich war am Rande des Wahnsinns, vielleicht sogar des Mordes. Freunde, seht mich nicht so an. Das kann jedem Mann passieren, der die bösen Mächte, die in uns allen schlummern, nicht bändigt. Nur einen Schritt von Gott entfernt ist man bereits im Reich des Satans und der Hölle. Ihr glaubt mir wohl nicht, wie?«

»Doch, doch«, sagte einer der Bettler. »In unserer Stadt hat ein Gutsbesitzer seine Frau erwürgt, weil sie einen anderen Gutsbesitzer angelächelt hatte. Er versuchte auch, den anderen zu töten, aber der rannte davon.«

»Das waren aber Christen, keine Juden«, sagte ein anderer Bettler. »Und kein Toragelehrter, wie Ihr einer seid.«

»Der Teufel führt jeden in Versuchung«, sagte ein anderer. »Er kann selbst die Gedanken eines achtzigjährigen Rabbiners überfallen. Das habe ich in Zamosc von einem Prediger gehört.«

»Das ist wahr«, sagte der Fremde. »Damals habe ich das nicht gewußt, aber jetzt weiß ich es. Ich wünschte, ich hätte damals mehr darüber gewußt. Mein Schlaf wäre dann weniger qualvoll gewesen.«

Eine Minute lang schwiegen alle. Die Bettler sahen einander an und zuckten die Achseln.

»Jetzt hört Euch das an«, rief der Fremde. »Eines Morgens ging ich ins Lehrhaus und sah dort einen Mann mit einem blonden Bart, in einem Samtkaftan und mit einer Geschwulst auf der Stirn. Er wurde von der Gemeinde mit großem Respekt begrüßt. Ich fragte, wer er sei, und man sagte mir, er sei Schiedsrichter in rabbinischen Streitigkeiten in einer anderen Stadt. Ich glaubte, man hätte mir mit einem Hammer auf den Kopf geschlagen. Dies war der Mann aus meinem Traum. Ich wurde bleich und fing an zu zittern. Die Leute kamen zu mir herüber und fragten: ›Baruch, fühlst du dich nicht wohl? Was ist los?‹ Ich griff mir an den Kopf und lief aus dem Lehrhaus. Ich ging zu meiner Frau und sagte: ›Esther, du mußt alles übernehmen – das ganze Geschäft, betrachte dich als Witwe.‹ Sie dachte, ich sei verrückt geworden. ›Was ist geschehen?‹ fragte sie. Und ich sagte: ›Du bist eine gute Frau, aber ich bin nicht wert, dein Mann zu sein.‹ ›Was hast du getan?‹ fragte sie. Und ich wollte ihr die Wahrheit sagen, aber ich fand keine Worte. Sie war an diesem Tag nicht recht wohl, und ich befürchtete, was ich ihr sagen wollte, könnte sie umbringen. Ehebruch zu begehen ist eine Sache, aber seine geliebte Frau zu töten eine andere. Sie sah aus, als ob sie gleich in Ohnmacht fallen würde. Da ich ihr die Wahrheit nicht sagen konnte, erfand ich eine Lüge – daß ich Schwierigkeiten im Geschäft habe. Sie versuchte, mich zu trösten. ›Das ist doch nur Geld‹, sagte sie. ›Beruhige dich. Deine Gesundheit ist mir wichtiger als alles Geld der Welt.‹ Mir wurde in diesem Augenblick klar, daß einen Unschuldigen zu verdächtigen zu den schlimmsten Verbrechen führen kann.

In dieser Nacht tat ich kein Auge zu. Einen Augenblick lang wollte ich sie um Vergebung bitten, sie verdächtigt zu haben, aber dann hörte ich den Bösen zu mir sagen: ›Dieser andere Mann, mit dessen Frau du gesündigt hast, könnte sich genauso feige verhalten haben wie du, wenn er seine Frau verdächtigt hätte. Sie sind alle gleich: falsch und treulos. Früher, vor der Zerstörung des Tempels, konnte ein Mann, wenn er Eifersucht verspürte, mit seiner Frau zum Geistlichen gehen und sie dort Bitterwasser trinken lassen. Und wenn sie ihn wirklich betrogen hatte, würde ihr Leib anschwellen und ihre Beine nachgeben. Aber in unserer Zeit können sie all ihren geilen Wünschen nachgeben, und kein Hahn kräht danach.‹ Sofort fühlte ich wieder Haß meiner Frau gegenüber. Ich spürte, daß ich sie verlassen mußte. Und das habe ich getan. Ich wußte, eine anständige Frau zu verlassen ist das Schlimmste, was ein Mann tun kann. Aber ich wußte auch, daß ich ihr die Scheidungspapiere zukommen lassen konnte, und das würde ihr erlauben, wieder zu heiraten. Und genau das tat ich. Ich ging in eine weit entfernte Stadt, ließ von einem Schreiber die Scheidungspapiere ausfertigen und schickte einen Boten damit zu ihr. Ich wußte, wäre ich noch länger mit ihr zusammengeblieben, es wäre ihr und mein Tod gewesen.«

»Und Ihr seid niemals zurückgegangen?«, fragte einer der Bettler.

»Nie.«

»Wart Ihr nie in Versuchung?«

»Ich war nicht einmal, sondern tausendmal in Versuchung. Aber ich konnte es nicht tun.«

»Sie hätte doch schwanger sein können, als Ihr sie verlassen habt.«

»Ich wußte, daß es nicht der Fall war.«

»Glaubt Ihr, daß das, was Ihr getan habt, richtig war?«

»Nein. Ich war im Unrecht, aber in den Jahren meiner Wanderung habe ich so viele Geschichten von Verrat zu hören bekommen, daß ich den Glauben an die Menschheit verloren habe. Ich kam zu dem Schluß, daß mir nichts anderes übrig blieb, als auf der Erde herumzuwandern. Überdies bleibe ich nie länger als einen Tag oder zwei an einem Ort, so daß ich keine Beziehung zu irgend etwas oder irgend jemandem entwickeln kann.«

»Ihr seid also immer auf der Flucht?«

»Ich laufe nur vor mir selbst davon. Jemand wie ich darf zu keiner Gemeinde gehören.«

»Wie lange werdet Ihr in unserer Stadt bleiben?«

Der Fremde überlegte. »Ich habe schon zuviel gesagt. Ich werde bei Sonnenaufgang fortgehen.«

Verkleidet

Als Temerl unter dem Hochzeitsbaldachin stand, konnte sie nicht wissen, daß sie in weniger als einem halben Jahr eine verlassene Frau sein würde. Temerl war die Tochter eines reichen Mannes. Pinchas – oder Pinchasl, wie ihr Mann genannt wurde, weil er klein und schmächtig war – war ein armer Jeschiwaschüler. Er erhielt von seinen Schwiegereltern eine große Mitgift, und man versprach ihm Kost und Logis auf zehn Jahre. Temerl sah gut aus. Warum sollte jemand von ihr weglaufen? Aber ein paar Monate nach der Hochzeit war Pinchasl verschwunden. Er packte heimlich ein paar Kleider in ein Bündel, nahm seine Gebetsriemen und seinen Gebetsschal und verließ die Stadt zu Fuß. Obwohl er die ganze Mitgift hätte mitnehmen können, nahm er nur drei Silbergulden mit.

Nein, Pinchasl war kein Dieb, und er war auch kein Schürzenjäger. Er sah Temerl kaum an, als er am Hochzeitsabend den Schleier von ihrem Gesicht hob. Warum lief er also fort? Einige Leute dachten, er habe Heimweh nach Komarów, wo er aufgewachsen war, und sehne sich nach Mutter und Vater. Aber auch die Eltern hatten nichts von ihm gehört, nachdem er seine Frau verlassen hatte. Irgend jemand hatte ihn in Zamosc gesehen, ein anderer in Lublin. Danach gab es keine Spur mehr von ihm. Pinchasl war verschwunden.

Die Leute hatten allerlei Vermutungen. Vielleicht hatte er sich mit seiner Frau gezankt? Vielleicht gefiel ihm die Stadt, in der seine Schwiegereltern lebten, nicht? Vielleicht wollte er dem jüdischen Exil ein Ende bereiten und ins Land Israel zurückkehren? Aber selbst dann hätte er doch nicht weglaufen müssen. Er hätte sich von Temerl scheiden oder ihr durch einen Boten den Scheidebrief überbringen lassen können. Eine jüdische Tochter zu verlassen ist eine schwere Sünde, denn wenn sie nicht nach dem Gesetz von Moses und Israel geschieden wurde, konnte sie nicht wieder heiraten.

Temerl war traurig und weinte. Es wäre kein so großes Unglück gewesen, wenn sie wenigstens schwanger gewesen wäre. Aber er hinterließ ihr nichts als ein schweres Herz. Die Frauen fragten Temerl: »Ist er an deinen reinen Tagen in dein Bett gekommen?« »Hat er freundlich zu dir gesprochen?« »Hast du dich ihm je verweigert?« Nach Temerls Antworten war es klar, daß sie wie Mann und Frau miteinander gelebt hatten.

Soweit die Familie sich erinnerte, war Pinchasl am Abend des Tages, an dem er fortging, im Lehrhaus gewesen und hatte bis zu später Stunde ein talmudisches Buch gelesen. In seinem Gesicht hatte es kein Zeichen gegeben, daß er sich auf etwas Ungewöhnliches vorbereitete. Mitten in der Nacht, als Temerl schlief, hatte er sein Bündel gepackt und war davongeschlichen. Warum? Und wohin? Seine Eltern und sein Schwiegervater schickten Boten aus, um in den umliegenden Städten nach ihm zu suchen. Die Familie schrieb an Rabbiner und Gemeindeälteste in ganz Polen. Aber Pinchasl war es offenbar gelungen, allen auszuweichen. Es gab nur eine Erklärung: die Dämonen hatten ihn eingefangen. Aber wenn die Dämonen einen Mann einfangen, dann kann man ihn nicht in Zamosc und in Lublin gesehen haben. Sie schleppen ihn hinter die schwarzen Berge, wo weder Mensch noch Tier anzutreffen sind. Einige der Frauen murmelten, daß Pinchasl vielleicht Haß gegen Temerl empfunden hatte. Aber wie konnte irgend jemand Temerl hassen? Sie war erst siebzehn Jahre alt, sie hatte eine seidenweiche Haut, dunkle Augen und schlanke

Glieder und schien ihrem Ehemann ergeben zu sein. Sie hatte ihm eine reich verzierte Hülle für seinen Gebetsschal genäht und als Hochzeitsgeschenk eine samtene Decke für die Mazze, mit Goldfäden und seinem Namen in kleinen Perlen bestickt. Wenn er zu lange im Lehrhaus blieb, hatte sie das Mädchen geschickt, ihn zum Essen zu rufen.

Es kamen Gerüchte auf, nach denen ein junger, jüdisch aussehender Mann in einer Prozession von Priestern und Mönchen in einem Kloster gesehen worden war. Aber das konnte unmöglich der gelehrte und gesetzestreue Pinchasl gewesen sein. Die Leute sagen oft, daß man die Wege des Allmächtigen nicht verstehen kann. Aber das Verhalten der Menschen kann ebenso verwirrend sein.

Zwei Jahre vergingen. Pinchasls Eltern und Schwiegereltern hatten ihn nah und fern gesucht. Sie hatten in jeder Stadt und in jedem Dorf, in denen sich ein Jude niederlassen konnte, nachgefragt. Eines Tages überraschte Temerl ihre Eltern mit dem Entschluß, selbst die Suche nach ihrem Mann aufzunehmen. Ihre Mutter, Baila, weinte bitterlich. Wie konnte sie ihrer neunzehnjährigen Tochter erlauben, über die ganze Erde zu wandern? Wohin würde sie gehen? Wo würde sie bleiben? Baila fürchtete, das gleiche Schicksal, das Pinchasl befallen hatte, würde auch sie befallen. Aber ihr Vater, Reb Schlomo Meltzer, nahm einen anderen Standpunkt ein. Es war nicht ungewöhnlich für eine verlassene Frau, sich auf die Suche nach ihrem Mann zu begeben. Es war mehr als einmal geschehen, daß die Frau ihren Mann endlich gefunden hatte und sich von ihm scheiden ließ, oder sie fand Zeugen für seinen Tod. Was hatte Temerl zu verlieren? Ihr Leben war auf jeden Fall ruiniert. Reb Schlomo gab seiner Tochter Geld und gab ihr eine Frau mit auf den Weg, um sie in ihren Bemühungen zu unterstützen. Die Frau war eine Witwe und entfernt mit ihm verwandt.

Für Temerl begann eine lange Reise. Sie hatte keinen besonderen Plan. Sie folgte allen möglichen Spuren. Wenn man ihr den Namen einer Stadt nannte, den die Boten vergessen haben mochten, fand sie einen Wagen und fuhr dorthin. Wo immer sie hinkam, suchte sie den Rabbi und die Gemeindeältesten auf und besuchte die Synagoge und das Lehrhaus. Sie forschte auf den Marktplätzen, in den Nebenstraßen und in den Armenhäusern. Sie fragte, ob irgend jemand einen gewissen Pinchasl gesehen oder über ihn etwas gehört hätte. Die Leute zuckten die Achseln, schüttelten den Kopf. Pinchasl hatte keine besonderen Merkmale. Er sah wie ein durchschnittlicher junger Chassid aus. Als er sie verlassen hatte, war ihm noch kein Bart gewachsen, aber inzwischen konnte ihm ein kleiner Bart gewachsen sein. Wohin immer Temerl und ihre Begleiterin kamen, hörten sie die gleichen Worte: »Geh und such eine Nadel in einem Heuhaufen.«

Monate vergingen, und Temerl setzte ihr Suchen fort. Auf ihrer Reise durch die Lubliner Gegend und noch weiter bis in das sogenannte Großpolen wurde sie erfahrener und reifer als üblich für ihre Jahre. Sie lernte viel durch ihren Aufenthalt in Gasthöfen, wo sie allerlei Gesprächen zuhörte. Sie traf auch andere verlassene Frauen. Männer verschwanden einfach. Ab und zu verschwand auch eine Frau, aber das waren seltene Fälle. Temerl lernte, wie groß die Welt ist und wie ungewöhnlich Menschen sein können. Jedes menschliche Wesen hatte seine eigenen Wünsche, seine eigenen Pläne und manchmal auch seine oder ihre Verrücktheit. In der Stadt Chelm, so erfuhr sie, hatte sich die Tochter eines reichen Juden in einen Schweinemetzger verliebt und trat zum Katholizismus über. In

Jaroslaw hatte sich ein wohlhabender Geschäftsmann von seiner Frau scheiden lassen und hatte eine Prostituierte geheiratet. In Lemberg hatte man einen Scharlatan eingesperrt, der vierundzwanzig Familien in vierundzwanzig Städten und Dörfern hatte. Temerl hörte auch viele Geschichten von Leuten, die von Kobolden entführt worden waren, von Kindern, die von Zigeunern geraubt und versklavt worden waren und von Männern, die nach Amerika geflüchtet waren, wo, so erzählte man, es Nacht war, wenn in Polen Tag war, und wo die Menschen auf dem Kopf liefen. Man sprach auch von einem Monstrum, das mit einem grauen Bart und Wolfszähnen geboren worden war. Aber Temerl hatte das Gefühl, Pinchasl sei nicht von Kobolden entführt worden und er sei auch nicht im fernen Amerika, jenseits des Ozeans, verloren.

Temerl reiste durch alle jüdischen Städte. Das Geld, das ihr der Vater mitgegeben hatte, war zu Ende, aber sie hatte ihren Schmuck bei sich und verkaufte etwas davon. Sie hatte ihren Eltern geschrieben, aber sie konnten ihr nicht antworten, da sie nie lange genug an einem Ort blieb. Allmählich wurde ihre Begleiterin des Herumwanderns müde und kehrte um. Für Temerl war das Wandern Gewohnheit geworden. In einer Stadt sah sie jemanden, der Pinchasl ähnelte. Sie alarmierte die Gemeindeältesten, und er wurde zum Rabbi gebracht und später in das rituelle Bad, aber gewisse Merkmale seines Körpers stimmten nicht mit Temerls Beschreibung überein. Er hatte keinen schwarzen Nagel am großen Zeh des linken Fußes und auch keine Warze am Hals. Er leugnete, in Komarów geboren zu sein und schwor, daß sein Name nicht Pinchasl, sondern Mosche Schmerl sei. Er gab zu, verheiratet und Vater von Kindern zu sein, sagte aber, er sei nicht von seiner Frau weggelaufen. Das Gegenteil war der Fall. Seine

Frau weigerte sich, mit ihm zu leben, da er nicht für die Familie sorgen konnte, und er war ausgezogen, eine Arbeit als Lehrer zu finden. Der Rabbi und die Ältesten glaubten ihm, und Temerl mußte eine Buße von achtzehn Groschen zahlen, weil sie einen Unschuldigen verdächtigt und einem Fremden einen schlechten Ruf angehängt hatte.

Temerl reiste bis in die Stadt Kalisch und ging dort über den Marktplatz, als sie eine Frau erblickte, die ihr merkwürdig bekannt vorkam. Wo habe ich dieses Gesicht schon einmal gesehen, überlegte Temerl. Die Frau kaufte Eier bei einem Händler und trug einen Korb, in den sie die Einkäufe legte. All dies war nichts Ungewöhnliches, aber Temerl starrte die Frau an und konnte sich nicht bewegen. Plötzlich wußte sie, wem die Frau ähnlich sah: niemand anderem als Pinchasl! »Werde ich verrückt?« fragte sich Temerl in Verwirrung. Sie erinnerte sich an die Strafe von achtzehn Groschen für eine falsche Anschuldigung.

In diesem Augenblick warf die Frau einen Blick auf Temerl und schien so erschüttert zu sein, daß sie ihren Korb fallen ließ und die Eier zerbrachen. Sie versuchte wegzulaufen, aber der Händler lief ihr hinterher und rief, sie habe die Eier noch nicht bezahlt. Die Frau blieb stehen und suchte nach Geld, aber ihre Hand zitterte, und die Münzen fielen ihr aus der Tasche. Temerl war einer Ohnmacht nahe, sie bemerkte, daß die Backen der Frau nicht glatt waren, sondern mit einem Flaum bedeckt, als ob ihr ein Bart wachse. Auch ihre Hände waren zu groß für eine Frau. Ein wilder Gedanke durchfuhr Temerl: vielleicht ist das Pinchasl, als Frau verkleidet. Aber warum sollte ein Mann wie eine Frau gekleidet herumlaufen? Nach den

Gesetzen Moses' war es einem Mann verboten, Frauenkleider zu tragen und umgekehrt.

Die Frau suchte die gefallenen Münzen zusammen und bezahlte den Händler. Dann lief sie eilig davon. Sie rannte fast, und Temerl lief hinter ihr her, schreiend und sie zurückrufend. Die Frau blieb stehen. »Warum verfolgen Sie mich. Was wollen Sie?« fragte sie mit Pinchasls Stimme.

»Du bist Pinchasl!« rief Temerl aus.

Die fremde Frau stand blaß und sprachlos da und leugnete es nicht. Schließlich gelang es ihr – wiederum mit Pinchasls Stimme – zu fragen: »Was machst du in Kalisch?«

»Ich suche meinen Mann. Du bist es«, rief Temerl aus. »Du hast mich als verlassene Frau zurückgelassen.« In ihrer Bestürzung würgte und weinte Temerl abwechselnd.

Die Frau sah sie an und sagte: »Komm mit mir«, und sie deutete auf eine schlammige Straße, die mit Abfällen und Schmutzwasser bedeckt war. Dort gab die fremde Frau, nachdem sie Temerl beruhigt hatte, zu: »Ja, ich bin Pinchasl.«

»Warum bist du weggelaufen? Warum hast du Frauenkleider an?« heulte Temerl. »Bist du wahnsinnig, von einem Dibbuk besessen? Was tust du hier in Kalisch und für wen hast du Eier gekauft? Bist du jemandes Diener oder Sklave? Täuschen mich meine Augen? Träume ich? Oder bin ich behext? Gott im Himmel, welches Unglück hat mich befallen!« Temerl schwankte und war einer Ohnmacht nahe. Sie griff nach Pinchasls Schulter, und ein furchtbarer Schrei kam aus ihrer Kehle.

Da er Angst hatte, Aufmerksamkeit zu erregen und fürchtete, man könne seine Schande mitanhören, rief er aus: »Ich weiß, daß es dir einen furchtbaren Schock versetzen wird, aber ich lebe hier in Kalisch mit einem Mann.«

»Mit einem Mann?« keuchte Temerl. »Willst du mich zum Narren halten? Machst du Scherze? Was soll das heißen, mit einem Mann?«

»Ja, mit einem Mann. Er heißt Elkona. Wir haben uns vor Jahren in einer Jeschiwa kennengelernt. Hier backen wir Brezeln für die Jeschiwaschüler. So verdienen wir etwas Geld, und dafür brauche ich die Eier. Verzeih mir, Temerl, aber ich wollte dich nie heiraten. Meine Eltern haben mich dazu gezwungen. Das ist die Wahrheit.«

»Wen wolltest du denn heiraten?« fragte Temerl.

»Ihn.«

Sie standen eine Weile bewegungslos, dann gelang es Pinchasl zu sagen: »Ich kann mir nicht helfen, ich muß die ganze Wahrheit beichten.«

»Was für eine Wahrheit?« rief Temerl aus. »Was hast du getan? Hast du, Gott behüte, deinen Glauben aufgegeben?«

»Nein, Temerl, ich bin noch ein Jude, aber ...« Pinchasl stotterte und zitterte. Er ließ wieder den Korb fallen, aber machte sich nicht daran, ihn aufzuheben. Er stand vor ihr, beschämt, angstvoll, blaß, bewegte die Lippen, war aber nicht fähig, ein Wort herauszubringen. Dann hörte Temerl ihn sagen: »Ich bin kein Mann mehr – nicht wirklich, nicht für dich ...«

»Was sagst du da?« fragte Temerl. »Bist du krank gewesen? Haben irgendwelche gemeinen Menschen dir etwas angetan? Was immer du mir sagen wirst, ich bin noch deine Frau, und ich muß es wissen!«

»Nein, Temerl, das ist es nicht, aber ...«

»Sprich deutlich!« Auch Temerl zitterte, und ihre Zähne schlugen aufeinander.

»Temerl, komm mit!« Pinchasl befahl und bat in einem.

»Wohin?«

»In mein Haus – ich meine das Haus, in dem wir leben.«

»Wo ist dein Haus? Wer ist ›wir‹? Hast du eine andere Frau gefunden?«

»Nein, Temerl, aber …«

»Lüge mich nicht an! Ich flehe dich an! Im Namen Gottes. Oh, ich habe Angst!«

Pinchasl ging voran und bedeutete Temerl, ihm zu folgen. Im Gehen sagte Pinchasl: »Nach dem Talmud soll ein Mann, der vom Bösen überwältigt worden ist und nicht mehr aus und ein weiß, sich in schwarze Gewänder hüllen und an einen Ort gehen, wo man ihn nicht kennt und dort nach Herzenslust leben. Das ist, was wir getan haben, Elkona und ich.«

Sie kamen zu einer anderen kleinen Straße und zu einem schäbig aussehenden Haus. Pinchasl drängte Temerl, einzutreten, aber sie weigerte sich. Er zog sie am Arm, aber sie blieb fest. Nach langem Zögern gab sie nach. Glücklicherweise war Elkona nicht zu Hause. Es gab einen Lehmofen und ein großes Brett zum Teigkneten. Es roch nach Hefe und Holzfeuer. Temerl glaubte im Bücherschrank einige von Pinchasls Büchern zu erkennen. Eine Leiter führte zu einem Bett auf dem Speicher. Pinchasl lud sie ein, sich zu setzen. Das war nicht mehr der bescheidene, schüchterne Pinchasl, den sie gekannt hatte, sondern ein gewandter Mann, der sie an die Abenteurer in den Geschichtenbüchern erinnerte, die sie vor ihrer Ehe gelesen hatte. Pinchasl bot ihr einige der Brezeln an, die er gebacken hatte, und ein Glas Sodawasser. Er entschuldigte sich wiederholt für die Sünden, die er begangen hatte und das Leid, das er ihr und ihren Eltern angetan hatte. Er scherzte und lächelte sogar – etwas, was er früher nie getan hatte. Temerl hörte sich sagen: »Da du deine Sünden zu bedauern scheinst, könntest du vielleicht bereuen und zu Gott zurückkehren und auch zu mir.«

»Dafür ist es zu spät«, antwortete Pinchasl. »Ich kann bedauern, aber nicht bereuen. Die in unserem Netz Gefangenen können nie wieder entfliehen.« Und er zitierte aus den Sprüchen Salomos: »Alle, die zu ihr eingehen, kommen nicht wieder und ergreifen den Weg des Lebens nicht.«

So erschüttert Temerl war, sie hörte ihn an. Sie sagte zu Pinchasl, es gebe für ihn nur eine einzige erlösende Tat, und das sei, sich von ihr scheiden zu lassen und sie sobald wie möglich zu befreien. Pinchasl war sofort bereit dazu, aber das könne nicht in Kalisch geschehen, wo man ihn als Elkonas Frau kannte.

»Du hättest es damals sofort tun können«, warf Temerl ihm vor. »Und hättest mir damit all das Elend ersparen können, das ich durchgemacht habe.«

»Wir wissen, daß wir bestraft werden und sind bereit für die Flammen Gehennas«, sagte Pinchasl. »Auch Leidenschaften sind Feuer. Sie sind Gehenna auf Erden, vielleicht das Tor zur Hölle. Inzwischen laß uns ein Glas Tee zusammen trinken.«

Temerl traute ihren Augen nicht. Pinchasl brachte Tee und Konfitüre für sie. Sie saßen und tranken zusammen wie zwei Schwestern. Er sagte: »Meine Eltern hatten sich Enkel von uns gewünscht, aber sicher nicht durch einen Ausgestoßenen wie mich, der von den Juden exkommuniziert und von den Christen gehängt worden wäre. Aber du, Temerl, wirst bald wieder heiraten und deinen Eltern die Freude bringen, die sie erwarteten. Ich wünsche dir schon jetzt Glück.«

»Du bist vollkommen verrückt, aber ich danke dir trotzdem«, sagte Temerl.

Als Elkona am Abend nach Hause kam – ein großer, gut aussehender Mann in einem kurzen Mantel und seidener Weste, seine schwarzen Haare in Locken –, wurde ihm die ganze Geschichte erzählt. Während Pinchasl noch immer mit der Demut eines Juden sprach, war Elkona einer von denen, die im Talmud als verkommen beschrieben sind, verkommen aus Lust an der Bosheit. Er leugnete die Existenz Gottes, der Vorsehung und die Heiligkeit der Tora. Er ging so weit vorzuschlagen, Temerl solle den Scheidebrief von ihm bekommen, von Elkona, um Pinchasl die teure Reise zu ersparen.

Temerl fragte Elkona: »Habt Ihr überhaupt keine Gottesfurcht?« Er antwortete: »Alles, was ich von Pinchasl will, ist, daß er bald zurückkommt und Brezeln für die Jeschiwaschüler bäckt – von denen ich einige verführt habe.« Und er zwinkerte und lachte.

Einige Wochen später, als Baila mit ihrem Mädchen in der Küche saß und Gänsedaunen für ein Federbett rupfte, öffnete sich die Tür und Temerl trat ein. Draußen schneite es. Ein eisiger Wind rüttelte an den Fensterläden. Baila stieß einen lauten Freudenschrei aus und sprang von ihrem Schemel auf. Die Daunen fielen von ihrer Schürze auf den Boden. Das Mädchen war sprachlos. Noch ehe Baila ihre Tochter begrüßen und küssen konnte, rief Temerl: »Masel tow! Hier ist mein Scheidebrief, von einem Meisterschreiber geschrieben und von zwei koscheren Zeugen unterschrieben.«

Das war alles, was sie an diesem Tag und noch für viele Tage, Wochen, Monate und selbst Jahre danach erzählte. Die richtige Geschichte, mit all ihren Besonderheiten, konnte Temerl nicht erzählen, denn Pinchasl hatte sie bei den Leben ihres Vaters und ihrer Mutter und bei allem, was ihr heilig war, schwören lassen, niemals irgendwelche Einzelheiten zu erwähnen. Alles, was sie sagen konnte, war, daß sie ihren Mann irgendwo gefunden und ihren Scheidebrief erhalten hatte. Die wahre Geschichte wurde einem Rabbi und den Ältesten der Beerdigungsgesellschaft erzählt, als Temerl auf dem Totenbett lag und ihre Beichte ablegte, umgeben von ihren Söhnen, Töchtern und Enkeln, von Freunden und Bewunderern aus der Umgebung, wo sie bis zu einem hohen Alter gelebt hatte.

»Man hat es oft von mir verlangt, und ich war häufig versucht, mein Gelöbnis zu schweigen zu brechen«, sagte Temerl, »aber Gott sei Dank habe ich meinen Mund bis zum heutigen Tag nicht geöffnet. Jetzt, nach all den Jahren, bin ich frei und bereit, die ganze Geschichte zu erzählen, denn der Ort, zu dem ich gehe, ist die Welt der Wahrheit.«

Temerl schloß die Augen. Die Frauen von der Beerdigungsgesellschaft hatten schon die Feder vorbereitet, um sie der sterbenden Frau unter die Nase zu halten und zu sehen, ob sie noch atme. Plötzlich schlug Temerl die Augen auf und lächelte, wie Sterbende es manchmal tun, und sie sagte: »Wer weiß? Vielleicht werde ich diesen Verrückten in Gehenna wiedersehen.«

Ankläger und Angeklagter

Sie sind beide schon in der besseren Welt, so kann ich diese Geschichte ruhig erzählen. Einen von ihnen, den Angeklagten, kannte ich aus New York. Unter den Jiddischisten gibt es sehr wenige Mystiker. Viele von ihnen sind Linke oder ehemalige Linke. Die jiddischistischen Schriftsteller – fast alle Jiddischisten sind Schriftsteller auf die eine oder andere Art – waren sozialpolitisch orientiert. Aber Schikl Gorlitz, wie ich ihn hier nenne, war an der Kabbala interessiert und auch an der aus Indien kommenden Weisheit. Er hat die Bhagavadgita und die Dhammapada ins Jiddische übersetzt. Er verehrte Gandhi. Er hatte vor, auch den Sohar, den ›Baum des Lebens‹ von Rabbi Isaak Luria und den ›Garten der Granatäpfel‹ von Rabbi Moses Cordovero ins Jiddische zu übersetzen. Soviel ich weiß, lebte er allein. Wovon er lebte, weiß ich bis heute nicht – bestimmt nicht von seinen Büchern, die er selbst veröffentlichte. Viele der Bücher verschenkte er. Vielleicht hat er mal etwas geerbt.

Schikl Gorlitz kam nie in das literarische Café. Er gehörte nicht zu denen, die sich bei anderen beklagen. Er war ein kleiner, zarter Mann, und es war schwer, sein Alter zu bestimmen. Er konnte zwischen fünfzig und siebzig sein. Er strahlte Ruhe aus, und um ihn war die Atmosphäre der Geistigkeit eines Menschen, für den Religion, Philosophie und Kontemplation das Wesentliche seiner Existenz waren.

Ja, er mußte etwas Geld gehabt haben, denn er machte oft lange Reisen, meistens nach Indien. Einmal überbrachte er mir Grüße von jemandem, von dem ich noch nie gehört hatte, einem in Indien berühmten Mann. Sein

Name war Rajagopalachari, er war ein enger Freund von Mahatma Gandhi und ehemaliger Innenminister von Indien. Rajagopalachari hatte eine Geschichte von mir – »Feuer« – ins Tamilische übersetzt.

Der andere Held meiner Geschichte, der Ankläger, war als Reiseschriftsteller bekannt. Ich habe ihn in den fünfziger Jahren in Buenos Aires getroffen. Ich nenne ihn David Karbinsky. Er reiste hauptsächlich in Südamerika, schrieb über diese Reisen in der jiddischen Presse und veröffentlichte seine Berichte später in Buchform. Er war ein lebensvoller Schriftsteller, und ich schrieb einmal eine gute Kritik über seine Arbeiten für den ›Daily Forward‹. Er reagierte darauf mit einem langen Dankesbrief und mit den üblichen Klagen der Schriftsteller über Redakteure, Kritiker, ja sogar Leser.

David Karbinsky war in den Siebzigern, als ich ihn kennenlernte. Er war groß und sah für sein Alter erstaunlich gesund und kräftig aus. Seine Geschichten über die Dschungel, durch die er gereist war, über die verschiedenen Stämme der Indianer, mit denen er zeitweise gelebt hatte, und über die Juden, die er an den unwahrscheinlichsten Orten getroffen hatte, entzückten mich. Wie er die Unkosten bestritt, die seine Reisen verursachten, weiß ich nicht, denn die jiddischen Zeitungen entschädigten ihre Mitarbeiter nicht für so kostspielige Reisen. Ich wußte, daß er verheiratete Kinder hatte, und vielleicht halfen sie ihm finanziell. Oder er hatte in jüngeren Jahren etwas gespart. In Argentinien schenkte er mir einmal die Haut einer großen Schlange. Ich habe nie erfahren, welche Schlangenart es war. Vielleicht hat er mir den Namen genannt, als er sie mir schenkte, aber ich habe ihn vergessen. Die Haut lag jahrelang in meinem Kleiderschrank in New York, bis die Putzfrau sie wegwarf. Sie verlor zu viele

Schuppen. Ich war nie ein Sammler, und schon gar nicht von Schlangenhäuten.

Darf ich abschweifen? Ich kannte noch einen dritten jiddischistischen Reisenden, einen Mann, der sich nach einem Territorium für Jiddischisten umsah. Er hoffte, irgendwo in Afrika oder Südamerika ein Land zu finden, das bereit war, ein großes Stück Land den Jiddischisten zu stiften, die dort mit ihrer Sprache leben wollten. Das war natürlich ein phantastischer Plan, denn so viele enthusiastische Jiddischisten gibt es gar nicht. Am Ende des vergangenen Jahrhunderts gab es viele Zionisten, die glaubten, wenn der türkische Sultan sich weigerte, den Juden eine Heimstatt in Palästina zu geben, müsse man versuchen, ein anderes Gebiet zu finden. Es ist eine Tatsache, daß die Türken sich weigerten, und Dr. Theodor Herzl, der Begründer des Zionismus, glaubte, in Uganda ein Gebiet gefunden zu haben. Die Zionisten überall in der Welt teilten sich in ›Zion-Zionisten‹ und ›Uganda-Zionisten‹. Es ist eine andere Tatsache, daß Theodor Herzl als Ugandist starb, und einige seiner früheren Anhänger betrachteten ihn als Verräter ihrer Sache.

Ich erwähne diese Landprojekte, weil mir in den Unterhaltungen mit David Karbinsky der Verdacht kam, daß auch er nach einem Gebiet für die Juden suchte. Ich bin der Ansicht, daß jeder jiddischistische Reisende von einem Gebietsdibbuk besessen ist. Wenn es je einen jiddischen Astronauten geben sollte, und er auf dem Planeten Mars landet, bin ich sicher, daß er dort nach einem Gebiet für Jiddischisten suchen wird.

Nun zurück zu der Geschichte. Wer war der Ankläger und wer war der Angeklagte?

Der Ankläger war David Karbinsky und der Angeklagte war Schikl Gorlitz.

Eines Tages, als David Karbinsky von einer langen Reise durch Südamerika nach Argentinien zurückkehrte, erhob er eine Anklage, die die Säulen des Jiddischismus erschütterte. Er berief in Buenos Aires eine Pressekonferenz ein und berichtete den Journalisten, daß er bei einem Besuch in Lima, der Hauptstadt Perus, am Karfreitag eine lange katholische Prozession gesehen hatte. Hunderte von Geistlichen und Nonnen und anderen frommen Katholiken gingen in der Prozession, trugen Kreuze, Reliquien der Heiligen und Apostel und sangen religiöse Liturgien. Unter den Priestern kam einer Karbinsky sehr bekannt vor. Er war klein, etwas gebückt, in ein dunkles priesterliches Gewand gekleidet, aber Karbinsky war sicher, ihn irgendwo anders gesehen zu haben, vielleicht in dem literarischen Café am East Broadway in New York. Er sang, und Karbinsky war überzeugt, seine Stimme früher schon gehört zu haben. Karbinsky begann der Prozession zu folgen und heftete seinen Blick auf die kleine Figur des Geistlichen, der ihm nicht nur bekannt vorkam, sondern wie ein typisch osteuropäischer Jude aussah. Plötzlich wußte Karbinsky, wer es war. Der Geistliche war Schikl Gorlitz, der Übersetzer der Bhagavadgita, der Kabbalist, der dabei war, den Sohar und andere kabbalistische Bücher in seine Muttersprache zu übersetzen. Karbinsky rief seinen Namen, »Schikl, Schikl Gorlitz.« Der kleine Priester drehte den Kopf, entschloß sich aber, den Anruf zu ignorieren und weiterzumarschieren. David Karbinsky konnte der Prozession nicht länger folgen. Tausende von Zuschauern füllten die Straßen. Er konnte sich nicht mitten in die Prozession drängen, um einen der Priester nach seiner Identität zu fragen. Er mußte die Prozession an sich vorbeiziehen lassen, aber er blieb überzeugt, ohne den geringsten Zweifel, daß der zarte Priester mit den dunklen Augen und dem Gesicht eines Jeschiwaschülers Schikl Gorlitz war.

Als die jiddischen Journalisten in Argentinien diese seltsame Anklage vernahmen, konnten sie nicht glauben, daß auch nur ein Körnchen Wahrheit daran sei. Warum sollte ein jiddischer Schriftsteller aus New York sich zum Scharlatan machen, und wer hatte je gehört, daß Schikl Gorlitz Reisen nach Südamerika gemacht hatte und Spanisch konnte? Sie alle sagten übereinstimmend: es gibt Leute, die einander ähnlich sehen. Aber David Karbinsky weigerte sich, den Fall ruhen zu lassen. Er begann die Sache zu untersuchen, und er erfuhr, daß Schikl Gorlitz Reisen nach Südamerika gemacht hatte. Er hatte auch religiöse Gedichte aus dem Spanischen ins Jiddische übersetzt.

Als diese Nachricht bekannt wurde, war Schikl Gorlitz auf einer seiner Reisen. Als er nach New York zurückkehrte und von der seltsamen Anklage erfuhr, bestritt er alles kategorisch. Er sei am Buddhismus interessiert, nicht am Katholizismus. Er gab zu, ein paar Reisen nach Südamerika gemacht zu haben, aber zwischen einer Reise und der Behauptung, er sei ein Priester in Peru, sei ein weiter Weg. Er sagte, David Karbinsky müsse den Verstand verloren haben oder wolle seinen Ruf ruinieren. Aber wieso sollte David Karbinsky sein Feind sein? Sie waren im Beruf keine Konkurrenten. Schikl Gorlitz schwor, daß er nicht die leiseste Idee habe, was Karbinskys Gründe sein mochten.

Ich möchte hier sagen, daß es nicht so lange gebraucht hätte, die Wahrheit zu finden, wenn jemand energisch die Sache untersucht hätte. Die Geistlichkeit in Peru mußte ja wissen, wer wer war in ihren Gemeinden. Außerdem hätte Schikl Gorlitz keine Reisen ohne Paß machen können, in den oft Visavermerke und Daten gestempelt wurden.

Schikl Gorlitz gehörte dem Peretz-Verein an, der Vereinigung jiddischer Schriftsteller in Amerika, und die hätten die Angelegenheit klären können, indem sie sich mit der peruanischen Geistlichkeit in Verbindung gesetzt hätten. Aber Schikl Gorlitz war nicht der Mensch, der darauf bestehen würde, seinen Namen von der Anklage, ein Schwindler zu sein, zu befreien. Er ertrug die Schande schweigend. Gewiß, er war angeklagt, ein Hochstapler zu sein, aber wahrscheinlich dachte er, falsche Anschuldigungen, Schande und üble Nachrede seien Teil des menschlichen Schicksals. Er leugnete die Anklage und kehrte zu seiner Arbeit zurück. Wie jeder andere, reich oder arm, mochte Schikl Gorlitz Feinde gehabt haben, aber er machte keine weiteren Anstrengungen, seine Schuld zu leugnen. Wenn ich mich nicht irre, so starb er bald danach. Es ist gut möglich, daß diese schändliche Angelegenheit seinen Tod verursacht hat. David Karbinsky lebte zwei oder drei Jahre länger. Schikl Gorlitz verließ diese Welt so still, wie er gelebt hatte. Wenn er Manuskripte hinterlassen haben sollte, so bin ich sicher, daß der Hausverwalter des schäbigen Mietshauses sie zusammen mit seinem übrigen Besitz in den Abfall geworfen hat. Wie David Karbinsky so eine Anschuldigung hatte machen können, ohne mit allen Mitteln zu versuchen, die Wahrheit herauszubekommen, ist mir immer noch ein Rätsel.

Der Verdacht hat eine so unheimliche Macht, daß er, wie sinnlos und ungerecht er auch sein mag, nie ganz aus der Welt geschafft werden kann. Ich selbst spiele manchmal mit der Idee, daß, wer weiß, Schikl Gorlitz vielleicht das war, was Professor MacDougal eine ›Mehrfachpersönlichkeit‹ nannte. Vielleicht war Schikl Gorlitz ein jiddischer Schriftsteller in New York, ein Buddhist in Indien und ein katholischer Priester in Peru. Vielleicht glaubte er, daß es zwischen diesen drei Glauben keinen Unterschied gebe. Vielleicht ist eine Frau (oder zwei oder drei Frauen) bei diesen gespenstischen Komplikationen im Spiel gewesen. Es hätte sein können, daß Schikl Gorlitz Mitglied einer Gruppe war, deren Ziel es war, alle Religionen in einer Weltreligion zu vereinen. So viele unmögliche Dinge haben sich in meiner Lebenszeit als möglich erwiesen, daß ich mich entschlossen habe, das Wort ›unmöglich‹ aus meinem Wortschatz zu streichen. Ich kann mir sogar vorstellen, daß Schikl Gorlitz und David Karbinsky sich in den himmlischen Sphären getroffen haben, wo ein Gerichtstag abgehalten und die Wahrheit klar und eindeutig festgestellt wurde. Irgendwo im Universum muß die Wahrheit festgelegt sein. Aber von einem bin ich überzeugt – hier auf Erden sind Gerechtigkeit und Wahrheit auf immer und absolut außerhalb unserer Reichweite.

Die Falle

»Ich habe versucht, zu schreiben«, sagte die Frau, »aber erstens bin ich keine Schriftstellerin. Zweitens, selbst wenn ich eine wäre, könnte ich diese Geschichte nicht schreiben. In dem Augenblick, in dem ich beginne, und ich habe schon einige Male begonnen, macht mein Füllfederhalter häßliche Flecken auf dem Papier. Ich habe nicht tippen gelernt. Man hat mich so erzogen, daß ich keine Geschicklichkeit für technische Dinge habe. Ich kann auch nicht Auto fahren. Ich kann keine Sicherung auswechseln. Selbst den richtigen Kanal am Fernseher zu finden, ist für mich ein Problem.«

Die Frau, die das zu mir sagte, hatte weiße Haare und ein junges, faltenloses Gesicht. Ich hatte ihre Krücken in eine Ecke gestellt. Sie saß in meiner Wohnung auf einem Stuhl, den ich vor einiger Zeit in einem Antiquitätengeschäft gekauft hatte.

Sie sagte: »Mein Vater und meine Mutter kamen aus reichen Häusern. Mein mütterlicher Großvater war sogar in Deutschland ein Millionär. In der Inflation nach dem Ersten Weltkrieg hat er alles verloren. Er hatte Glück, er ist in Berlin, lange ehe Hitler an die Macht kam, gestorben. Mein Vater kam aus dem Elsaß. Aus irgendeinem Grund hat mich mein Vater immer davor gewarnt, etwas mit Juden, die aus Rußland kamen, zu tun zu haben. Er pflegte zu sagen, sie seien nicht ehrlich und seien alle Kommunisten. Hätte er gelebt und meinen Mann kennengelernt, wäre er erstaunt gewesen. Ich habe nie einen wilderen Gegner des Kommunismus getroffen als ihn. Er hieß Boris. Er versicherte mir oft, daß Roosevelt ein heimlicher Kommunist sei und mit Stalin eine Vereinbarung getroffen habe, ihm halb Europa auf einem silberenen Tablett auszuliefern, und die Vereinigten Staaten dazu.

Boris' Vater war Russe, ein frommer Christ und ein Slawophile. Seine Frau, Boris' Mutter, war jüdisch. Sie war eine Ungarin. Ich habe sie nicht gekannt. Sie war eine klassische Schönheit und völlig exzentrisch. In ihren späteren Jahren sprachen Mann und Frau nicht miteinander. Wenn sie sich etwas mitzuteilen hatten, schickten sie einander kleine Zettel durch das Mädchen. Ich will Sie nicht mit zu vielen Details belasten. Ich will zur Hauptsache kommen.

Ich bin Boris 1938 in einem Hotel in Lake Placid begegnet, in den Adirondacks. Mein Vater war in Dachau gestorben, wohin ihn die Nazis geschickt hatten. Meine Mutter verlor aus Kummer ihren Verstand, sie wurde in ein Irrenhaus gebracht. Boris war Gast in dem Hotel, und ich war Zimmermädchen. Ich war ohne einen Pfennig aus Deutschland gekommen, und dies war der einzige Job, den ich bekommen konnte. Unser Heiratsvermittler war Thomas Manns Roman ›Die Buddenbrooks‹. Ich räumte in Boris' Zimmer auf, und da lag der Roman auf dem Tisch. Ich liebte dieses Buch. Ich ließ das Bett, das ich gerade machte, ein Weilchen liegen und blätterte in dem Buch. Plötzlich öffnete sich die Tür, und Boris kam herein. Er war zwölf Jahre älter als ich. Ich war damals vierundzwanzig, und er war sechsunddreißig. Ich will vor Ihnen nicht mein gutes Aussehen loben. Was Sie jetzt sehen, ist eine Ruine. Die Frau, die hier vor Ihnen sitzt, hat fünf Operationen hinter sich. In einer bin ich tatsächlich gestorben. Einige Stunden nach der Operation hörte ich auf zu atmen, und die Nachtschwester bedeckte ohne weitere Zeremonie mein Gesicht mit einem Tuch. Lachen Sie nicht. Das waren die glücklichsten Augenblicke, an die ich mich erinnere. Wenn der Tod wirklich so wunderbar ist, wie diese Minuten waren, dann gibt es keinen Grund, ihn zu fürchten.«

»Wie sind Sie wieder zum Leben erweckt worden?« fragte ich.

»Ach, die Nachtschwester beschloß plötzlich, es sei wohl besser, den Arzt zu benachrichtigen. Mehrere Ärzte stürzten herein und brachten mich ins Leben zurück. Was für ein elendes Leben! Aber all das Elend kam später. Ich kann nie etwas in der richtigen Reihenfolge berichten. Ich habe kein Zeitgefühl und kann mich nicht an den zeitlichen Ablauf der Dinge erinnern. Tun Sie mir einen Gefallen und bringen Sie mir ein Glas Wasser.«

»Ja, natürlich.«

Ich brachte der Frau ein Glas Wasser und sagte: »Ich habe Sie nicht nach Ihrem Namen gefragt. Ist der ein Geheimnis?«

»Kein Geheimnis. Ich heiße Regina Koslow. Koslow ist der Familienname meines Mannes. Mein Mädchenname ist Wertheim. Ich will versuchen, die Geschichte so kurz wie möglich zu machen.

Wir standen in dem Hotelzimmer und lobten beide Thomas Mann. Boris war groß, aufrecht, ein gut aussehender Mann, vielleicht zu gut aussehend. Ich sagte ihm, er könnte ein Filmschauspieler sein, aber dann sah ich etwas in seinen Augen, das mich ängstlich machte. Sie hatten nicht eine Farbe, sondern mehrere Farben: blau, grün und sogar violett. Sie drückten Eigensinn, Strenge und Fanatismus aus. Wir verliebten uns, wie man sagt, auf den ersten Blick und heirateten nach zwei Wochen dort in Lake Placid.

Weder er noch ich hatten nahe Verwandte in Amerika. Er sagte mir, er habe eine Schwester, die in England mit einem Aristokraten verheiratet sei, irgendein Sir oder Lord. Was lag mir daran? Ich war vollkommen allein auf der Welt, ohne irgendwelche Mittel, und hier bekam ich einen Mann, der in Warschau Jura studiert und Examen gemacht hatte. Er sagte mir, daß er nicht die Geduld habe, in den Vereinigten Staaten ein neues Examen zu machen und daß er von Geschäften lebte. ›Welche Art von Geschäften?‹ fragte ich, und er sagte: ›Aktien und Obligationen.‹ Nach dem Börsenkrach fielen die meisten Aktien so tief, daß sie fast wertlos waren, aber Ende der Dreißiger begannen sie wieder zu steigen. Boris hatte eine ziemlich große Summe nach Amerika gebracht, und in etwa fünf Jahren war es ihm gelungen, seine Anlagen zu verdoppeln oder zu verdreifachen. Er hatte in New York ein großes Gebäude für einen Pappenstiel gekauft und mit großem Profit weiterverkauft. Er besaß eine Wohnung in Brooklyn Heights, Aktien und Obligationen im Wert einer halben Million, und alles, was ihm fehlte, war eine Frau. ›Wie ist es möglich, daß dir die Mädchen nicht nachgelaufen sind?‹ fragte ich, und er sagte, viele hätten es versucht, aber er hätte nie eine gefunden, die ihm gefallen hätte. Er sagte zu mir: ›Ich bin ein ernsthafter Mann, und für mich ist die Ehe eine ernsthafte Einrichtung. Ich verlange von einer Frau körperliche und geistige Schönheit und gesunde moralische Werte. Wenn ich jemanden ansehe, sehe ich gleich alle Mängel, nicht nur die augenblicklichen, sondern auch die zukünftigen.‹

Nach seinen Reden war ich mindestens ein Engel, wenn nicht eine Göttin, und er hatte das auf den ersten Blick gesehen. Er hat tatsächlich schon in dem Zimmer, in das ich gekommen war um aufzuräumen, zu mir von Heirat gesprochen. Um es kurz zu machen, an einem Tag war ich Zimmermädchen und ein paar Tage später verlobt und auf dem Weg, Mrs. Koslow zu werden. Das Hotel war voll von deutschen Juden. Die Ankündigung verursachte eine Sensation unter ihnen. Sie waren nicht an so rasche Entschlüsse gewöhnt. Mütter mit heiratsfähigen Töchtern platzten vor Neid. Ich muß Ihnen eine komische Episode erzählen. Am ersten oder zweiten Tag fragte er mich, ob ich Jungfrau sei, und ich sagte ja, was die Wahrheit war. Im Scherz fügte ich hinzu: ›Eine Jungfrau mit Attest.‹ Kaum hatte ich diese Worte ausgesprochen, wurde Boris gespannt und ängstlich. ›Ein Attest, von wem?‹ fragte er. ›Von einem Arzt? Welchem Arzt? Hier in Amerika?‹ Ich versicherte ihm wieder und wieder, daß ich nur einen Scherz gemacht hatte. ›Attest‹ ist ein jiddischer Ausdruck und bedeutet hundert Prozent. Aber ich merkte, daß er nicht den leisesten Anflug von Humor hatte. Ich brauchte lange, bis ich ihn beruhigt hatte. Ich sah ein, daß man mit Boris keine Scherze machen durfte. Gäbe es so etwas wie einen akademischen Grad für Humorlosigkeit, er würde ihn magna cum laude erhalten. Wir heirateten in Lake Placid vor einem Friedensrichter, und außer zwei Amtsdienern, die als Zeugen fungierten, war niemand dabei. Boris hatte eine Schwester in London, aber soviel ich weiß, hatte er sie nicht von unserer Heirat unterrichtet. Nach einiger Zeit gingen wir nach New York. Mein ganzes Gepäck bestand aus einem Koffer. Boris lebte in einer kleinen Wohnung in einem Haus ohne Lift: zwei große halbleere Räume, eine Küche und ein kleines Zimmer, das er sein Büro nannte. Es mag Ihnen komisch vorkommen, aber er besaß nichts als ein schmales Bett, einen Teller, einen Löffel, ein Messer und ein Glas. Ich fragte ihn, was er mache, wenn ihn jemand besuchen kam, und er sagte: ›Niemand kommt zu mir.‹ Ich fragte ihn: ›Hast du keine Freunde?‹ und er antwortete: ›Es gibt keine Freunde. Mein einziger

Freund ist mein Börsenmakler.‹ Ich brauchte nicht lange, bis ich herausfand, daß ich einen Mann geheiratet hatte, der alles sehr genau nahm. Er hatte ein Heft, in dem er jeden Cent, den er ausgab, aufschrieb. Als wir einmal spazierengingen, fand ich auf dem Bürgersteig einen Cent. Ich gab ihn Boris als Glücksbringer, und er trug später den Cent als Einnahme in sein Heft ein. Ich bin nicht sicher, ob ich ihn einen Geizkragen nennen soll. Später kaufte er mir Kleider und Schmuck. Er wollte auch ein Haus kaufen, aber erst wenn ich schwanger sein würde. Ich möchte sagen, daß er außergewöhnlich ernsthaft war, und schon die Andeutung eines Scherzes verwirrte ihn. Ich habe kürzlich gelesen, daß man jetzt Automaten baut, die denken können. Wenn es solche Automaten gibt, so werden sie wie Boris sein: genau, pünktlich, praktisch und pragmatisch. In der kurzen Zeit, die wir in Lake Placid verbrachten, wurde mir klar, daß er ein schweigsamer Mann war. Er sagte nur, was er sagen mußte. Ich verstehe es bis zum heutigen Tag nicht, wieso er von den ›Buddenbrooks‹ so entzückt war, einem Buch voller Humor: vielleicht, weil die Gegensätze sich anziehen. Dieser Mann konnte mit zwei Worten für sein ganzes Leben auskommen, ›ja‹ und ›nein‹. Ich hatte einen tragischen Fehler gemacht, aber ich beschloß, das Beste daraus zu machen. Ich wollte eine ergebene Frau und später eine ergebene Mutter sein. Wir wollten beide Kinder haben. Ich hoffte, die Kinder würden meiner Familie nachgeraten, nicht seiner.

Es war von Anfang an ein schrecklich einsames Dasein für mich. Boris erwachte jeden Tag auf die Sekunde um sieben Uhr. Er nahm jeden Tag das gleiche Frühstück ein. Er litt an einem Magengeschwür, und der Arzt hatte ihm eine Diät verordnet, die er auf das Genaueste befolgte. Er ging pünktlich um zehn zu Bett. Er tauschte nie das schmale Bett gegen ein Doppelbett ein, das sollte erst mit dem Hauskauf geschehen. Wir lebten unter Juden. Der Krieg war ausgebrochen. Jüdische Jungen und Mädchen sammelten Geld für Palästina, aber Boris sagte ihnen, er sei ein Antizionist. Es gab auch ein paar Kommunisten in unserer Straße, die Geld für Birobidschan und ähnlichen Schwindel sammelten. Wenn Boris das Wort ›Kommunisten‹ hörte, wurde er wild. Er schrie, Rußland werde von Mördern und Vampiren regiert. Er sagte, seine einzige Hoffnung sei, daß Hitler diesen roten Sumpf säubern würde. Es war eine furchtbare Sache für einen Juden, seine Hoffnung in Hitler zu setzen. Die Nachbarn grüßten mich nicht mehr. Man munkelte sogar, daß weder er noch ich Juden seien.

Als ich nach fünf Monaten noch immer nicht schwanger war, verlangte Boris, daß ich einen Arzt aufsuche. Das war eine bittere Pille für mich. Ich war immer scheu, und es war mir peinlich, von einem Gynäkologen untersucht zu werden. Ich sagte zu Boris, daß es noch zu früh sei, zu Ärzten zu gehen, und er bekam einen Tobsuchtsanfall. Der Gedanke, daß jemand die Dinge anders ansehen könnte als er, machte ihn wütend. Ich ging zu einem Gynäkologen, und er fand mich hundertprozent normal. Der Arzt meinte, daß es angemessen wäre, wenn auch mein Mann sich untersuchen ließe. Ich sagte es Boris, und er traf sofort eine Verabredung. Er unterzog sich einer Reihe von Untersuchungen, und es stellte sich heraus, daß er steril war, nicht ich.

Es war ein Schlag für uns beide. Mir entschlüpfte der Vorschlag, ein Kind zu adoptieren. Boris wurde hysterisch. Er schrie, er werde nie in seinem Leben einen Bastard in sein Haus nehmen, dessen Vater und Mutter

Verbrecher waren und der selbst ein Verbrecher werden würde. Er brüllte so laut, daß ich Angst hatte, die Nachbarn würden angelaufen kommen. Ich versicherte ihm, daß ich niemanden gegen seinen Willen adoptieren würde und er brauche keinen Skandal zu machen, aber wenn er wütend war, konnte man ihn nicht beruhigen. Manchmal war es mir lieber, wenn er schrie, als daß er schwieg.

Nur mit seinem Börsenmakler führte er lange Telephongespräche. Manchmal sprachen sie eine Stunde lang, sogar noch länger. Dieser Berater war nicht Mitglied einer Maklerfirma, sondern ein privater Vermittler. Ich habe ihn in all den Jahren meiner Ehe nie kennengelernt. In den sechs Jahren unseres Zusammenlebens konnte ich Boris nicht dazu bringen, mit mir ins Theater, zu einem Film oder einem Konzert zu gehen. Ihn interessierte nichts anderes als Geld. Ich muß Ihnen all dies erzählen, damit Sie verstehen können, was später geschah. Bitte, haben Sie Geduld.«

»Ja, ich habe Geduld«, sagte ich.

Wir schwiegen ein paar Minuten, und die Frau nahm eine Tablette und einen Schluck Wasser. Ich fragte: »Wie war das eheliche Leben?«

Die Augen der Frau leuchteten auf. »Gut, daß Sie mich danach fragen«, sagte sie. »Ich wollte gerade darüber sprechen. Wir hatten zwei besonders schmale Betten. Ich durfte nichts anderes als Lebensmittel besorgen. Er allein kaufte ein und suchte immer nach Gelegenheitskäufen. Nein, es ging nicht gut mit uns, und es kam zu einem Punkt, wo ich froh war, daß er mich in Ruhe ließ.«

»Was war mit ihm? Impotent?«

»Das nicht. Aber alles ging in trübseligem Schweigen vor sich. Ich hatte oft den Eindruck, ein Verhältnis mit einer Leiche zu haben.«

»Keine Zärtlichkeiten?«

»Am Anfang schon, aber später hörte das ganz auf. Er gehörte zu den altmodischen Männern, die glauben, daß es der Zweck der Ehe sei, Kinder zu bekommen. Da wir keine Kinder bekommen konnten, waren sexuelle Beziehungen überflüssig.«

»War er in gewissem Sinn pervers?« fragte ich.

Die Frau dachte nach. »In gewissem Sinn, ja – Sie werden es gleich hören.«

»Was geschah?« fragte ich.

»Das schlimmste Trauma unserer Ehe begann mit einem Scherz.«

»Wessen Scherz?« fragte ich.

»Meinem, nicht seinem. Er machte keine Scherze. Ab und zu versuchte er, mit mir über Aktien zu sprechen. Gott soll mich nicht strafen, aber dieses Thema langweilt mich zu Tode. Später dachte ich, vielleicht hätte ich ihm zuhören und mich für seine Geschäfte interessieren sollen, aber ich konnte mich nicht dazu bringen. Ich haßte seine Geschäfte. Ein Mann muß einen Beruf haben, etwas tun, das Haus verlassen, und nicht den ganzen Tag dasitzen und darauf warten, daß die Aktien ein paar Cents rauf- oder runtergehen. Tatsache ist, er erlaubte mir nicht, das Haus zu verlassen. Er hielt mich gefangen. Wenn ich ausging, um Lebensmittel einzukaufen, mußte ich ihm vorher sagen, wohin ich gehen würde, was ich ausgeben würde und wie lange ich fort sein würde. Ich kann bis heute nicht verstehen, wie ich das sechs Jahre lang ausgehalten habe. Es gab Krieg, die Juden in Europa wurden vernichtet, und ich sah ein, daß meine Lage immer noch besser war, als in einem Konzentrationslager zu vegetieren.

Eines Abends saßen wir in unserem Wohnzimmer. Ich

las die ersten Seiten der Zeitung, und er nahm die Wirtschaftsseiten heraus. Plötzlich sagte er: ›Der Ölmarkt ist flau.‹

Ich weiß nicht warum, aber ich sagte: ›Ich auch.‹

Ich bin nicht sicher, ob ich es zu mir oder zu ihm sagte. Er sah mich an, erstaunt, traurig, ärgerlich und fragte: ›Warum ist dir flau? Was vermißt du? Bist du nicht glücklich mit mir?‹

›Es war nur ein Scherz‹, sagte ich.

›Bedauerst du, mich geheiratet zu haben?‹ fragte er. ›Willst du dich scheiden lassen?‹

›Nein, Boris, ich will mich nicht scheiden lassen‹, sagte ich.

›Bin ich nicht der richtige Mann für dich?‹ fuhr er fort. ›Bin ich zu alt für dich?‹

›Und wenn du zu alt für mich wärst?‹ fragte ich. ›Kannst du jünger werden? Willst du zu Professor Voronoff gehen und dir Affendrüsen einpflanzen lassen?‹ Ich hatte erwartet, daß er lachen würde. Ich hatte von einem Professor in Europa gehört, ich glaube, in der Schweiz, der Alte jung machen könne. Ich bin nicht sicher, ob Professor Voronoff zu der Zeit noch am Leben war. Ich sagte es eigentlich nur, um meine eigene Stimme zu hören, vielleicht auch seine. Er sah mich nicht nur zornig an, sondern auch mit einer Art Bedauern und Mitleid. Er sagte: ›Ich wollte dir nicht erlauben, ein Kind zu adoptieren, aber wenn du einen jungen Liebhaber adoptieren möchtest, ich habe nichts dagegen.‹

›Boris, ich will niemanden adoptieren‹, sagte ich. ›Es war nur Gerede. Es ist an der Zeit, daß du nicht alles so wörtlich, so todernst nimmst.‹

›Also lassen wir das‹, sagte er und ging in das Zimmer, das er sein Büro nannte.

Ich glaube, es war der Winter 1944. Mit Hitler ging es abwärts, aber das jüdische Unglück ging weiter. Es kamen Nachrichten, daß alle Juden Europas zum Untergang verurteilt waren. Nie habe ich Boris etwas über die Lage der Juden sagen hören. Ich habe all diese Jahre mit einem Mann gelebt, den ich nie verstanden habe und der mir ein Fremder blieb.

Es vergingen ein paar Wochen, ich weiß nicht wie viele. Seit einigen Tagen hatte Boris das Haus vor dem Frühstück verlassen und kam auch nicht zum Mittagessen, wie sonst. Das war etwas Neues in unserem Leben. Eines Abends kam er spät nach Hause. Ich wartete im Wohnzimmer auf ihn und las ein Buch, das ich aus der Bibliothek geliehen hatte. Ich hatte sein Abendessen in der Küche bereitgestellt, aber er sagte mir, er habe bereits in einem Restaurant gegessen. Er sagte mir, daß der Sohn seiner Schwester, ein Junge von vierzehn Jahren, vor einiger Zeit aus London gekommen sei. Seine Schwester hatte befürchtet, dem Jungen könne bei den Bombenangriffen etwas zustoßen. Der Junge, der Douglas hieß, war ein Wunderkind, was Mathematik und Physik betraf. Er war hier in New York in einer Schule für besonders Begabte angenommen worden. Boris hatte eingewilligt, daß der Junge bei uns leben sollte. ›Du hast mir nie viel von deiner Schwester erzählt‹, sagte ich. ›Ich hatte den Eindruck, ihr steht nicht gut miteinander.‹

›Das ist richtig‹, sagte er, ›wir haben uns nie verstanden. Ich war noch ein kleiner Junge, als sie heiratete, einen Mann, der nichts taugte, ein ausgesprochener Idiot, aber ihr Sohn scheint Gott sei Dank nach meiner Familie zu schlagen, den Koslows. Du wirst dann nicht mehr so alleine sein. Ich möchte dir noch etwas anderes sagen‹, fuhr er fort, ›ich habe mir ein kleines Büro gemietet. Mein Geschäft hat sich ausgeweitet. Ich ersticke in Akten. Ich habe angefangen, für einige deutsche Emigranten Geld anzulegen, und Brooklyn ist ihnen zu weit. Mein Büro ist in Manhattan.‹

Boris sprach nie länger, schon gar nicht über seine Familie. Im allgemeinen machte er mir nur Vorwürfe, und dann sprach er nicht, sondern schrie.

Ich sagte zu ihm: ›Das kommt alles etwas plötzlich.‹

›Gar nicht plötzlich‹, sagte Boris. ›Ich habe gründlich darüber nachgedacht.‹

›Warum hast du nie erwähnt, daß dein Neffe in Amerika ist?‹ fragte ich.

›Ich erwähne es jetzt. Er ist ein ungewöhnlicher Junge. Er hat mir gleich gut gefallen. Er kam hier über Halifax, Nova Scotia, an. Ich bin sicher, er wird dir gefallen. Er geht in eine Spezialschule für begabte Schüler. Es ist alles bereits arrangiert. Da mein Büro hier frei ist, kann das sein Zimmer sein. Ich werde ihm ein Bett kaufen, aber bis dahin kann er auf dem Sofa schlafen. Du hast natürlich das Recht, nein zu sagen. Ich zwinge ihn dir nicht auf.‹

›Boris, du weißt ganz genau, daß ich zustimmen werde‹, sagte ich.

›Er wird morgen früh hier sein‹, sagte Boris und ging in sein Zimmer.

Als ich diese Nachricht hörte, war meine erste Reaktion Freude. Ich konnte die ewige Einsamkeit nicht mehr aushalten. Gott muß meine Gebete erhört haben, dachte ich. Aber bald wurde mir klar, daß Boris diesen Plan auf seine geheimnisvolle Weise ausgedacht hatte. Männer wie Boris sind ihrer Natur nach dazu gezwungen, Pläne lange im voraus zu machen und sie genauestens auszuführen. Sie vergessen nichts. Obwohl er Stalin heruntermachte und ihn einen blutrünstigen Asiaten und einen Dschingis-Khan des zwanzigsten Jahrhunderts nannte, habe ich oft gedacht, Boris sei selbst ein Stalin. Wir werden nie wissen, was solche Menschen denken. Sie weben immer Spinnweben der Rache. Brachte Boris diesen Jungen, um mich in Versuchung zu führen und mich später wegen Untreue anzuklagen? Hatte er sich mit einem Anwalt zusammengetan? War er in eine Affäre mit einer Frau verwickelt, die einen Haufen Geld und Aktien besaß? Ich hätte ihm all diese schlauen Tricks leicht ersparen können. Hätte er mich um die Scheidung gebeten, ich hätte sie ihm ohne Schwierigkeiten gegeben. Ich hätte noch immer einen Job als Zimmermädchen oder Verkäuferin in einem Warenhaus bekommen. Während des Krieges hat es keine Arbeitslosigkeit gegeben. Trotzdem war ich entschlossen, mich nicht wie ein Tier in einem Netz fangen zu lassen. Ich hatte die Absicht, den Jungen aus England freundlich zu behandeln, aber ich würde mich nicht in irgend etwas verwickeln lassen.

Douglas kam am nächsten Tag, und ich schäme mich, es vor Ihnen zuzugeben, ich verliebte mich in ihn auf den ersten Blick. Er war schön, schlank und groß für sein Alter. Außerdem strahlte er eine Wärme aus, die mich einfach behexte. Er nannte mich ›Tante‹, aber küßte mich wie ein Liebhaber. Er erzählte von seinen Eltern, und aus seinen Worten ging hervor, daß seine Mutter ein Boris in Röcken war. Sie war durch und durch Geschäftsfrau und war am Krieg reich geworden. Sie war von ihrem Mann, Douglas' Vater, getrennt. Die ganze Koslow-Familie bestand aus Pedanten und Misanthropen, aber Douglas war seinem Vater nachgeraten, der aus einem guten Hause stammte. Douglas zeigte mir ein Photo seines Vaters. Mein ganzes Sehnen nach einem Kind und nach Liebe, meine Weiblichkeit und meine Sehnsucht nach Mutterschaft erwachten in mir. Ich erinnerte Douglas mehrfach daran, daß er noch ein Kind sei, daß ich seine Mutter sein könnte, aber er weigerte sich, mich anzuhören.

Einen oder zwei Tage nach Douglas' Ankunft begann Boris jeden Morgen in sein Büro zu gehen, und ich wußte, daß dies kein Zufall war. Es gab Zeiten, da wollte ich Boris fragen: ›Was soll das alles? Worauf willst du hinaus?‹ Aber ich wußte, daß er mir nicht die Wahrheit sagen würde. Neben meiner Liebe zu dem Jungen wuchs eine geheime Angst in mir vor kalten und listigen Berechnungen. Jemand hatte mir eine Falle gestellt, und es war mir vorausbestimmt, in die Falle zu gehen.«

»Sind Sie hineingefallen?« fragte ich.

Die alte Frau zögerte etwas. »Ja.«

»Gleich?« fragte ich.

»Fast sofort«, sagte sie.

»Wie?«

»Eines Abends kam Boris nicht nach Hause. Er hatte mir gesagt, er müsse nach Boston, aber ich wußte, daß das eine Lüge war. Was hatte ich zu verlieren? Wenn ein Mann bis zum äußersten geht, was kann eine Frau dann noch erwarten. Boris kam nicht nach Hause, und Douglas kam ohne zu fragen in mein Bett. Ich habe nicht gewußt, daß ein so junger Mensch so leidenschaftlich sein kann.«

»Das sind die kraftvollsten Jahre eines Mannes«, sagte ich.

»Wirklich? Für mich war es teils Neugier, teils Resignation. Wenn ein Mann auf einen spuckt, dann ist man ihm keine Treue schuldig. Anstatt eine Nacht in Boston zu bleiben, blieb er drei Nächte fort. Ich war ganz sicher, daß er in New York war. Boston ist kein Zentrum für Börsentransaktionen. Als er schließlich anrief, um zu sagen, er sei zurück in New York, sagte ich zu ihm: ›Was du wolltest, ist geschehen.‹«

Ich fragte: »Was hat er gesagt?«

»Er sagte, er habe es alles für mich getan. Ich sagte: ›Du hättest dafür nicht deinen Neffen aus England kommen lassen müssen. Du hättest nicht solche Kunststücke aufführen müssen.‹ Aber er blieb dabei, er habe gesehen, wie unglücklich ich sei, und er wollte mir helfen. Ich hatte Angst, er könne Douglas bestrafen. Wer weiß, was in einem so verkrüppelten Gehirn vor sich geht? Aber als er am Abend nach Hause kam, war er ebenso freundlich zu dem Jungen wie vorher. Er stellte ihm viele Fragen nach der Schule. Wir aßen zusammen zu Abend, und ich war überrascht zu sehen, daß Douglas keinerlei Verlegenheit zeigte. Konnte ein Junge seines Alters so klug und so zynisch sein? Hatten die beiden ein Abkommen? Ich weiß es bis heute nicht.«

»Und wie lange dauerte das alles?«

»Er war im Sommer gekommen, und im Herbst wurde er in einem College angenommen, nicht hier in New York, sondern im Mittelwesten. Er kam sich zu verabschieden, und wir verbrachten den Abend zusammen. Er sagte, er werde mich nie vergessen und daß ich sein Leben bereichert hätte. Er versprach sogar, mich in den Winterferien zu besuchen. Er hatte vorher nie geraucht, aber an diesem Abend rauchte er eine Zigarette nach der anderen. Er hatte mir Blumen mitgebracht und eine Flasche Cognac. Ich stellte die Blumen in eine Vase und schenkte mir ein Teeglas voll Cognac, den ich im Badezimmer hinuntergoß. Er fragte mich nach seinem Onkel, und ich sagte ihm, daß er spät nach Hause kommen würde, daß ich früh schlafen gehen und er fortgehen müsse. ›Warum, Tantchen?‹ fragte er, und ich sagte: ›Weil ich müde bin.‹ ›Ich hatte gehofft, wir würden die

Nacht gemeinsam verbringen‹, sagte er, und ich sagte: ›Die letzte Nacht muß man mit sich allein verbringen.‹

Er küßte mich, und ich bat ihn zu gehen. Er zögerte eine Weile, dann ging er. Ich wartete eine Minute oder zwei, und dann sprang ich aus dem Fenster. Wir wohnten im vierten Stock. Gott sei Dank fiel ich aufs Pflaster und nicht auf einen unschuldigen Passanten.«

»Hatten Sie den Entschluß vorher gefaßt?« fragte ich.

»Nein, aber ich wußte die ganze Zeit, daß Boris das von mir erwartete, und ich mußte mich fügen.«

»Immerhin, Sie blieben am Leben, und Boris hatte keinen Erfolg«, sagte ich.

»Ja, zu meinem Kummer. Das ist die ganze Geschichte. Ich habe einmal gehört, wie Sie im Radio sagten, daß Sie manche ihrer Themen von Lesern bekommen, die Ihnen ihre Geschichte erzählen, und ich entschloß mich, eine von ihnen zu sein. Ich verlange nur, daß Sie die Namen ändern.«

»Was denkt ein Mensch in diesen Sekunden?«

»In diesen Sekunden denkt man nicht. Man tut, was das Schicksal von einem verlangt.«

»Was ist seither geschehen?«

»Eigentlich nichts. Ich brach meine Arme. Ich brach meine Beine. Ich brach meinen Schädel, und die Ärzte versuchten, mich zusammenzuflicken. Sie versuchen es noch immer.«

»Wo ist Boris?«

»Ich habe weder von ihm noch von seinem Neffen gehört. Ich nehme an, daß sie beide irgendwo in England leben.«

»Sie sind nicht geschieden?«

»Wozu? Nein. Ich bekomme Wiedergutmachungsgeld aus Deutschland. Ich brauche wenig, aber alle paar Monate muß ich ins Spital. Gott sei Dank falle ich nicht der Öffentlichkeit zur Last. Ich werde nicht mehr lange leben. Ich bin nur gekommen, um Ihnen etwas zu sagen: von allen Hoffnungen, die ein menschliches Wesen haben kann, ist die wunderbarste der Tod. Ich habe ihn gekostet, und wer immer diese Ekstase gekostet hat, lacht über die sogenannten anderen Vergnügen. Was der Mensch von der Wiege bis zum Grab fürchtet, ist die allergrößte Freude.«

»Gewiß, aber selten wünscht jemand diese Art Freude zu beschleunigen«, sagte ich.

Die Frau antwortete nicht, und ich glaubte, sie hätte meine Worte nicht gehört, aber dann sagte sie: »Die Ahnung ist Teil der Freude.«

Der Schmuggler

Das Telephon läutete, und als ich den Hörer abnahm, hörte ich ein Gemurmel, ein Stottern und Husten. Nach einiger Zeit sagte ein Mann: »Sie haben es wahrscheinlich vergessen, aber Sie haben mir einmal versprochen, meine Bücher zu signieren, Ihre Bücher meine ich. Als wir uns in Philadelphia trafen, gaben Sie mir Ihre Adresse und Telephonnummer. Ihre Adresse ist noch die gleiche, aber die Telephonnummer hat gewechselt, ist jetzt eine geheime. Ich habe sie von Ihrer Sekretärin bekommen, aber ich mußte ihr versprechen, Sie nicht lange in Anspruch zu nehmen.«

Ich versuchte, mich an meinen Vortrag an jenem Abend in Philadelphia zu erinnern und stellte fest, daß das ungefähr zehn Jahre her war. Er sagte zu mir: »Verstecken Sie sich? Damals konnte man Sie im Telephonbuch finden. Ich mache auf meine Art etwas Ähnliches. Ich vermeide Leute.«

»Warum?« fragte ich.

»Das zu erklären würde zu lange dauern, und ich habe versprochen, Sie nicht lange in Anspruch zu nehmen.«

Wir trafen eine Verabredung. Er sollte am späten Abend in meine Wohnung kommen. Es war im Dezember, und es hatte heftig geschneit in New York. Aus seinem idiomatischen Jiddisch schloß ich, daß er einer jener polnischen Emigranten war, die nach dem Krieg nach Amerika gekommen waren. Die in den früheren Jahren gekommenen mischten englische Brocken in ihr Jiddisch. Ich stand am Fenster und sah auf den Broadway hinunter. Die Straße unten war weiß, und der Himmel hatte eine violette Tönung. Der Heizkörper gluckste und stimmte eine Melodie an, die mich an unseren Kachelofen in der Krochmalnastraße und die Petroleumlampe über dem Schreibtisch meines Vaters erinnerte. Aus Erfahrung weiß ich, daß diejenigen, die eine Verabredung mit mir treffen, immer etwas früher kommen. Ich erwartete, die Türklingel werde jeden Augenblick zu hören sein, aber eine halbe Stunde verging, und er war noch nicht erschienen. Ich hielt nach Sternen in dem rötlichen Himmel Ausschau, aber ich wußte wohl, daß am New Yorker Himmel keine zu finden Dann hörte ich etwas an meiner Tür kratzen. Ich öffnete und erblickte einen kleinen Mann hinter einem mit Büchern hoch beladenen Einkaufswagen. In dem kalten Winter trug mein Gast einen schäbigen Regenmantel, ein Hemd mit offenem Kragen und eine Strickmütze auf dem Kopf. Er fragte: »Hat Ihre Tür keine Klingel?«

»Hier ist der Klingelknopf«, sagte ich.

»Was? Ich bin halbblind. Das kommt alles im Alter. Wir sterben nicht sofort, sondern auf Raten.«

»Woher haben Sie so viele meiner Bücher? Kommen Sie herein.«

»Ich will Ihren Teppich nicht schmutzig machen. Ich lasse den Wagen draußen. Den wird niemand stehlen.«

»Es macht nichts. Treten Sie ein.«

Ich half dem Mann, den Wagen in den Korridor zu schieben. »Ich habe gar nicht gewußt, daß ich so viele Bücher geschrieben habe«, sagte ich. Und dann fragte ich: »Habe ich wirklich so viele Bücher in meinem Leben geschrieben?«

»Sie sind nicht alle von Ihnen. Ich habe auch Bücher über Sie, verschiedene Zeitschriften und Magazine und auch Übersetzungen.«

Nach einer Weile gingen wir ins Wohnzimmer, und ich sagte: »Draußen ist Winter und Sie sind angezogen, als sei Sommer. Ist Ihnen nicht kalt?«

»Kalt, nein. Mein Vater – er ruhe in Frieden! – pflegte zu sagen: ›Niemand trägt eine Maske, um die Nase warm zu halten. Die Nase friert nicht. Ein armer Mann ist aus Nasenfleisch gemacht.‹«

Er lächelte, und ich sah, daß er keine Zähne hatte. Ich bat ihn, sich zu setzen. Er sah aus, als lebe er im Freien, wie einer von den Bettlern und Stadtstreichern, die man an der Bowery und in den Asylen für Obdachlose sieht. Aber ich sah auch die Zartheit in seinem schmalen Gesicht und in seinen Augen.

»Wo heben Sie all diese Bücher auf?« fragte ich ihn. »In der Wohnung, in der Sie leben?«

Er zuckte die Achseln. »Ich wohne nirgends«, sagte er. »In unserem kleinen Dorf in Polen gab es die Jeschiwaschüler, die jeden Tag in einem anderen Haus aßen. Ich schlafe jede Nacht in einem anderen Haus. Ich habe einen Schwager, den Mann meiner verstorbenen Schwester, und bei ihm übernachte ich zweimal in der Woche. Ich habe einen Freund, einen Landsmann, und da kann ich auch übernachten, wenn es nötig ist. Ich wohnte früher in einem Haus in Williamsburg in Brooklyn, aber das Haus wurde für baufällig erklärt und abgerissen. Während ich krank im Spital lag, wurde mir alles außer meinen Büchern gestohlen. Mein Landsmann hebt sie in seinem Keller auf. Ich bekomme Wiedergutmachungsgeld von den Deutschen. Nach dem, was mit meiner Familie und meinen Leuten geschehen ist, will ich mich nirgends mehr festsetzen.«

»Was haben Sie vor dem Krieg gemacht?« fragte ich.

Der Mann dachte ein Weilchen nach und lächelte. »Ich habe getan, was Sie mir in einem Ihrer Artikel geraten hatten, mich durchgeschmuggelt, durchgewurstelt, vorbeigeschlichen. Ich habe Sie schon in Polen gelesen. Sie haben einmal geschrieben, daß die menschliche Natur nicht angelegt ist, Dinge gradezu zu tun. Man muß immer zwischen den Mächten des Bösen und dem Wahnsinn manövrieren.

Während des Ersten Weltkrieges war ich noch ein kleiner Junge, aber meine Mutter und Schwester schmuggelten Fleisch und brachten dafür Tabak und andere Schmuggelware zurück. Ohne das wären wir alle verhungert. Wenn man sie erwischte, wurden sie grausam geschlagen. In unserem Haushalt waren fünf Kinder, eine alte Großmutter, ein Krüppel und mein Vater, der nichts anderes tun konnte als die Mischna studieren und Psalmen oder den Sohar herzusagen. Ich fragte ihn, warum all diese Plagen uns befielen, und er sagte dasselbe wie Sie. Im Exil kann man nicht normal leben. Man muß sich immer an denen vorbeidrücken, die die Macht haben und Waffen tragen. Sobald ein Mann zur Macht kommt, wird er böse, sagte mein Vater. Wer ein Messer hat, sticht zu, wer ein Gewehr hat, schießt, und wer eine Feder hat, schreibt die Gesetze, die immer auf der Seite der Diebe und Mörder sind. Als ich älter wurde und anfing, weltliche Bücher zu lesen, überzeugte ich mich davon, daß das, was mein Vater über die Juden gesagt hatte, auf die ganze menschliche Rasse zutraf, sogar auf die Tiere. Die Wölfe verschlingen die Schafe, die Löwen töten die Zebras. In späteren Jahren gab es in unserem Dorf Kommunisten, die sagten, daß die Genossen Lenin und Stalin Gerechtigkeit bringen würden, aber es wurde bald klar, daß sie sich genauso benahmen wie alle anderen, die die Macht besaßen. Ich las über Darwin und Malthus. Das waren die Gesetze des Lebens, und ich sah ein, daß mein Vater recht hatte. Nachdem Polen unabhängig geworden war, hörte die Schmuggelei auf, aber noch immer war Macht Recht. Ich hatte kein

Handwerk gelernt, und selbst wenn ich das Schneider- oder Schuhmacherhandwerk gelernt hätte, so hätte ich doch nicht den leisesten Wunsch, zehn Stunden am Tag dazusitzen und Knöpfe anzunähen oder Sohlen und Absätze auf Stiefel zu nageln. Ich hatte auch kein Verlangen zu heiraten und neue Opfer für neue Mörder in die Welt zu setzen. Zwei meiner jüngeren Brüder waren Kommunisten geworden, beide endeten entweder in Stalins Gefängnissen oder in den Goldbergwerken im Norden. Ein dritter Bruder ging nach Israel und fiel durch eine arabische Kugel. Meine Eltern und eine Schwester fielen den Nazis zum Opfer. Ja, ich wurde ein Schmuggler, und meine Schmuggelware war ich selbst. Mein Körper ist mein Schmuggelgut. Daß ich 1949 nach Amerika kam, war – wenn ich so sagen darf – ein Triumph meiner Schmuggelkunst. Die Aussicht, am Leben zu bleiben und in die Vereinigten Staaten zu gelangen, war minimal. Wenn Sie mich nach meinem Beruf fragen, so ist meine Antwort: ›Ich bin ein jiddischer Dichter.‹ Wie weiß man, ob jemand ein Dichter ist oder nicht? Wenn ein Redakteur eine Lücke in seiner Zeitschrift füllen muß und er eines Ihrer Gedichte druckt, dann sind Sie ein Dichter. Wenn das nicht geschieht, dann sind Sie nur ein besessener Schreiber. Ich habe nie Glück bei den Redakteuren gehabt, und so gehöre ich zu der zweiten Kategorie.«

»Darf ich fragen, warum Sie Widmungen sammeln?« sagte ich.

»Ein bißchen verrückt darf jeder sein. Wenn Jack, der Bauchaufschlitzer, aus seinem Grab auferstehen würde, kämen die Leute, besonders die Frauen, angelaufen, um ein Autogramm von ihm zu bekommen. Man hat mir ein Ego gegeben, das immer etwas braucht und wünscht, und ich kämpfe gegen es an. Es will essen, aber ich sage ihm, es soll fasten. Es will Ehre, und ich überhäufe es mit Schande. Ich tue alles, um es zu ärgern. Es will frische Brötchen zum Frühstück, und ich gebe ihm altes Brot. Es hat gern starken Kaffee, und ich gebe ihm lauwarmes Wasser aus dem Hahn zu trinken. Es träumt noch von jungen Mädchen, bleibt aber eine Jungfrau. Zehnmal am Tag sage ich zu ihm: ›Laß mich in Ruhe, dich brauche ich wie ein Loch im Kopf; du tust, als seist du mein bester Freund, bist aber mein größter Feind.‹ Aus Bosheit laß ich es alte Zeitungen lesen, die ich in der Untergrundbahn am Boden gefunden habe. Gott sei Dank, ich bin der Stärkere oder zum mindesten stark genug, um es zu ärgern.«

»Glauben Sie an Gott?«

»Ja, ich glaube an Gott. Die Wissenschaftler erzählen uns, daß vor zwanzig Millionen Jahren eine kosmische Bombe explodiert ist und alle Welten erschaffen hat. Es vergeht keine Woche, in der sie nicht neue Teile im Atom entdecken und neue Funktionen. Trotzdem bleiben sie dabei, es sei alles Zufall. Sie haben jetzt ein neues Idol, das sie Evolution genannt haben. Dieser Evolution schreiben sie mehr Wunder zu, als man in allen Büchern über die Heiligen aller Nationen finden kann. Das ist gut für ihr räuberisches Geschäft. Da es keinen Gott gibt, keinen Plan, keinen Zweck, kann man mit gutem Gewissen schlagen und betrügen und morden.«

»Was ist Ihr Gott?« fragte ich. »Ein himmlischer Wolf?«

»Ja, ein kosmischer Wolf, der Diktator aller Diktatoren. Es ist alles Sein Werk: der hungrige Wolf, die ängstlichen Schafe, der Kampf ums Leben, die Krebskrankheit, die Herzanfälle, der Wahnsinn. Er hat sie alle erschaffen, Hitler, Stalin, Chmielnicki und Petljura. Es heißt, Er erschaffe jeden Tag neue Engel. Sie schmeicheln Ihm, singen

Oden für Ihn, und dann werden sie liquidiert, genau wie die alten Bolschewiken.«

Er schwieg, und ich schrieb Widmungen in die Bücher für Erwachsene, in die Kinderbücher und in die Zeitschriften. »Wo haben Sie all das her?« fragte ich.

»Ich habe die Bücher alle gekauft, nicht gestohlen«, sagte er. »Wenn ich ein paar Dollar gespart habe, kaufe ich Bücher, nicht nur Ihre, meistens wissenschaftliche.«

»Aber Sie glauben doch den Wissenschaftlern nicht«, sagte ich.

»Nicht an ihre Kosmologie, nicht an ihre Soziologie.«

»Wenn Sie wollen, so lassen Sie mir doch ein paar Manuskripte da, ich würde gern Ihre Gedichte lesen.«

Mein Gast zögerte etwas. »Wozu? Das ist nicht nötig.«

»Ich habe das Gefühl, daß Sie Talent haben«, sagte ich. »Wer weiß? Vielleicht sind Sie ein großer Dichter.«

»Nein, nein, nach keinem Maßstab. Jeder muß irgend etwas tun, und ich befasse mich ein wenig mit der Dichtung. Jedenfalls bedanke ich mich für Ihre guten Worte. Wer braucht in unseren Zeiten noch Dichtung? Nicht einmal die Dichter selbst.«

»Es gibt schon einige, die sie brauchen.«

»Nein.«

Mein Gast streckte mir eine Hand entgegen, mit der anderen schob er seinen Wagen an. Ich begleitete ihn an die Tür. Ich schlug ihm nochmal vor, mich seine Arbeiten lesen zu lassen, und er sagte: »Ich danke Ihnen vielmals. Was kann Dichtung tun? Nichts. Unter den Nazis gab es eine ganze Reihe von Dichtern. Tagsüber rissen sie die Kinder aus den Betten und verbrannten sie, und am Abend schrieben sie Gedichte. Glauben Sie mir, diese beiden Tätigkeiten widersprechen sich nicht. Überhaupt nicht. Gute Nacht.«

Ein Guckloch im Tor

Ich war von der jiddischen Presse nach Südamerika eingeladen worden. Auf dem argentinischen Schiff bewohnte ich eine Luxuskabine, die einen Perserteppich, bequeme Stühle, ein Plüschsofa und ein Privatbad hatte, und deren großes Fenster auf das Wasser ging. Die Passagiere der ersten Klasse wurden zahlenmäßig von den sie Bedienenden übertroffen. Für meinen Tisch gab es einen eigenen Weinkellner, und jedesmal, wenn ich einen Schluck getrunken hatte, füllte er das Glas wieder auf. Die Mittag- und Abendessen wurden von einer achtköpfigen Musikkapelle begleitet. Dem Dirigenten war gesagt worden, daß ich ein polnischer, in Amerika lebender Jude sei, und mir zu Ehren spielte er oft polnische, palästinensische und amerikanische Melodien. Die anderen Passagiere waren fast ausnahmslos Südamerikaner. Trotz all diesem Getue langweilte ich mich. Ich konnte mich mit niemandem unterhalten, und es fällt mir auch nicht leicht, mit Fremden Bekanntschaft zu schließen. Ich hatte ein Schachspiel bei mir, konnte aber keinen Partner finden. Eines Tages ging ich in die zweite Klasse, um dort nach einem zu suchen. Es gab nur zwei Klassen auf dem Schiff.

Die erste Klasse war halbleer, während es in der zweiten Klasse geschäftig zuging. In der großen Halle tranken Männer aus Bechern Bier, andere spielten Karten, Dame und Domino. Die Frauen saßen in Gruppen zusammen und sangen spanische Volkslieder. Einige der Gesichter kamen mir merkwürdig wild vor, sie erinnerten mich an Tiere oder Vögel. Ich hörte grobe Stimmen. Frauen mit enormen Busen und Hinterteilen aßen aus Körben und lachten vor unheimlicher Freude. Ein Riese mit einem

Schnurrbart, der bis zu den Schultern reichte, und buschigen Augenbrauen erzählte auf spanisch Witze, und sein Bauch bewegte sich wie ein Blasebalg. Die anderen klatschten und trampelten. In der Menge entdeckte ich einen Passagier aus der ersten Klasse, den ich dreimal am Tag im Speisesaal gesehen hatte. Er saß allein. Er trug immer eine Jacke und eine Krawatte, selbst zum Frühstück. Hier ging er in einem offenen Hemd herum, das seine grauhaarige Brust sehen ließ. Sein Gesicht war rot, und er hatte weiße Augenbrauen und kleine Äderchen auf der Nase. Ich hatte gedacht, er sei ein Südamerikaner, jetzt sah ich zu meinem Erstaunen, daß er eine jiddische New Yorker Zeitung bei sich hatte. Ich ging auf ihn zu und sagte: »In diesem Fall, lassen Sie mich Sie mit Scholem Alechem begrüßen.«

Seine braunen Augen, die bläuliche Schatten umgaben, sahen mich eine Weile erstaunt an, und dann antwortete er: »Aha. Alechem Scholem.«

»Was versuchen Sie in der zweiten Klasse zu finden?« fragte ich ihn.

»Und was tun Sie hier? Kommen Sie, gehen wir an Deck.«

Wir gingen hinaus und setzten uns auf zwei Liegestühle. Das Schiff näherte sich dem Äquator, und es war warm. Bis zur Hüfte nackte Matrosen saßen auf Rollen von Haltetauen und spielten mit fettigen Karten. Ein Matrose strich einen Querbalken an, ein anderer fegte mit einem langen Besen den Abfall auf dem Deck zusammen. Es stank nach Erbrochenem und Fisch. Ich sagte: »Die Leute hier unten amüsieren sich besser als wir oben.«

»Gewiß, darum bin ich lieber hier unten. Leben Sie in New York?«

»Ja, in New York.«

»Ich habe jahrelang in New York gelebt, aber dann bin ich nach Los Angeles gezogen. Man sagte mir, es sei ein

Paradies, aber die Winter sind kalt, und dazu haben wir noch Smog.«

»Ich kann sehen, daß Sie nicht in New York geboren sind.«

»Ich bin aus Warschau. Woher sind Sie?«

»Auch von dort.«

»Wir haben in der Grzybowska 5 gewohnt.«

»Ich bin in der Grzybowska 5 in den Cheder gegangen«, sagte ich.

»Zu Mosche Jizchak?«

In dem Augenblick, als der Mann diesen Namen erwähnte, war er wie ein Verwandter. Die Weite des Ozeans und die ganze fremde Atmosphäre waren in einer Sekunde verschwunden. Er sagte mir, daß er zu Hause Schlomo Mair gewesen sei, aber in Amerika hieße er Sam. Er hatte Polen vor über fünfzig Jahren verlassen. »Was glauben Sie, wie alt ich bin?« fragte er.

»Ich würde sagen, in den Sechzigern.«

»Im November werde ich fünfundsiebzig.«

»Sie haben sich gut gehalten.«

»Ich hatte einen Großvater, der hundertein Jahre alt wurde. Wenn man in Amerika nicht einen Herzanfall oder Krebs bekommt, kann man immer weiter leben. In der Heimat starben die Leute an Typhus oder vielleicht verhungerten sie. Mein Vater vermietete flachbödige Wagen an die Händler. Wir hatten Pferde und Ställe und beschäftigten ein Dutzend Kutscher. Wir lebten im Wohlstand. Mein Vater schickte mich in den Cheder und ließ mich auch von einem Privatlehrer unterrichten. Meine Mutter kam aus einem guten Haus. Ihr Vater war ein Rechtsanwalt – nicht einer wie die hier. Er hatte keine Universität besucht. Er reichte Klagen ein, diente manchmal als Schiedsrichter und verwaltete das Geld der Prozeßparteien zu treuen Händen. Meine Mutter wollte einen Gelehrten aus mir machen, aber nach Bildung stand mir der Sinn nicht. Mein Bruder Benjamin und ich hatten einen Taubenschlag auf dem Dach, und wir standen stundenlang dort oben und jagten die Tauben mit langen Stöcken. Wir gingen auch mit Mädchen aus und besuchten das jiddische Theater am Muranowplatz und das polnische – Nowy, Letni, die Oper. Auf der Lesznostraße gab es ein Sommertheater, die Alhambra, und dort fand man leicht ein Mädchen. Alle Hausangestellten hatten am Sonntag einen halben Tag frei, und für eine Tafel Schokolade konnte man alles von einem Mädchen haben. Damals waren die Männer nicht vorsichtig. Das Mädchen wurde schwanger, und die Hausfrau warf sie hinaus. Es gab eine spezielle Klinik für solche Fälle, wo die unverheiratete Mutter sechs Monate lang ihr eigenes Kind wie auch noch mehrere Findlingskinder betreuen mußte. Wenn diese Kinder groß wurden, so wurden die Jungen Feuerwehrleute, Hausmeister und manchmal Polizisten. Was aus den kleinen Mädchen wurde, weiß ich nicht. Zu der Zeit nahmen wohlhabende Frauen die unehelichen Mütter oft als Ammen, und auf diese Weise konnten sie sich über Wasser halten. Es gab Männer, deren Aufgabe es war, Mädchen zu schwängern, und dafür bekamen sie einen Teller Suppe oder ein Stück Brot. Da Sie aus Warschau sind, werden Sie das kennen.«

»Ich weiß, ich weiß.«

»Nun, ich habe auch mein Teil am Spaß gehabt. Ich hatte immer Geld in der Tasche, und mit einem Gulden kam man ganz schön weit. Wenn wir Lust hatten, gingen wir in die Bordelle in Potschajew und Tamka. Wollen Sie noch mehr hören?«

»Ja, gern.«

»Da Sie auch aus Warschau sind, warum sitzen wir nicht an einem Tisch?«

»Ich würde gern bei Ihnen sitzen.«

»Ich werde mit dem Oberkellner sprechen. Wenn man allein sitzt, fühlt man sich einsam, und man weiß nicht, was man mit sich anfangen soll. Dann esse ich zuviel und nehme zu. Die Südamerikaner können unentwegt essen. Haben Sie die Frauen angeschaut? Wie kann man an so einen Fleischberg überhaupt rankommen? In den Staaten ist jeder auf einer Diät. Hier stopfen sie sich voll, die Freßsäcke. Trinken Sie Bier?«

»Nein.«

»Dann will ich mir welches bestellen.«

»Solange man jung ist«, fuhr Sam fort, »sieht man nicht hinter die Dinge, aber wenn man älter wird, möchte man jemanden lieben, der einen auch liebt. Dafür zu bezahlen ist kein Kunststück. Ich lernte ein Mädchen aus der Gnoynastraße kennen. Sie hieß Eva – ebenso wie die Eva, die Adam den verbotenen Apfel gab, weswegen alle Menschen sterben müssen. Sie schien ein anständiges Mädchen zu sein, mit einem runden Gesicht, hübschen Beinen und einem schönen Körper. Eva war achtzehn, und damals war das nicht mehr so jung. Meine Mutter war nicht zufrieden mit meiner Wahl, denn Evas Vater war arm. Er arbeitete im koscheren Schlachthaus, wo er die Tiere enthäutete. Eva kam aus einer großen Familie, und sie erhielt keine Mitgift. Aber wozu brauchte ich eine Mitgift? Ich wußte, ich konnte genug verdienen. Es gab eine Verlobungsgesellschaft, und am Glücksbringer wurden Teller und Gläser zerschlagen. Ich war nicht sonderlich fromm, so ging ich am Sabbat mit ihr ins Theater. Während der Woche gingen wir gewöhnlich in eine kleine Kneipe, wo wir Frankfurter Würstchen mit Brötchen und Senf aßen und Bier dazu tranken. Solche knusprigen Semmeln wie sie in Warschau gebacken wurden, gibt es nirgends, sie zergingen auf der Zunge. Ja, es war eine richtige Liebschaft. Vor fünfzig Jahren benahmen sich verlobte Paare nicht wie heute. Ein Mädchen mußte bis zur Hochzeit Jungfrau bleiben, aber wir vergnügten uns auch so. Das gab uns eine Vorstellung von dem, was uns nach der Hochzeit erwartete. Wir stritten schon darüber, wie viele Kinder wir haben würden. Ich wollte sechs und sie zehn. Ihr Vater setzte das Datum der Hochzeit für den Freitag nach Tisch'a b'Aw fest, obwohl mir das eine Ewigkeit zu sein schien. Es ist nicht leicht für einen armen Mann, seine Tochter zu verheiraten, besonders wenn sie keine Mitgift bekam. Meine Eltern gaben Eva schöne Geschenke: eine goldene Uhr, eine Kette, eine Brosche. Ihr Vater konnte mir nichts von wirklichem Wert schenken. Er schenkte mir einen silbernen Kelch für die Segenssprüche über dem Wein am Sabbat. Für uns war all das ein Vergnügen, und unsere Liebe brannte lichterloh.

Ich werde Ihnen erzählen, was geschah. Wenn ich davon rede, so bringt das heute noch mein Blut zum Sieden. Es war Samstag, und wir gingen ins Theater. Ich weiß noch, daß sie ›Chasha the Orphan‹ spielten. Nach dem Stück gingen wir in Koziks Restaurant und aßen zu Abend: Fisch, Fleisch mit allem Drum und Dran. Ihr Vater verlangte, daß sie spätestens um elf zu Hause war. Wenn sie später kam, zog er den Gürtel aus seinen Hosen und prügelte sie wie ein kleines Mädchen. Ich war mit seiner Strenge einverstanden. Ich wollte keine Herumtreiberin heiraten. Als wir uns verlobten, hörte ich auf, den Schicksen nachzulaufen. Eva machte es ganz deutlich, was vorher geschehen war, war vorbei, aber jetzt gehörte ich nur ihr. Es war nicht immer leicht, mein Versprechen zu halten. Wir hatten ein Mädchen, und ich war des Abends zu ihr in die Küche gegangen, aber ich hatte Eva mein Wort gegeben. An jenem Samstag abend, nachdem wir unsere Mahlzeit beendet hatten, nahmen wir eine Droschke von der Nalewskistraße zu ihrem Haus. Es war nicht lange nach dem Pessachfest. In Warschau machen sie die Tore gewöhnlich um halb elf zu, und als wir ankamen, war das Tor schon geschlossen. Wir küßten uns vor dem Tor wieder und wieder, dann läutete ich. Der Sohn des Pförtners kam das Tor zu öffnen. Er hieß Bolek – ein gewöhnlicher Bursche, ein brutaler Kerl. Ihm folgte oft ein bissiger Hund.

Die meisten Tore in Warschau hatten ein kleines Guckloch für den Pförtner, damit er hindurchsehen konnte, wenn jemand läutete, denn es könnte ein Bettler oder Landstreicher sein. Gewöhnlich, wenn ich Eva nach Hause brachte, fiel es mir nicht ein, durch das Guckloch zu schauen. Was konnte man schon sehen? Dieses Mal hatte ich ein solches Verlangen nach ihr, daß ich sehen wollte, wie sie vom Tor über den Hof ging. Ich bückte mich und starb beinahe von dem Schock. Wäre vor mir ein offenes Grab gewesen, ich wäre hineingesprungen. Dort stand Eva und küßte und umarmte Bolek. Ich dachte, ich sähe Gespenster oder ich sei verrückt geworden. Sie umarmten und küßten sich wie ein altes Liebespaar. Das dauerte etwa zehn Minuten. Ich war damals bärenstark, sonst hätte mich auf der Stelle der Schlag getroffen. Ich will Sie nicht damit belasten, was ich in der Nacht durchgemacht habe. Ich warf mich im Bett herum, als hätte ich hohes Fieber. Ich wollte mich aufhängen. Meine Mutter kam in mein Zimmer und sagte: ›Schloimele, was hast du?‹ Ich konnte ihr meine Schande nicht gestehen, so erfand ich eine Ausrede. Bis zum Anbruch des Morgens litt ich die schrecklichsten Qualen. Gegen Morgen schlief ich ein, und als ich erwachte, war mein Mund bitter wie Galle. Ich sagte mir, daß ich nicht länger in Warschau bleiben konnte. Viele Leute aus unserer Nachbarschaft waren nach Amerika gegangen. Alles, was man brauchte, war die Überfahrt. Es gab Agenten, die einem eine Fahrkarte für das Schiff besorgten und einem erlaubten, sie abzuzahlen, wenn man in Amerika Arbeit gefunden hatte. Mein Vater hatte eine Kassette, in der er sein Geld aufbewahrte. Ich wußte, wo der Schlüssel versteckt war. Als mein Vater zu den Ställen gegangen war und meine Mutter zum Einkauf in Ulrichs Basar, öffnete ich die Kassette und nahm zweihundert Rubel heraus. Es waren viele Tausende darin, aber ich war kein Dieb. Das erste Geld, das ich in Amerika verdiente, schickte ich nach Hause, aber das heißt das Pferd am Schwanz aufzäumen.

Ich ging in die Gnoynastraße, wo Eva wohnte, und stieg die Treppe hinauf. Gewöhnlich ging ich samstags und mittwochs hin. Eva stand in der Küche und briet einen Eierkuchen. Es war sonst niemand in der Wohnung. Sie sah mich und strahlte über das ganze Gesicht. ›Schloimele‹, rief sie und versuchte, mich zu küssen. Ich sagte: ›Laß den Eierkuchen nicht anbrennen.‹ ›Was führt dich so früh am Morgen her?‹, und ich sagte: ›Jemand hat mir gesagt, daß der Juwelier, bei dem wir deine Geschenke gekauft haben, ein Schwindler ist. Das Gold ist kein reines vierzehn Karat Gold. Es ist mit Silber gemischt.‹ Sie erschrak, nahm die Pfanne vom Herd und brachte mir den Schmuck. Ich steckte alles in meine Tasche und packte sie am Haar. Sie wurde leichenblaß. ›Was machst du?‹ fragte sie. ›Ich habe gestern abend durch das Guckloch geschaut und habe gesehen, was du mit Bolek getrieben hast.‹ Sie war sprachlos. Ich gab ihr einen Schlag auf den Mund, und sie spuckte Zähne aus. Sie spuckte einen aus, und dann einen zweiten und dann einen dritten. Der beste Zahnarzt hätte es nicht besser machen können. Ich hätte sie am liebsten umgebracht, aber ich bin kein Mörder. Ich spuckte sie an und ging.

Mein lieber Mann, wie ist Ihr Name? Isaac? Mein lieber Isaac, ich habe mich nicht von meinem Vater, nicht von meiner Mutter und nicht von meinem Bruder, Benjamin, verabschiedet – von niemandem. Ich lief zum Wiener Bahnhof und kaufte eine Fahrkarte nach Mlawa. Ich wußte, von dort aus konnte man über die grüne Grenze nach Preußen gelangen. Die Schmuggler – sie wurden Führer genannt – schmuggelten einen über die Grenze für drei Rubel für einen Paß. Ich hatte nichts bei mir. Nicht einmal ein Hemd. ›Wo ist dein Bündel?‹ ›Mein Bündel ist hier‹, sagte ich und deutete auf mein Herz. Er verstand, was ich meinte. Nachts ging ich über die Grenze, und früh am Morgen nahm ich einen Zug nach Hamburg, wo ich das Schiffsbillett nach New York kaufte. Ich hatte noch eine ziemliche Summe von den zweihundert Rubeln übrig. Ich verkaufte Evas Geschenke und kaufte mir Wäsche, einen Anzug und ein Paar deutsche Schuhe.

Ich reiste im Zwischendeck, und obwohl ich mich für einen modernen Menschen hielt, weigerte ich mich doch, nichtkoscheres Essen zu mir zu nehmen. Die Wahrheit ist, ich konnte gar nichts essen. Die meisten Passagiere waren seekrank und spuckten ihre Seele aus. Von dem Gestank hätte man sterben können. Ich war auch krank, aber ich hatte es im Kopf. Ich hatte Angst, den Verstand zu verlieren. Ich haßte jetzt alle Frauen. Mit zum Himmel erhobenen Händen schwor ich, niemals zu heiraten.«

»Haben Sie Ihr Wort gehalten?«

»Ich habe fünf Enkelkinder.«

Sam fragte: »Soll ich weitererzählen? Wollen Sie noch mehr hören?«

»Bitte, ja.«

»Es ist eine lange Geschichte, aber ich werde sie nicht in die Länge ziehen. Kann man überhaupt die Lebensgeschichte eines Menschen erzählen? In den jiddischen Zeitungen drucken sie Geschichten, die monatelang, ja jahrelang laufen. Ich lese sie. Ich lese sehr gern. Für mich ist ein Schriftsteller noch mehr als ein Rabbi oder ein Arzt. Er weiß alles, was in einer Seele vorgeht, als ob er selbst darin wäre. Aber wenn ich auf Reisen bin, kann ich die Zeitungen nicht bekommen. Ich habe jemanden in Amerika, der hebt sie mir auf, und wenn ich zurückkomme, lese ich den ganzen Haufen. Ja, ich habe geschworen, niemals zu heiraten, aber allein zu sein ist auch schwierig. Damals wurden alle, die auf dem gleichen Schiff nach Amerika fuhren, eine große Familie. Wir nannten uns Schiffsbrüder und Schiffsschwestern. Da wir uns weigerten, nichtkoscheres Essen zu uns zu nehmen, bekamen wir Kartoffeln und Heringslake. In Hamburg hatte ich etwas von dem Geld, das ich bei mir hatte, für koschere Salami und Leberwurst ausgegeben, und ich lud alle dazu ein. Das machte mich zum wahren König. Die Mädchen und Frauen kamen alle zu mir, um eine Scheibe Wurst zu bekommen. Sie lobten und küßten mich, aber ich wußte, es war alles wegen der Wurst. Nach dem, was ich mit Eva erlebt hatte, traute ich keiner mehr. Unter uns Grünschnäbeln war auch eine kleine junge Frau, die nach Amerika zurückkehrte. Sie war nach Europa gekommen, um eine Tante nach Amerika zu holen. Sie teilten eine Kabine, aber die alte Frau war seekrank, so daß die Nichte ihre Zeit mit uns, den Einwanderern, verbrachte. Ihr Mann war koscherer Schlächter in Brownsville. Was wußten wir von Brownsville? In Warschau trug die Frau eines rituellen Schlächters eine Perücke oder eine Haube, aber diese Frau ging ohne Kopfbedeckung herum. Sie war dunkel und hatte lachende Augen. Sie hatte immer einen Scherz parat. Sie bekam jeden Tag eine dicke Scheibe Salami. Sie nannte mich Baby, obwohl ich groß und sie so klein war, daß ich sie in meine Tasche hätte stecken können. Sie war eine große Rednerin und ein kluges Teufelchen. Ihr mußte man nicht viel erklären. Sie warf nur einen Blick auf jemanden und wußte Bescheid, wie eine Zigeunerin. Sie hieß Becky. Obwohl ihr richtiger Name Breindel war, wurde er in Amerika zu Becky. Ich hatte noch nie jemanden getroffen, der so schnell war wie sie. Sie war überall und wußte alles. Sie hüpfte herum wie ein Vogel. Sie sprach natürlich Englisch. Sie sagte zu mir: ›Darling Baby, wenn eine Frau dich betrogen hat, so mußt du das nicht uns allen ankreiden.‹ ›Woher weißt du, daß mich eine Frau betrogen hat?‹ fragte ich sie. ›Baby, es ist auf deiner Stirn zu lesen‹, sagte sie. Am nächsten Tag lud Becky mich in ihre Kabine ein. Ihre Tante lag wie tot da. Die Seekrankheit ist etwas Fürchterliches. Ich dachte, sie sei gestorben, aber Becky lachte und zwinkerte mir zu. Sie machte mir ein Zeichen, mich zu ihr zu bücken, während sie sich auf die Zehenspitzen stellte. Sie gab mir einen Kuß, an den ich mich heute noch erinnere. Daß die Frau eines rituellen Schlächters einen fremden Mann küßte, war mir neu. Ich sagte zu ihr: ›Liebst du deinen Mann nicht?‹, und sie antwortete: ›Doch, ich liebe ihn, aber er ist in Brownsville damit beschäftigt, Tieren die Haut abzuziehen, und ich bin hier.‹ ›Wenn er wüßte, was du tust, würde er dich auch schlachten.‹ Und sie sagte: ›Wenn die Leute die Wahrheit erfahren würden, würde die Welt wie ein Kartenhaus zusammenfallen.‹ Wir liebten uns auf der Stelle. Ich hatte nie gewußt, daß eine so kleine

Frau so großes Verlangen haben konnte. Sie erschöpfte mich, nicht ich sie. Die ganze Zeit über plapperte sie von Gott. Am Sabbatabend steckte sie drei Kerzen in drei Kartoffeln, bedeckte den Kopf mit einem Schal, legte ihre Finger über die Augen und segnete die Kerzen. Und so kamen wir in Amerika an. Am Kai warteten viele Menschen auf die Ankömmlinge, und mein Stückchen Fleisch erkannte ihren Mann, den Schlächter. Zu mir sagte sie: ›Hör zu, Baby, zwischen uns ist nichts gewesen. Wir kennen uns überhaupt nicht, denk nicht mehr dran.‹ Später sah ich sie ihren Mann umarmen. Sie küßte ihn und weinte, und ich erneuerte meinen Schwur, keiner Frau mehr zu glauben. Schloimele, sagte ich mir, es ist eine verlogene Welt. Viele Jahre später sagte mir ein Rabbi, daß in der Tora geschrieben steht, alle Menschen sind Lügner.«

»Nicht in der Tora«, sagte ich, »aber in den Psalmen: ›Ich sprach in meinem Zagen: Alle Menschen sind Lügner.‹«

»So ist es. Die meisten Passagiere wurden nach Ellis Island gebracht. Ich war so gesund wie ein Bär und hatte Geld, so ließ man mich gleich herein. Agenten der verschiedensten Fabriken kamen zu den Schiffen, und sobald ein Einwanderer gelandet war, boten sie ihm Arbeit an. Es wurde nie mehr als drei Dollar in der Woche gezahlt und manchmal sogar noch weniger. Da ich Geld in der Tasche hatte, hatte ich es nicht eilig, ein Sklave zu werden. Im unteren Stadtteil gab es einen Platz, der Schweinemarkt hieß. Dorthin kamen die Arbeitsuchenden. Jeder Handwerker hatte sein Werkzeug bei sich, das ihn auswies. Ich sah einen Schneider, der das Oberteil seiner Nähmaschine trug, ein Tischler hatte eine Säge in der Hand. So geht es zu in Amerika. In dem einen Beruf werden Arbeiter gebraucht, und in einem anderen ist kein Bedarf. Alles hängt von der

Jahreszeit ab. Agenten versuchten, mich zu vermitteln, aber ich wollte mich erst umsehen. Ein junger Mann kam zu mir und sagte: ›Du kannst nicht auf der Straße übernachten. Laß uns ein Quartier für dich finden.‹ Wir gingen bis zur Attorney Street. Die Straßen waren voller Menschen. Die Leute aßen auf der Straße, lasen Zeitung auf der Straße, unterhielten sich über Politik. Obwohl es mitten am Tag war, versuchte eine Nutte uns in ihren Kellerraum zu ziehen zum Preis von einem Vierteldollar, aber wir weigerten uns, mit ihr zu gehen. Mein Begleiter schien ein Vermittler zu sein. Er ging mit mir drei Treppen hinauf in eine Wohnung, wo Pensionsgäste aufgenommen wurden, und stellte mich der Inhaberin vor. Sie hieß Molly. Molly ist ein irischer Name, aber auch ein jüdischer. Es gab nur kaltes Wasser in der Wohnung, und die Toilette war auf der Diele. Wer ein Bad nehmen wollte, mußte zum Barbier gehen. Für zwei Dollar die Woche gab mir die Vermieterin eine Schlafstelle und Pension. Alle drei Pensionsgäste schliefen in einem Raum. Ihr Mann war Anstreicher. Für ein paar Pfennige extra wusch sie unsere Wäsche. Sie war eine ordentliche Frau, die sich für ihren Mann und ihre Kinder umbrachte, aber ihr Mann war ein Strolch, der sich mit anderen herumtrieb. Ihre Tochter kam um zwei Uhr morgens nach Hause und knutschte sich noch vor der Tür mit den Burschen. Mollys Kochkünste waren gut genug für einen König. Wie sie uns all das für zwei Dollar in der Woche geben konnte, kann ich noch immer nicht verstehen. Sie kaufte preiswert bei den Karren in der Orchard Street ein.

Mein guter Mann, ich blieb standfest und habe zehn Jahre nicht geheiratet. Ich bin kein Philosoph, aber ich hielt die Augen offen. Ich dachte über das Leben nach und sah, was vor sich ging. Solange die Menschen an Gott glaubten, fürchteten sie sich vor dem Höllenfeuer in Gehenna. Aber in unseren jiddischen Zeitungen war zu lesen, daß es keinen Gott gibt und daß Moses ein Kapitalist und Schwindler sei. Wovor sollte man sich also fürchten?

Als ich nach Amerika kam, gab es schon Autos und sogar ein paar Lastwagen, aber die meisten Güter wurden mit Pferdewagen transportiert. Auf den Straßen gab es überall Tröge für die Pferde. Von Warschau her wußte ich mit Pferden Bescheid, und so ging ich ins Speditionsgeschäft. Zuerst fuhr ich einen Wagen für einen anderen Mann, dann kaufte ich einen eigenen Wagen und ein Paar belgischer Zugpferde. Bald konnte ich einen zweiten Wagen kaufen, und die Anzahl wuchs weiter. Ich war mit dem rechten Fuß in Amerika gelandet und hatte bei allem, was ich unternahm, Glück. Ich arbeitete sechzehn Stunden am Tag, aber ich hatte mehr als genug Kräfte. Heute nehme ich Schlaftabletten. Damals legte ich mich auf den nackten Boden meines Wagens und schlief sofort ein. Ich konnte ununterbrochen zehn Stunden schlafen. Landstreicher stahlen sich in meinen Wagen und schliefen auch dort. Das Geschäft ging gut, und ich wurde reich, was man damals für reich hielt. Für tausend Dollar bekam man damals mehr als heute für zehntausend. Ich hatte eine eigene Wohnung in der Grand Street. Sie galt als gute Gegend. Die Hochzeitsvermittler verfolgten mich, aber ich erklärte ihnen offen: ›Warum soll ich heiraten und einen anderen Mann mit meiner Frau schlafen lassen? Soll der andere heiraten, und ich werde mit seiner Frau schlafen.‹ Das waren nicht nur Worte. Verstehen Sie mich?«

»Ja, ich verstehe Sie.«

»Man kann nicht zu schlau sein. Himmel und Erde haben sich verschworen, daß die Leute das Schicksal nicht überlisten können. Ich habe Ihnen schon gesagt, daß ich das jiddische Theater liebe. Könnt Ihr Spätankömmlinge noch verstehen, was das jiddische Theater für uns bedeutete? Damals lebten all die großen Schauspieler noch: Adler, Tomaschewski, Madame Liptzin und später Kessler. Die meisten Angestellten konnten nur am Samstag ins Theater gehen, aber ich, ein Junggeselle mit Geld, konnte gehen, wann immer ich Lust dazu verspürte – und das war fast jeden Abend. Die heutigen Stücke taugen nichts. In den jiddischen Stücken, über die ich rede, da gab es was zu sehen – König David, Bathseba, die Zerstörung des Tempels – wirkliche Geschichte! Die Juden kämpften gegen die Römer, und die Schlacht fand vor unseren Augen statt. Ich hatte genügend Frauen und Mädchen, die ich ausführen konnte, aber ich ging auch oft gerne allein. Da gab es eine Schauspielerin, Ethel Sirota, deren Name kleingedruckt war, aber als ich sie das erste Mal spielen sah, hüpfte mein Herz. Sie ist schon seit vielen Jahren nicht mehr auf der Bühne. Sie ist die Großmutter meiner Enkel.

Wenn ich Ihnen erzählen sollte, wie ich sie kennengelernt habe und wie ich sie ihrem Mann wegnahm, müßte ich drei Tage und drei Nächte mit Ihnen hier sitzen. Wie kam ich, ein einfacher Fuhrunternehmer aus Warschau, zu einer amerikanischen Schauspielerin? Aber die Liebe hat eine seltsame Macht. Sie gestand mir später, daß sie oft meinen Blick während der ganzen Vorstellung auf sich fühlte. Ich nahm immer ein Billett in der ersten oder zweiten Reihe. Ihr Mann spielte nur auf Tournee. In den New Yorker Produktionen war er nie beschäftigt. Ich sah ihn einmal in Philadelphia – ein Stück Holz. Sie hatten keine Kinder. Nun, wir verliebten uns ineinander. Als ich das erste Mal mit ihr ausging, glaubte ich, vor Glück verrückt zu werden. Wir aßen in einem Restaurant am Broadway und gingen dann in einen Nachtklub. In dem Programm gab es reichlich nackte Frauen, aber ich brannte vor Leidenschaft für Ethel. Wir tranken Champagner, und ich war beschwipst. ›Was siehst du in mir?‹ fragte sie. ›Mein Mann ist bereit, mich für die schäbigste Nutte einzutauschen.‹ Und ich sagte ihr, was ich in ihr sähe, ließe sich nicht in Worte fassen. Wir küßten uns, und jeder Kuß war wie Feuer. So wie es in Romanen geschrieben steht. Am ersten Abend machte ich ihr einen Heiratsantrag. Als ihr Mann, dieser Depp, hörte, daß sich jemand anderer für seine Frau interessierte, kümmerte er sich wieder um sie, und es begann ein Katz- und Mausspiel. Schließlich überzeugte er sich davon, daß sie mich wollte, nicht ihn, und er verlangte Geld. Ich zahlte ihm zweitausend Dollar in bar. Damals war das ein Vermögen – und er ließ sich scheiden. Das ist leichter gesagt als getan. Es ging auch nicht sehr schnell. Es zog sich lange Zeit hin, und während wir warteten, lebten wir wie Mann und Frau.

Als wir uns näherkamen und ich sie nach ihrer Vergangenheit fragte, schwor sie, daß ihr Mann der einzige Mann in ihrem Leben war. Ich will Ihnen einen Grundsatz verraten: wenn eine Frau Ihnen sagt, daß Sie ihr zweiter sind, dann können Sie sicher sein, Sie sind ihr zehnter, zwanzigster oder vielleicht ihr fünfzigster. Es steht irgendwo in der Bibel, daß der Schlange Weg auf einem Felsen, des Schiffes Weg im Meer kein Zeichen hinterlassen. Wenn ich mich nicht irre, sagte das König Salomo, und Sie wissen, worauf er anspielte. Je mehr ich sie fragte, desto mehr erfuhr ich. Bevor sie in New York auf der Bühne stand, hatte sie auch auf Tourneen gespielt, und um eine Rolle zu bekommen, mußte man mit dem Direktor oder wer immer das Sagen hatte, schlafen. Tatsächlich war es an der Second Avenue nicht viel anders. Wenn sie nichts getrunken hatte, blieb Ethel schweigsam, aber sowie sie angeheitert war, redete sie frei von der Leber weg. Ich notierte eine ganze Liste ihrer Liebhaber, und jedesmal, wenn ich glaubte, die Liste sei vollständig, kam noch ein weiterer Name dazu. Inzwischen war sie schwanger geworden. Ich hatte sie ihrem Mann weggenommen und meinetwegen hatte sie das Theater verlassen – wie konnte ich ihr Leben zerstören? Wir stritten uns, und es kam zu Handgreiflichkeiten. Ihre Tränen hätten einen Stein erweichen können. Mir wurde klar, dies war mein Schicksal. Eva hatte den Sohn des Pförtners geküßt, und Ethel hatte sich für eine Rolle verkauft. Jetzt, da sie verheiratet und schwanger war, versprach sie, sich ordentlich zu verhalten. Aber sie konnte das Theater nicht ganz aufgeben. Wir gingen zu jeder Aufführung. Sie bekam die Karten umsonst. Jeder Kassierer kannte sie. Wenn man einmal Mitglied des jiddischen Theaters gewesen war, wird man nicht vergessen. Ethel bekam ein Mädchen, und wir nannten sie Fanny, oder Feigele, nach Ethels Mutter. Zwei Jahre später bekam sie Zwillinge, einen Jungen und ein Mädchen. Das sind meine Kinder.

Nach der zweiten Geburt sehnte sie sich wieder nach dem Theater. Man bot ihr Rollen an, das Telephon läutete unentwegt, aber ich hatte ihr klar und deutlich gesagt, ich würde sie verlassen, wenn sie wieder zur Bühne zurückgehe. Vor meiner Heirat hatte ich Schauspieler für Götter gehalten, aber als ich sah, wie sie sich benahmen, und wie die Mädchen herumschlafen mußten, um eine Rolle zu bekommen, hörte ich auf, sie zu verehren. Auf der Bühne sah man einen wie ein Rabbi gekleideten Mann, in einem seidenen Gewand und einem Pelzhut, der ›Höre, Israel‹, deklamierte und sich für den Heiligen Namen opferte. Zwei Stunden später würde er einem ehrgeizigen Mädchen erklären, sie solle mit ihm schlafen oder auf die Bühne verzichten. Ich hatte gute Freunde. Sobald sie zu uns kamen, erwärmten sie sich für meine Frau. Das gefiel ihr. Warum nicht? Aber nachdem, was mir in Warschau passiert war am Tor zu Evas Haus, hatte ich den Geschmack an diesem Unfug verloren. Wenn einer meiner Freunde Ethel zu nah kam, packte ich ihn am Kragen und warf ihn hinaus. Das brachte mir den Ruf ein, ein eifersüchtiger Wilder zu sein. Ethel beklagte sich, ich treibe unsere Freunde aus dem Haus. Ich ging nicht mehr ins jiddische Theater, und das englische zog mich nicht an. Dort spielen sie nicht, sondern deklamieren nur.

Mit der Zeit wurden die Expreßwagen durch Lastwagen ersetzt, und ich gründete eine Lastwagen-Gesellschaft. Es wäre alles in Ordnung gewesen, aber mein Blut war schon vergiftet. Wenn ich nicht über Ethel brütete, dann kehrten meine Gedanken zu dem Betrug der Frau des Schlächters zurück. Des Nachts, wenn ich neben Ethel lag, fragte ich sie über all ihre Liebhaber aus. Sie mußte jede Einzelheit berichten. Wenn sie irgend etwas leugnete, machte ich ihr die Hölle heiß. In jedem Unternehmen muß man gelegentlich reisen, aber jedes Mal, wenn ich die Stadt verließ, stellte ich mir vor, daß Ethels Liebhaber bei ihr sein würde. Ich war erfolgreich bei Frauen, und wenn ich sah, wie andere Frauen sich benahmen, glaubte ich, daß Ethel nicht anders sein konnte. Kaum hat man den Rücken gedreht, zwinkert die Frau schon einem anderen zu. Es ist wie ein Griff in den Grabbelsack. Ich geriet in einen solchen Zustand, daß ich einen Nervenarzt aufsuchen mußte. Statt mir etwas zu verschreiben, machte er alles noch schlimmer. Er war selbst geschieden und zahlte Alimente. Er deutete auf das Sofa und sagte: ›Wenn dieses Sofa reden könnte, würden viele Paare sich scheiden lassen.‹ Des Nachts quälten mich furchtbare Träume, und alle hatten mit meinem Mißtrauen zu tun. Ich wachte mitten in der Nacht auf und spürte das Verlangen, Ethel zu erwürgen. Ich hätte es nicht tun können, aber die Wut überwältigte mich fast. Und als mir klar wurde, daß in meinem eigenen Haus zwei Töchter heranwuchsen und daß sie eines Tages genauso falsch sein würden wie alle weiblichen Wesen, wollte ich sie auch umbringen – meine eigenen Kinder. Können Sie solchen Wahnsinn verstehen? Halten Sie mich für einen Mörder?«

»Sie sind kein Mörder.«

»Was bin ich?«

»Ein Mann.«

Der Gong zum Abendessen ertönte, und wir gingen beide in den Speisesaal der ersten Klasse. Sam arrangierte es mit dem Oberkellner, daß wir an einen Tisch zu sitzen kamen. Mein Weinkellner bediente jetzt uns beide. Zwischen den einzelnen Gängen waren lange Pausen, denn jedes Gericht wurde frisch zubereitet. Das Abendessen dauerte zwei Stunden.

Ich fragte Sam: »Sind Sie bei Ethel geblieben?«

Er schob seinen Teller fort.

»Wir ließen uns scheiden. Ich wollte New York verlassen, und sie wollte nirgends sonst leben. Sie schleifte mich noch immer ins jiddische Theater und ins Café Royale, wo sie ihre ehemaligen Liebhaber traf. Kaum hatte ich mich mit meiner Frau an einen Tisch gesetzt, kam irgend so ein Halunke an den Tisch, der mit ihr geschlafen hatte. Ich konnte es nicht mehr aushalten. Ich mag ein einfacher Mann sein, der Sohn eines Fuhrmanns, aber bei uns zu Hause gab es so etwas nicht. Meine Mutter – Friede sei mit ihr! – hatte einen Gott und einen Mann. Ich war so überreizt, daß ich nahe daran war, Ethel zu töten und dann Selbstmord zu begehen, denn ich war nicht dazu geschaffen, im Gefängnis zu verfaulen oder auf dem elektrischen Stuhl zu landen. Unsere Raufereien und Streitigkeiten dauerten an, und unsere Liebe wurde sauer. Sie wurde, wie sagt man doch, frigide. Sie beschwerte sich, daß ich ihr weh tue. Ich ging mit ihr zum Nervenarzt, und er sagte: ›Das hat mit dem Kopf zu tun.‹ Wir trennten uns, dann versöhnten wir uns, dann trennten wir uns wieder. Als Ethel schließlich doch zum Theater zurückkehrte, wurde das Stück nach einer Woche abgesetzt. Der Kritiker, ich habe seinen Namen vergessen, schrieb, die ganze Aufführung sei ein einziges Gähnen. Er erwähnte Ethels Namen nicht einmal. Diese Kritiker interessieren sich nur für die großen Namen. Jetzt verlangte sie die Scheidung. Ich bin nicht so tief gesunken, daß ich mich irgend jemandem aufdränge, so schickte ich sie nach Reno, und alles war zu Ende. Natürlich habe ich für die Kinder gesorgt. Sie glaubte, wenn sie mich los wäre, würden ihr alle Theater offenstehen, aber eines nach dem anderen mußte schließen. Die neue Generation sprach nicht mehr jiddisch. Und warum sollte man ins Theater in eine weit entfernte Gegend gehen, wenn man um die Ecke für vierzig Cents im Kino einen Hollywoodfilm mit Musik, Tanz und bezaubernden Mädchen sehen konnte. Sie lebte sechs Jahre lang mit einem Mann und weigerte sich, mit mir zu sprechen, wenn ich die Kinder besuchte. Sie schloß sich in ihr Schlafzimmer ein oder verließ das Haus. Später heiratete sie einen Apotheker, einen Witwer mit fünf Kindern. New York bedrückte mich. Sie hetzte die Kinder gegen ihren Vater auf. Meine ältere Tochter Fanny spuckte mich an. Heute ist sie Ärztin. Die jüngere war mit einem Schauspieler verheiratet und versuchte, in die Fußstapfen ihrer Mutter zu treten, aber es klappte nicht, und sie wurde geschieden. Sie ist sogar zweimal geschieden. Ich weiß nicht einmal, wo sie lebt. Ich glaube irgendwo im Mittel-Westen. Sie ist ausgebildete Krankenschwester. Mein Sohn ist ein Gelehrter, Professor in Madison, Wisconsin. Soziologie. Er heiratete ein nichtjüdisches Mädchen. Der Junge liebte mich. Er hat mich oft in Los Angeles besucht. Er hat fünf prächtige Kinder, aber sie sind keine Juden. Ihre Mutter schickte sie in die katholische Schule. Sonntags mußten sie in die Kirche gehen. Von ihren Wurzeln abgeschnitten!

Ich zog nach Los Angeles, erstens, weil ich an Erkältungen litt, zweitens, weil ich nicht in derselben Stadt wie Ethel leben wollte. Ich hatte auch einen Partner in meinem Geschäft, und Partner sind ein Kummer. Entweder sind sie faul, oder sie sind Räuber, und manchmal sind sie beides. Der Hitlerkrieg hatte begonnen, und ich las in den Zeitungen, was man den Juden antat. Meine Eltern waren schon lange gestorben. Mein Vater – er ruhe in Frieden! – hatte sich geweigert, nach Amerika zu gehen, weil hier die Juden am Sabbat arbeiten. Mein Bruder Benjamin war im Ersten Weltkrieg gefallen. Meine ganze Familie war von den Nazis ausgerottet worden. Ich bin kein gebildeter Mann, aber als ich las, daß starke, gesunde Mörder kleine Kinder aus ihren Betten rissen und später mit ihren Schädeln Ball spielten, verzweifelte ich. Als ich noch in New York war, ging ich zu den Versammlungen der ›landsleit‹ oder manchmal auch zu einem Protesttreffen in Madison Square Garden. Was die Redner sagten, klang vernünftig. Sie sammelten Geld, und ich leistete einen Beitrag. Trotzdem, mir schien, die Leute nahmen alles auf die leichte Schulter. Sogar die Redner nahmen sich die Dinge nicht sehr zu Herzen. Man sagte mir, die Redner mußten bezahlt werden, und sie feilschten um ihre Bezahlung. Aus irgendeinem Grund nahm ich mir alles mehr zu Herzen als die anderen. Vielleicht weil ich alleine lebte und nachts nicht schlafen konnte. Ich lag wach im Bett, mit der Zeitung, und mein Gehirn drehte sich wie eine Maschine. Wenn gebildete Menschen solche Grausamkeiten begehen konnten, und der Rest der Welt so tat, als wüßte er von nichts, wo war da der Unterschied zwischen Mensch und Tier? Wenn man in einer Familie lebt, dann hat man keine Zeit zum Nachdenken. Eine Frau liegt neben einem, und man ist von Kindern umgeben. Wenn man aber in den vier Wänden allein lebt, dann beginnt man, sich Rechenschaft abzulegen. Nun, ich ging nach Kalifornien.

Wie sollte Kalifornien mir helfen? Immerhin, ich fing ein neues Geschäft an und war sehr beschäftigt. In Santa Barbara lernte ich eine Witwe kennen, und es sah nach Liebe aus. Aber als wir uns küßten und umarmten und streichelten, mußte ich daran denken, daß sie gerade ihren Mann, den Vater ihrer Kinder, ins Grab gelegt hatte und ihn jetzt schon ersetzte. Alle meine Gedanken gingen in die gleiche Richtung: es gibt keine Liebe, es gibt keine Treue. Nahestehende betrügen einen noch schneller als völlig Fremde. Anfangs sagte die Witwe, sie verlange nichts von mir, ich solle nur freundschaftlich zu ihr stehen. Aber noch bevor ich mich einmal umgedreht hatte, sorgte ich schon für sie. An einem Tag wollte sie einen Nerzmantel, am nächsten eine Brosche oder einen Brillantring. Dann bestand sie darauf, daß ich eine Versicherung über eine Viertelmillion Dollar abschließe, nicht einen Cent weniger. Ich sagte ihr frei heraus, wenn ich zahlen müsse, dann würde ich jüngere und schönere bezahlen. Sie machte mir eine Szene, und ich schickte sie fort. Sie war zu ihrem Nachteil zu schlau gewesen.

Seitdem habe ich allein gelebt. Von Zeit zu Zeit hat es

kleine Affären gegeben, aber sobald ich klarmachte, daß ich nicht gern Liebe mit Geld vermische, liefen sie davon wie vor einem Feuer. Ich habe viel über diese Dinge nachgedacht. Es ist wahr, auch meine Mutter wurde versorgt, aber sie gab meinem Vater Kinder, sie arbeitete von früh bis spät im Haus, und sie war eine treue Frau. Wenn mein Vater nach Zichlin oder Wengrow zu fahren hatte, mußte er sich nicht sorgen, daß irgendein Mannsbild in sein Haus kommen und seine Frau küssen würde. Er hätte für sechs Jahre nach Amerika gehen können, und meine Mutter wäre ihm treu geblieben. Die modernen Frauen –«

»Ihr Vater war ein treuer Ehemann«, unterbrach ich ihn. »Aber Sie verlangen Treue nur von anderen.«

Er überlegte und sah mich neugierig an.

»Ja, das ist wahr.«

»Ihre Eva küßte den Sohn des Pförtners, und Sie küßten das Dienstmädchen in Ihrem Haus.«

»Was? Ich hatte Eva versprochen, ihr treu zu sein, aber von Zeit zu Zeit mußte ich eine Frau haben, sonst –«

»Ohne Religion gibt es keine Treue.«

»Was soll ich also tun? Zu einem Gott beten, der sechs Millionen Juden sterben ließ? Ich glaube nicht an Gott.«

»Wenn Sie nicht an Gott glauben, dann müssen Sie eben mit Huren leben.«

Einige Zeit antwortete er nicht, und dann sagte er: »Deshalb bin ich allen und allem ferngeblieben.«

Sam leerte sein Glas, und der Weinkellner füllte es sofort wieder auf. Ich trank auch einen Schluck aus meinem Glas, und auch dies wurde sogleich wieder aufgefüllt.

Ich fragte: »Wohin laufen Sie – nach Buenos Aires?«

Sam schob sein Glas fort.

»Ich habe in Buenos Aires nichts zu tun. Ich habe in

keinem anderen Land etwas zu tun. Ich habe mich pensioniert und habe genug zum Leben, selbst wenn ich hundert werde. Ich wünsche mir das nicht. Wozu? Für einen Mann wie mich ist das Leben ein Fluch. Ich hatte gehofft, im Alter Frieden zu finden. Ich hatte damit gerechnet, daß der Mensch mit Siebzig aufhört, über all diese Nichtigkeiten nachzudenken. Aber der Kopf weiß nicht, wie alt er ist. Er bleibt jung und voll der gleichen Dummheiten wie mit zwanzig. Ich weiß, Eva ist nicht mehr am Leben. Sie muß unter den Nazis umgekommen sein. Selbst wenn sie noch am Leben wäre, würde sie jetzt eine alte, wacklige Frau sein. Aber in meiner Vorstellung ist sie noch ein junges Mädchen, und Bolek, der Sohn des Pförtners, ist noch ein junger Bursche, und das Tor ist immer noch das Tor. Ich liege nachts wach, schlafe keinen Augenblick und verzehre mich vor Wut auf Eva. Manchmal bedauere ich, sie nicht mehr geschlagen zu haben. Ich weiß, ich hätte sie geheiratet, wenn ich an jenem Abend nicht durch das Guckloch geschaut hätte. Ihr Vater wollte die Heirat in einem Saal stattfinden lassen. Ein Wagen hätte sie abgeholt, und Bolek hätte zugesehen, hätte gelacht und gezwinkert.«

»Es kann sein«, sagte ich, »daß Sie, wenn Sie nicht durch das Guckloch geschaut hätten, nie nach Amerika gegangen wären. Sie, Eva und Ihre Kinder wären dann alle in Auschwitz verbrannt oder in einem anderen Konzentrationslager zu Tode gefoltert worden.«

»Ja, darüber habe ich auch nachgedacht. Ein Blick durch ein Guckloch, und das ganze Leben ist verändert. Sie würden noch immer an diesem Tisch sitzen, aber nicht mit mir. Ethel würde den Apotheker nicht geheiratet haben. Sie würde die Frau dieses groben Kerls geblieben sein. Sie würde nie Kinder gehabt haben. Er soll steril gewesen sein. Das haben ihr die Ärzte gesagt. Was soll das alles bedeuten? Daß alles nichts als ein elender Zufall ist?«

»Vielleicht wollte Gott, daß Sie am Leben bleiben sollten, und deshalb ließ er Sie durch das Guckloch sehen.«

»Nein, mein Guter, das ist Unsinn. Warum sollte Gott mich leben lassen, während Millionen anderer vernichtet wurden? Es gibt keinen Gott. Da ist keiner. Ich bin nicht gebildet, aber ich habe Verstand in meinem Schädel, kein Stroh. Sie sollen wissen, daß ich hier auf dem Schiff eine Frau habe.« Sam wechselte plötzlich seinen Tonfall.

»In der zweiten Klasse?«

»Ja, in der zweiten. Ich habe ihr gesagt, ich sei ein Schuhmacher und daß ich nach Buenos Aires gehe, weil es dort billiger ist und ich von meiner Altersversicherung leben kann.«

»Wer ist sie denn?«

»Eine Italienerin. Sie lebt in Chile. Sie kommt von einem Besuch bei ihrer Schwester in Amerika zurück, wo sie drei Jahre geblieben ist und ein wenig Englisch gelernt hat. Vier ihrer sechs Kinder sind schon verheiratet. Ich ging auf Deck spazieren, und dann setzte ich mich in die Nähe ihres Liegestuhls. Wir gerieten ins Gespräch. Sie muß in ihren jungen Jahren hübsch gewesen sein. Jetzt ist sie über fünfzig, und in diesen Ländern altern die Frauen früher. Ich stellte Fragen an sie, und sie erzählte mir alles. Ihr Mann ist ein Spanier und Friseur in Valparaiso. Ihre Schwester in New York bat sie zu kommen, da sie krebskrank war. Sie lebten auf Staten Island und waren keine armen Leute. Als der Schwester die linke Brust abgenommen wurde, versicherten ihr die Ärzte, daß alles in Ordnung sei. Aber später bekam sie es auch in der anderen Brust. So blieb die Frau bei ihr, bis sie starb. Die Chilenen wissen nicht, was Lügen sind. Sie erzählen einem alles, vorausgesetzt man ist ein Fremder. Sie hat mir ihre ganze Lebensgeschichte erzählt. Bevor sie heiratete und auch nachher hat sie Männer gehabt. Ihr Mann stand den ganzen Tag in seinem Friseurgeschäft, rasierte und schnitt Haare, während sie zu Hause war. An einem Tag war es ein Nachbar, der Briefträger, ein Junge aus dem Lebensmittelgeschäft. Alle baten darum, und sie schlug es ihnen selten ab. Am Tag ihrer Ankunft in Amerika fing ihr Schwager sofort an, sie zu belästigen. Er ist Elektriker. Da seine Frau krank war, trieb er es mit ihr. Ich sagte zu ihr: ›Wie wäre es mit mir?‹ Und sie antwortete: ›Wo? Ich bin mit drei anderen Frauen in einer Kabine und zwei davon sind seekrank.‹ Ich sagte ihr, daß ich eine leere Kabine in der ersten Klasse bekommen könnte. Als sie die Worte ›erste Klasse‹ hörte, erschrak sie. Aber ich überredete sie. Sie machte sich schön, und ich nahm sie in meine Kabine. Sie sprechen von Gott. Sie ist sehr fromm. In Chile ging sie jeden Sonntag in die Kirche. Selbst auf Staten Island hat sie nie die Kirche versäumt. Sie ißt am Freitag kein Fleisch, nur Fisch. Aber das eine hat mit dem anderen nichts zu tun.«

»Unsere Mütter und Großmütter haben sich nicht so aufgeführt«, sagte ich.

»Woher wollen Sie das wissen?«

»Sie haben selbst gesagt, daß Ihr Vater sich auf Ihre Mutter verlassen konnte.«

»Das glaube ich. Aber sicher kann man nie sein. Wenn ich Eva geheiratet hätte und wir Kinder gehabt hätten, hätten die nie geglaubt, daß ihre Mutter sich mit dem Sohn des Pförtners herumgetrieben hat.«

»Sie hätte eine sehr treue Frau sein können.«

»Kann sein. Aber während all der Jahre hätte sie nie vergessen können, was sie getan hatte. Es hätte sogar sein können, daß Bolek ein paar Monate nach unserer Hochzeit zu ihr gekommen wäre und ihr gedroht hätte, ihr Geheimnis preiszugeben, falls sie ihm nicht zu Willen sei. Man kann nie wissen, wozu so ein Kerl imstande ist, wenn die Gier ihn treibt.«

»Das weiß ich sehr gut.«

»Ich habe soviel über mich geredet, aber ich habe Sie nicht gefragt, was Sie tun. Übrigens, in welcher Straße haben Sie in Warschau gelebt?«

»In der Krochmalnastraße.«

»Das war die Straße der Diebe.«

»Ich bin kein Dieb.«

»Was sind Sie?«

»Ein jiddischer Schriftsteller.«

»Wirklich? Wie heißen Sie?«

Ich nannte ihm meinen Namen.

Ich hatte erwartet, daß er vor Überraschung aufspringen würde, denn ich hatte ihn mit der Zeitung gesehen, für die ich schreibe. Aber er blieb stumm sitzen und sah mich erstaunt und traurig an.

»Ja, Sie sind es. Jetzt, wo Sie es erwähnen, erkenne ich Sie nach den Photos. Ich habe jedes Wort, das Sie je geschrieben haben, gelesen. Ich habe immer davon geträumt, Sie kennenzulernen.«

Minutenlang sprach keiner von uns. Dann sagte Sam: »Wenn mir dies auf dem Schiff geschehen konnte, dann gibt es doch einen Gott.«

Die bittere Wahrheit

Dies ist die Geschichte von zwei jungen Leuten in Warschau – Seinwel und Schmerl, die beide bei einem Schneider arbeiteten. Schmerl war klein, dicklich, hatte ein rundes Gesicht und braune Augen, die Naivität und Güte ausdrückten. Er knabberte immer Süßigkeiten und Gebäck. Er lachte oft und brach aus gar keinem Grund in Gelächter aus.

Seinwel war das komplette Gegenteil: groß, dünn, mit eingefallenen Wangen und schmalen Schultern. Sein Wesen war oft mißmutig und düster. Er würzte jeden Bissen mit viel Salz und Pfeffer und spülte ihn mit Wodka hinunter.

Wie es heißt, ziehen Gegensätze sich an. Schmerl mochte Seinwels scharfe Zunge, während Seinwel in Schmerl einen aufmerksamen Zuhörer hatte, der bewundernd zu ihm aufsah. Keiner von beiden war besonders gebildet, obwohl Seinwel ein wenig vom Pentateuch und von Raschi kannte und Schmerl die Geschichten und Scherze in der jiddischen Zeitung erklären konnte. Es erübrigt sich zu sagen, daß Seinwel temperamentvoller war und sich mehr nach der Gunst des schönen Geschlechts sehnte als Schmerl. Aber damals war es schwierig für einen armen jungen Mann eine Frau zu finden, die leicht zu haben war. Der einzige Ausweg war, jede Woche in ein Bordell zu gehen und dort für einen Gulden oder zwanzig Kopeken zu finden, was man brauchte. Schmerl warf Seinwel oft sein sorgloses Verhalten vor. Erstens konnte er sich eine Krankheit holen und zweitens ging es ihm gegen den Strich, Liebe zu kaufen; er würde nie so einen abscheulichen Ort besuchen. Schmerl nannte sich selbst einen schüchternen Schlemihl. Trotzdem versuchte Seinwel immer wieder Schmerl zu bewegen, seine altmodische Sittsamkeit aufzugeben und ihn zu begleiten.

Schließlich gab Schmerl nach. Um sich Mut zu machen, hielt er kurz in einer Kneipe an und leerte ein Glas Bier in einem Zug. Als sie an dem Haus ankamen und die Tür geöffnet wurde, prallte Schmerl zurück und lief davon. Er hatte einen flüchtigen Blick auf geschminkte und in grelle Farben gekleidete Frauen geworfen: rot, grün und blaue Strümpfe an Strumpfgürteln aus Spitze. Er atmete einen widerlichen Geruch ein und lief so schnell davon, daß es ein Wunder war, daß er nicht über seine eigenen Füße stolperte. Als sie sich später in der Suppenküche trafen, schalt ihn Seinwel.

»Warum bist du davongelaufen? Niemand hätte dir etwas getan.«

»Solche schamlosen Frauen machen mir übel. Sei mir nicht böse, Seinwel, ich habe nun mal so ein dummes Temperament, ich hätte mich fast übergeben.«

»Nu, sie sind halt liederlich, aber sie beißen nicht. Und wir heiraten sie ja nicht. Bis dahin sind sie nützlich ... das ist besser, als nachts nicht schlafen zu können.«

»Du hast recht, Seinwel, aber ich habe nun mal diese dumme Natur ...«

»Nu, ich werde dir nicht mehr zusetzen.«

Und so blieb es. Seinwel ging jede Woche zu den Huren. Schmerl gestand Seinwel, daß er ihn beneide, aber er würde nie wieder versuchen, bei diesen liederlichen Weibern Vergnügen zu finden. Er würde lieber verrecken.

Als 1914 der Krieg zwischen Rußland und Deutschland ausbrach, wurden die beiden Freunde getrennt. Seinwel wurde einberufen, und Schmerl wurde zurückgestellt, weil die medizinische Untersuchung ihn für nicht tauglich befand. Seinwel versprach Schmerl, ihm von der Front zu schreiben, aber Soldaten haben kaum Gelegenheit, Briefe zu schreiben oder zu empfangen. Seinwel verlor den Kontakt mit Schmerl. Er diente in der russischen Armee bis zur Kerensky-Revolution und desertierte dann. Seinwel kehrte erst nach dem polnisch-bolschewistischen Krieg nach Warschau und in seinen Schneiderladen zurück. Viele der jungen Männer, die er früher gekannt hatte, waren an Typhus gestorben. Andere waren einfach verschwunden – darunter auch Schmerl. Seinwel versuchte, zu der alten Routine zurückzufinden, aber er war älter geworden und war erschöpft. Er hatte so viel Verrat und Verderbtheit mitangesehen, daß er keiner Frau mehr traute und alle Hoffnung auf eine Heirat aufgegeben hatte. Trotzdem blieb das Verlangen nach einer Frau bestehen, ungeachtet aller Enttäuschungen. Seinwel hatte keine Wahl, er mußte zu dem Haus mit dem schlechten Ruf zurückkehren. Er versöhnte sich mit der Idee, daß dies sein Schicksal sei.

Als Seinwel eines Tages sein Mittagessen in der alten Suppenküche einnahm, hörte er jemand seinen Namen sagen. Er drehte sich um und erkannte Schmerl, der so rund wie ein Faß geworden war. Er war wie ein Geschäftsmann gekleidet und sah nicht mehr wie ein Schneiderlehrling aus. Die beiden Freunde fielen übereinander her, küßten und umarmten sich.

Schmerl rief aus: »Daß ich diesen Tag erlebt habe, beweist, es gibt einen Gott! Ich habe dich seit Jahren gesucht. Ich dachte, du seist bereits ...« und er zeigte mit dem Finger auf den Himmel. »Du siehst nicht wohl aus«, fuhr er fort. »Du bist dünner geworden als du warst.«

»Und du bist breiter als lang geworden«, sagte Seinwel.

»Hast du vielleicht geheiratet?« fragte Schmerl.

»Geheiratet? Nein, ich bin Junggeselle geblieben.«

»Nu, darum siehst du so aus. Bruderleben, ich habe geheiratet und bin glücklich«, sagte Schmerl. »Ich lebe nicht mehr in Warschau. Ich bin nach Reivitz gezogen, und ich bin kein Schneiderlehrling mehr. Du wirst vielleicht denken, daß ich prahle, aber ich habe das beste Mädchen in ganz Polen gefunden. Es gibt in der ganzen Welt keine solche Frau wie meine Ruchele. Sie ist gut, sie ist klug. Sie hilft mir im Geschäft. Was sage ich? Sie ist das Geschäft. Wir haben noch keine Kinder, aber Ruchele ist besser als zehn Kinder. Was machst du, Seinwel? Gehst du immer noch zu diesen scheußlichen Huren in der Smoczastraße?«

»Habe ich denn eine Wahl?« sagte Seinwel. »Nach all den Kriegen und Revolutionen ist in Warschau kaum eine anständige Frau übriggeblieben. Es gibt nur noch abgenutzte Ware aus König Sobieskis Zeiten.«

»Du tust mir wirklich leid, nachdem ich ein junges und schönes Mädchen wie meine Ruchele erlebt habe, spucke ich auf diesen Plunder ... Ach, es ist ein Wunder! Ich hätte nie gedacht, daß ich in diese Suppenküche gehen würde, aber als ich vorbeiging, kam plötzlich ein Hauch von Borschtsch und gebratenen Zwiebeln auf mich zu. Irgendetwas zog mich hinein. Unser Zusammentreffen war einfach vorbestimmt.«

Schmerl blieb an Seinwels Seite bis zum nächsten Morgen. Er nahm in dem Gasthaus, in dem er übernachtete, ein Zimmer für Seinwel, und sie redeten und schwatzten bis spät in der Nacht. Schmerl berichtete Seinwel, wie er die Kriegsjahre in der Provinz verbracht und dort Ruchele kennengelernt hatte, und wie es Liebe auf den ersten Blick gewesen war. Er war lange genug ein Arbeiter gewesen. Von der Handarbeit kann man nicht reich werden. Man plagt sich ein Leben lang, und es bleibt einem nichts. Er schlug Seinwel vor, nach Reivitz zu kommen und dort würden Ruchele und er ihm eine Stellung, vielleicht auch eine Frau finden. Er hatte Ruchele alles über ihn erzählt. Er hatte ihn so gepriesen, daß Ruchele eifersüchtig wurde. »Mach dir keine Sorgen«, sagte Schmerl. »Es wird alles wunderbar sein. Sie wird sich freuen, dich kennenzulernen.«

Seinwel klagte, daß die Arbeit so angestiegen war, daß sie ihn erstickte. Er hatte die große Stadt satt, die schweren Scheren und Bügeleisen waren ihm eine Last und die immer nörgelnden Kunden ebenfalls. Er hatte keinen einzigen Menschen gefunden, mit dem er in engere Beziehung hätte treten mögen. Was sollte hier aus ihm werden? Er war bereit, mit Schmerl bis ans Ende der Welt zu reisen.

Es ging alles sehr schnell. Seinwel packte seine wenigen Habseligkeiten in einen Koffer und war für die Reise bereit.

Sie kamen am Freitag nachmittag in Reivitz an. Ruchele arbeitete im Geschäft, und ein Mädchen bereitete das Sabbatessen vor. Schmerls Haus war sauber, ordentlich und strahlte Ruhe aus, wie man sie oft in der Umgebung eines liebenden und glücklichen Paares findet. Das Mädchen begrüßte Schmerl und seinen Gast mit einem Sabbatgebäck und Früchtekuchen. Schmerl führte Seinwel in den Waschraum. Seinwel zog seinen Sabbatanzug an, ein frisches Hemd und eine Krawatte und bereitete sich vor, Schmerls Frau kennenzulernen. Er mußte nicht lange warten. Seinwel warf einen Blick auf sie und wurde kreideweiß. Er kannte sie – sie war eine der begehrtesten Huren in dem Haus, das er häufig besucht hatte. Dort kannte man sie unter dem Namen Rachelle. Damals war sie ein junges

Mädchen und wurde so oft verlangt, daß die Männer nach ihr anstanden. Die anderen Mädchen zankten sich mit ihr und hatten immer Differenzen mit der Madame und den Zuhältern. Rachelle war etwas Besonderes, denn sie hatte Vergnügen an ihrem erniedrigenden Beruf. Sie spuckte Feuer und Schwefel auf die sogenannten anständigen Frauen. Sie lachte unverschämt und mit solchem Gusto, daß die Wände wackelten. Sie erzählte Geschichten, die sie in anderen Bordellen und im Gefängnis gehört hatte. Man kannte sie als die unersättliche Hure, die von Männern besessen war. Sie war so schlimm, daß man sie aus dem Bordell hinausgeschmissen hatte. Seinwel war häufig bei ihr gewesen. Glücklicherweise erkannte sie ihn nicht. Es war kein Zweifel, daß dies Rachelle war. Sie hatte immer noch die Narbe auf der Backe, die ihr vor Jahren ein Zuhälter beigebracht hatte. Sie war ein bißchen rundlicher als früher und war schöner geworden.

Seinwel war so erschüttert, daß er kein Wort hervorbrachte. Er zitterte und stotterte. Seine Knie wurden weich, und er sah Funken vor den Augen. Er wäre am liebsten davongelaufen, aber das konnte er Schmerl nicht antun. Er kam bald wieder zu sich und begrüßte die Frau, wie man die Frau eines guten Freundes begrüßt, sie tat das gleiche. Von ihrem früheren, ordinären Benehmen war keine Spur mehr vorhanden. Sogar ihre Sprache hatte sich verändert. Sie benahm sich wie eine Frau, die in einem besseren Haus geboren und aufgewachsen war, sie war freundlich und taktvoll.

Er hörte sie sagen: »Jeder Freund von Schmerl ist auch mein Freund.«

An diesem Freitag abend aßen sie gemeinsam das Sabbatmahl. Obwohl Seinwel vorsichtig war und keine Fragen stellte, erzählte sie ihm, daß sie von beiden Eltern her eine Waise sei und daß sie ein paar Jahre in einer Schokoladenfabrik in Warschau gearbeitet hatte. Es war für Seinwel klar, sie hatte sich entschlossen, ihrem schlimmen Leben ein Ende zu machen. Aber wie war das gekommen? Hatte irgendein Rabbi sie dazu gebracht, ihre Sünden zu bereuen? Hatte sie eine schwere Krankheit durchgemacht, die sie erschüttert hatte? War es durch ihre Liebe zu Schmerl? Hatte sie ein aufwühlendes Erlebnis gehabt, ähnlich dem, was heute ihm widerfahren war? Es hatte keinen Sinn, sich den Kopf über ein Rätsel zu zerbrechen, das nur Gott oder vielleicht der Tod lösen konnte. Sie hatte Seinwel mit einer Würde empfangen, die ihr offenbar zur zweiten Natur geworden war.

In dieser Nacht fand Seinwel keinen Schlaf. Die beiden alten Freunde hatten die halbe Nacht durch miteinander geredet. Den Rest der Nacht warf sich Seinwel in seinem Bett unruhig hin und her. Die wildesten Gedanken überfielen ihn: sollte er Schmerl wecken und ihm die Wahrheit sagen? Sollte er heimlich davonlaufen, nach Warschau? Sollte er Rachelle sagen, daß er sie erkannt habe? Er hoffte, daß Schmerl nicht das Opfer eines Verrats war, wie so viele Männer, die er kannte. Schmerl, der Ehemann der wollüstigsten Dirne, der er je begegnet war! Bei diesem Gedanken wurde ihm abwechselnd heiß und kalt, und er hörte seine Zähne aufeinanderschlagen. Eine böse Macht ließ ihn mit dem Gedanken spielen, Rachelles Dilemma zu seinem eigenen Vorteil auszunützen. »Nein, ich würde lieber sterben, als so eine Schändlichkeit zu begehen«, murmelte er. Es dämmerte schon, als er endlich einschlief.

Mann und Frau begrüßten ihn am Morgen: sie mit einem Glas Tee und er mit einem Sabbatgebäck, das man vor dem Morgengebet zu sich nehmen darf.

»Was ist los mit dir? Du siehst müde und blaß aus«, sagte Schmerl zu ihm. »Hast du schlecht geträumt?«

»Ist Ihnen mein gefüllter Fisch vielleicht nicht bekommen?« fragte Rachelle scherzhaft.

Und er antwortete ihr: »Ich habe nie mehr so einen ausgezeichneten Fisch gegessen, seit ich dem bolschewistischen Paradies entronnen bin.«

An diesem Morgen sagte Seinwel auf dem Weg zur Synagoge: »Schmerl, ich möchte dich etwas fragen.«

»Was willst du fragen?«

»Was ist dir wichtiger? Die Wahrheit oder deine Bequemlichkeit?«

»Ich weiß nicht, was du meinst. Sprich einfaches Jiddisch«, sagte Schmerl.

»Stell dir vor, du hättest die Wahl, die Wahrheit zu erfahren und zu leiden, oder getäuscht zu bleiben und glücklich zu sein, was würdest du wählen?«

»Du redest seltsames Zeug. Was meinst du?«

»Antworte mir.«

»Was hat die Wahrheit für einen Sinn, wenn man darunter leidet? Warum fragst du mich das alles?«

»In einer Warschauer Zeitung stand ein Artikel darüber, und die Leser wurden gebeten, ihre Ansichten darüber mitzuteilen«, sagte Seinwel.

»Die Zeitungen drucken allen Unsinn. Mir könnte morgen jemand sagen, daß ich – Gott behüte! – mir ein Bein brechen werde. Was hätte ich davon, wenn ich es vorher wüßte?« sagte Schmerl. »Ich will lieber mein Sabbatmahl in Ruhe und Frieden zu mir nehmen und die Sorge um morgen Gott überlassen.«

»Stell dir vor, es käme jemand und erzählte dir, du seist nicht der Sohn deines Vaters, sondern ein Bastard, und dein wirklicher Vater sei ein Hundefänger? Wärst du froh, die Wahrheit zu erfahren, oder würde es dich in Wut versetzen?« fragte Seinwel.

»Warum sollte ich froh sein? Die Menschen wollen lieber nichts von so einer unerhörten Sache wissen.«

»Nu, so ist das also«, sagte sich Seinwel.

»Warum verschwendest du Zeit an solchen Blödsinn? Alte Junggesellen und alte Jungfern können nichts Besseres mit ihrer Zeit anfangen, und sie denken sich unmögliche Ereignisse aus«, sagte Schmerl. »Wenn du mal glücklich verheiratet sein wirst und das richtige Geschäft gefunden hast, dann wirst du dich nicht mehr um Zeitungen und ihr dummes Gewäsch kümmern.«

Seinwel antwortete nicht. Er blieb bei Schmerl bis zum Montag. Am Montag morgen verkündete er, er müsse nach Warschau zurückkehren. Schmerls Proteste und Bitten halfen alle nichts. Ruchele bestand fast noch mehr als Schmerl darauf, daß er in Reivitz bliebe. Sie versprach ihm, eine passende Frau und ein einträgliches Geschäft zu finden. Sie ging sogar so weit, ihm eine Beteiligung an ihrem Geschäft für Herrenartikel anzubieten, da sie einen erfahrenen Schneider, und besonders einen ehrlichen, brauchten. Seinwel traute seinen Ohren nicht. Sie sprach mit der Wärme und Zuneigung einer liebenden Schwester zu ihm. Sie beschwor ihn, ihr die Wahrheit zu sagen: warum hatte er es so eilig, nach Warschau zurückzukehren? War es wegen einer Frau? Hatte er Geheimnisse vor seinem besten Freund? Aber Seinwel wußte, daß er es nicht ertragen könnte, die Täuschung mitanzusehen, der Schmerl erlegen war. Er fürchtete auch, daß es ihm nicht gelingen würde, das Geheimnis für alle Zeit zu bewahren, und das wäre der Ruin für beide. Alle Mächte des Himmels und der Erde schienen sich verschworen zu haben, daß er nach Warschau zurückkehren mußte, zu seinem ermüdenden Beruf, seinem vernachlässigten Zimmer, der käuflichen Liebe und zu der Einsamkeit eines Menschen, der gezwungen ist, die bittere Wahrheit hinzunehmen.

Der Impresario

Auf meiner Reise nach Argentinien blieb ich etwa zwei Wochen in Brasilien. Die Jiddischisten hätten dort einen Vortrag für mich arrangieren sollen, aber sie verschoben ihn immer wieder. Als ich mich auf das Schiff nach Santos begab, hatte mir der Sponsor ein dickes Manuskript gegeben. Offenbar erwartete er einen lobenden Brief. Ich hatte den Vortrag nicht nötig, und ich war auch nicht bereit, Lügen über seine Arbeit zu äußern, die mir nicht gefiel. Plötzlich hatte ich reichlich Zeit.

In New York hatte der Herbst bereits begonnen, aber hier begann der Frühling. Ich hatte meine eigene Arbeit mitgebracht und beschäftigte mich damit in meinem Hotelzimmer mit dem Blick auf den Atlantik. Eine frische Brise brachte den Duft tropischer Pflanzen und Früchte herein, für die ich keinen Namen im Jiddischen kannte. Weiße Segelboote schaukelten über die Wellen. Sie erinnerten mich an in Tücher gehüllte Leichen. Der Sponsor meines Vortrags rief verschiedentlich an, aber ich hatte es nicht eilig, mit ihm zu sprechen. Als ich jetzt doch den Hörer abhob, hörte ich eine unbekannte Stimme und das Hüsteln und Stottern eines Menschen, der nicht weiß, wo er anfangen soll. Er sagte: »Ich bin einer Ihrer treuen Leser. Ich habe Sie schon vor Jahren, lange vor allen anderen, entdeckt. Es wäre mir eine große Ehre, wenn …« Der Mann am anderen Ende fand keine Worte. Ich bat ihn heraufzukommen, und zehn Minuten später klopfte er an meine Tür. Ich öffnete und erblickte einen mageren Mann mit einer dünnen Nase, eingefallenen Wangen und einem vorstehenden Adamsapfel. Er trug einen kleinen Koffer, der sicher voller Manuskripte war. Wie ein erfahrener

Arzt diagnostizierte ich auf den ersten Blick: er hatte seit Jahren ohne Anerkennung geschrieben. Die Redakteure waren unwissend, die Verleger eine Bande geldgieriger Schwindler. Sollte er weiterhin schreiben? Ich bot ihm einen Stuhl an, und er setzte sich, mir dankend und sich überschwenglich entschuldigend. Dann hörte ich ihn sagen: »Ich habe ein Geschenk für Sie.«

»Herzlichen Dank«, sagte ich. Aber ich hörte den Zyniker in mir sagen, es ist sicher ein Band Gedichte, die er selbst veröffentlicht hat, mit einer Widmung an seine Frau, ohne deren Hilfe dieses Werk nicht geschrieben oder gedruckt worden wäre.

Er entnahm seinem Köfferchen eine Flasche Wein und eine reich verzierte Schachtel mit Plätzchen. Er murmelte etwas, das ich nicht verstehen konnte. Meine Einschätzung des Mannes war vollkommen falsch. Er war kein Dichter, sondern Professor für Deutsch und Französisch an der Universität von Rio. Er war aus der österreichischen Armee während des Ersten Weltkrieges desertiert. Sein Vater hatte in Galizien ein Ölfeld besessen, in der Gegend von Drohobycz. Der Name meines Besuchers war Alfred Reisner. Er sprach ein idiomatisches Jiddisch und war gekommen, um mir eine Geschichte zu erzählen, und um herauszufinden, warum mein Vortrag verschoben worden war. Wir unterhielten uns ganz freundschaftlich, und ich sagte zu ihm: »Wenn Ihre Geschichte interessant ist, werde ich Ihnen erzählen, warum mein Vortrag verschoben worden ist. Aber es muß ein Geheimnis bleiben.«

»Ich hüte viele Geheimnisse.«

»Ehe Sie Ihre Geschichte berichten, möchte ich Sie nach Ihrer Gesundheit fragen. Sie scheinen mir etwas gebrechlich zu sein oder übermüdet«, sagte ich.

»Was? Sie irren sich, wie alle anderen auch«, antwortete

Alfred Reisner. »Jedesmal, wenn ich im Bus fahre, stehen Leute für mich auf, sogar junge Frauen, als wäre ich ein wackliger alter Mann. Ich bin so stark wie Eisen. Ich bin Anfang sechzig und gehe jeden Tag zwischen zwölf und sechzehn Kilometer. Ich bin in meinem ganzen Leben noch nie einen Tag krank gewesen. Wie man sagt: ›Es soll gesund auf hundertzwanzig Jahre so bleiben.‹ Aber ich bin nicht scharf darauf, so lange zu leben.«

»Warum nicht?«

»Sie werden es bald wissen.«

Ich ließ Kaffee aufs Zimmer kommen – nicht den starken schwarzen, den man in Brasilien trinkt, sondern Kaffee mit Sahne und Zucker. Wir knabberten dazu die Plätzchen, die Alfred Reisner mitgebracht hatte. Ich hörte ihn sagen: »Ich hatte Angst, Sie anzurufen. Ich habe großen Respekt vor schöpferischen Menschen. Jedesmal, wenn ich etwas von Ihnen lese, habe ich den Wunsch, Sie kennenzulernen, aber ich wage es nicht. Warum sollte ich Ihre kostbare Zeit in Anspruch nehmen? Ich hatte gehofft, Sie hier in Rio bei Ihrem Vortrag zu treffen, aber ich wußte, daß Sie von Horden von Menschen umgeben sein würden. In Ihren Geschichten erwähnen Sie oft Spinoza. Ich stelle mir vor, daß er Ihr Lieblingsphilosoph ist. Sind Sie immer noch ein Spinozist?«

»Kein Spinozist, aber ein Pantheist«, sagte ich. »Spinoza war ein Determinist, aber ich glaube an den freien Willen, oder bechira. Das heißt …«

»Ich weiß, was bechira heißt«, sagte Alfred Reisner. »Mein Vater hatte einen hebräischen Lehrer angestellt, der mir die Bibel und die Mischna beibringen sollte. Als der Erste Weltkrieg ausbrach und die Russen in Galizien eindrangen, flüchtete unsere Familie nach Wien. Mein Vater war fromm, aber kein Fanatiker. Er war ein weltlicher

Mann und sprach acht Sprachen. Ich selbst bin sozusagen ein geborener Linguist. Ich besuchte die Universität in Wien, wurde aber später einberufen und an die italienische Front geschickt. Wie ich Ihnen schon sagte, hatte ich kein Interesse, das Reich der Habsburger zu verteidigen, und so desertierte ich.«

»Ist das Ihre Geschichte?«

»Nur der Anfang, wenn Sie mir ein bißchen Zeit schenken wollen. Ich hoffe, daß das, was ich Ihnen erzählen will, von Interesse für Sie sein wird. Sie schreiben oft über das Thema Eifersucht. Ist Ihnen aufgefallen, daß die modernen Romanschriftsteller diesen Stoff nicht mehr behandeln? Die Kritiker haben mit solchem Widerwillen über die sogenannten Schlafzimmerromane geschrieben, daß die Schriftsteller Angst bekommen haben. Die Eifersucht ist fast zu einem Anachronismus in der modernen Literatur geworden. Aber ich habe die Eifersucht immer für einen überaus menschlichen, ja sogar animalischen Instinkt gehalten und für das Kernstück eines Romans. Ich bewunderte Strindberg aufs höchste und habe jedes Wort, das er geschrieben hat, gelesen. Der Grund für meine Bewunderung war die Tatsache, daß ich damals und vielleicht auch heute noch in meinem innersten Herzen ein sehr eifersüchtiger Mann war und bin. Als ich im Gymnasium war, genügte es, daß meine Freundin einen anderen Studenten anlächelte, um jede Beziehung zu ihr abzubrechen. Ich hatte beschlossen, nur eine Jungfrau zu heiraten; wenn möglich eine, die nie mit einem anderen Mann ausgegangen war. Für mich war ein betrogener Mann ein geschändeter Mann – ein Leprakranker. Sie haben mich vorhin gefragt, ob ich krank sei. Die Wahrheit ist, daß ich mit zwanzig schon alt, krank, gebrechlich aussah. Ich denke manchmal, daß mich die Furcht, als

Hahnrei zu enden, und das Wissen, daß das ganze männliche Geschlecht den Frauen ausgeliefert ist, mich erschöpft haben. Aber während des Krieges war mir meine offensichtliche Schwäche sehr nützlich. Niemand verdächtigte mich, ein Deserteur zu sein. Wollen Sie meine Geschichte noch weiter hören?« fragte Alfred Reisner.

»Ja, bitte.«

»Nun, das ist sehr freundlich von Ihnen. Zu jener Zeit in Wien war ich in eine Affäre mit einer jungen Frau aus dem russischen Teil Polens verwickelt. Sie war drei Jahre jünger als ich. Ihr Vater und ihre Mutter waren unbekannte jiddische Schauspieler, die herumzogen und in Ställen und Spritzenhäusern auftraten. Sie fing schon an mit ihren Eltern aufzutreten, als sie erst fünf Jahre alt war. Sie hieß Mania. Sie spielten Stücke von Goldfaden und Latteiner, und sie trat auch in einigen Kitschstücken ihres Vaters auf. Er buchstabierte Noah mit sieben Fehlern, wie man sagt.

Während des Krieges kam Mania nach Wien und versuchte, die Stücke ihres Vaters aufzuführen. In Warschau bezahlte ihr ein wohlhabender Mann, der von ihrer Stimme beeindruckt war, Gesangsstunden. Schließlich bekam sie einen Job im Opernchor – kein kleiner Erfolg für ein jüdisches Mädchen. Ihr Vater war 1915 am Typhus gestorben. Ihre Mutter war irgend jemandes Haushälterin geworden und Geliebte dazu.

Selbst jetzt, mit sechzig, sieht Mania noch gut aus, aber als ich sie damals kennenlernte, war sie eine seltene Schönheit. Ich sah sie in einem jiddischen Theater, wohin die Flüchtlinge aus Galizien kamen, und wo sie lüsterne Lieder sang. Das Theater war eine Mischung aus einem Restaurant, einem Nachtklub und einem Stammlokal. Wenn sie spät in der Nacht zu mir kam, brachte sie immer irgendwelche Reste mit. Ab und zu mußte ich ihr etwas Geld für die Fahrt geben. Wenn sie sang ›Im heiligen Tempel in einer Ecke des Raums sitzt die Witwe Zion in Trauer gehüllt‹ verzauberte mich ihre Stimme. Meine Seele geriet in Aufruhr. Ich verliebte mich leidenschaftlich in sie und war bereit, sie auf der Stelle zu heiraten. Aber als Mania ihre sexuelle Vergangenheit enthüllte, löste das eine schwere Krise in mir aus. Ich war so erschüttert, daß ich sie und auch mich umbringen wollte. Mit neunzehn hatte sie bereits eine Liste von zwanzig Männern gehabt, darunter ihren eigenen Vater – er soll in Gehenna brennen! Sie hatte auch lesbische Erfahrung. Sie hatte alles versucht: Sadismus, Masochismus, Exhibitionismus, jede mögliche Perversion. Sie prahlte mit ihren Sünden, und ich entwikkelte, trotz meiner Liebe, einen unbändigen Haß auf sie. Ich habe sie nicht gezwungen, zu beichten, sie tat es freiwillig. Sie war stolz auf ihre Unzucht. Die meisten der Männer, die sie gehabt hatte, waren aus den untersten Schichten, Leute aus der Unterwelt, gewesen. In manchen Fällen konnte sie sich nicht einmal an die Namen erinnern. Einige waren Polen, die etwas mit der Oper in Warschau zu tun hatten. Sie erzählte und lachte, als ob all das nur ein Scherz sei. Diese Frau, die so wunderbar von den Heiligen Tempeln und der Witwe von Zion sang, hatte nicht den leisesten Respekt für die Jüdischkeit und jüdische Geschichte und kein Gefühl für das Heilige Land. Ihr Körper war nichts als ein Stück Fleisch, das sie für die leiseste Vergünstigung, für ein bißchen Schmeichelei oder aus purer Neugier auf noch einen anderen Mann hergab. Sie spuckte Flüche aus wie Sonnenblumenkerne. Millionen Männer kämpften an den Fronten und starben für ihr Vaterland, während Mania nur einen Ehrgeiz hatte: eine billige Operettensängerin zu werden und die Banalitäten zu singen, mit denen die Librettos vollgepackt sind. Und auch mit den reichen Scharlatanen zu Bett zu gehen, die damit prahlen, mit einer Schauspielerin geschlafen zu haben.

Während sie beichtete, küßte und streichelte sie mich und versuchte zu beteuern, daß sie mich liebe, aber ich wußte, daß sie dasselbe allen anderen Männern gesagt hatte und auch in Zukunft denen sagen würde, die nach mir kamen. Ich liebte eine Hure. In dieser Nacht wollte ich aus dem Bett springen und davonlaufen. Aber das wäre reiner Selbstmord gewesen, denn ich war ein Deserteur, und Wien wimmelte von Militärpolizei. Wäre ich zu meinen Eltern gegangen, hätte ich sie auch noch gefährdet.«

Alfred Reisner nahm eine Zigarette heraus, rollte sie zwischen den Fingern und zündete sie mit einem Feuerzeug an. »Ja, ich wollte von diesem liederlichen Stück weglaufen, aber ich lief nicht weg. Ich war angeekelt, aber während ich sie küßte und umarmte, war ich dumm genug von ihr zu erwarten, daß sie wie meine Mutter und Großmutter wäre. Sie war ihrer Macht über mich so sicher, daß sie es ablehnte, etwas zu versprechen. Statt dessen schlug sie vor zu heiraten, unter der Bedingung, daß beide Seiten frei sein müßten, andere Partner zu haben. Wie sie wohl aussah, werden Sie sich fragen. Sie war nicht groß, aber schlank, mit schwarzem Haar und schwarzen Augen, die Leidenschaft, Unverschämtheit und Spott ausdrückten. Sie hatte ein unheimliches Sprachvermögen. Wir in Galizien sprechen jiddisch mit etwas deutsch gemischt. Aber ihr Warschauer Jiddisch hatte all die Redewendungen und sprachlichen Perlen ihrer Gegend. Und die strömten aus ihrem Mund. Wenn sie fluchte, flossen die Flüche aus ihr wie ein giftiger Strom. Wenn sie erotisch erregt war, benutzte sie Worte, die ein Kosakenregiment zum Erröten gebracht hätten. Ich habe in meinem Leben viele Zyniker kennengelernt, aber Manias Zynismus war unvergleichlich. Ich hatte oft mit der Idee gespielt, ihre saftigen Ausdrücke, ihre ordinären Witze aufzuschreiben und zu veröffentlichen, aber dieser Plan wurde wie viele andere nie verwirklicht.

Es passierte alles gleichzeitg: die Russische Revolution, die Pogrome in der Ukraine, die deutsche Niederlage in Frankreich, der Sturz des Habsburgerreiches. Polen wurde fast über Nacht selbständig, und meine Eltern verlangten, daß ich mit ihnen nach Hause zurückkehre. Aber nach Wien war Drohobycz fast ein Dorf, keine Stadt. Außerdem wollte Mania nach Warschau zurück, und dort gingen wir hin. In Lemberg veranstalteten die Rowdies ein Pogrom gegen die Juden. Die Züge waren überfüllt mit den Soldaten von General Haller, die den Juden die Bärte abschnitten. England veröffentlichte die Balfour-Deklaration, und der Zionismus war nicht länger ein Traum. Wenn Sie zu der Zeit in Warschau waren, dann wissen Sie, was dort los war: ein Gemisch von Krieg, Revolution und Morden. Erst jagte Piłsudski die Bolschewiken nach Kiew. Dann jagte Trotzki die polnische Armee bis an die Weichsel, wo angeblich ein militärisches Wunder stattfand. Aus mir wollten sie einen polnischen Soldaten machen und mich für mein soeben ausgebrütetes neues Vaterland kämpfen lassen. Aber auch mir geschah ein ›Wunder‹. Ich gelangte in den Besitz eines Passes mit falschem Geburtsdatum.

Das jüdische Warschau kochte wie ein Kessel: zionistische Demonstrationen, kommunistische Abenteurer. Wir waren ohne einen Pfennig in Warschau angekommen, aber Mania lief einem ehemaligen Liebhaber, einem angeblichen Kunstliebhaber, in die Arme. Sein Name war Zygmund Pelzer. Wenn Zygmund Mania küßte, wurde mir schwindlig, und mein Herz klopfte wie ein Hammer. Ich wußte, mit dieser Frau zu leben würde eine ständige Hölle für mich sein. Ich schwor einen heiligen Eid, sie ein für allemal loszuwerden. Zwei Wochen später heirateten wir.

Sie hatte mir ein Ultimatum gestellt: entweder heiraten wir oder ich schmeiße dich raus. Sie gab mir drei Tage Zeit zu überlegen. Ich überzeugte mich davon, daß ich nichts als ein elender Sklave war. Ich glaube, ich habe in diesen drei Nächten kein Auge zugemacht.

Ich habe einmal einen Ihrer Artikel gelesen, worin Sie sich beschwerten, daß die Philosophen die Gefühle ignorierten und sie als eine Plage darstellten. In Wirklichkeit sind die Gefühle das wahre Wesen unseres Seins. Als Descartes sagte, cogito, ergo sum, hätte er über die Gefühle sprechen müssen. Die Bewunderung, die Ihr Spinoza für die adäquaten Ideen hatte, ist nichts als naiver Rationalismus.

Um es kurz zu machen, wir gingen zu einem nichtoffiziellen Rabbi, und er füllte einen Ehevertrag aus und stellte einen Hochzeitsbaldachin auf. Und wer, glauben Sie, war der Brautführer? Eben der Zygmund Pelzer, ihr Liebhaber.«

»Wie sind Sie Professor in Brasilien geworden?« fragte ich.

Alfred Reisner antwortete nicht gleich. »Wie das zustande kam? Einige Jahre später kam ein Pole, ein sogenannter Impresario, aus Südamerika nach Warschau. Ich sage ›sogenannter‹, weil ich ihn nie seinen Beruf oder irgendeinen anderen ausüben sah. Er hieß Zdizislaw Romanski, ein großer, blonder Bursche und ein richtiger Charmeur. Er hatte Mania in einem schäbigen Varieté singen hören und war sicher, sie sei das, was er suche. Er machte einen Vertrag mit ihr, nahm sie nach Brasilien mit, und ich zog ihnen nach.

Portugiesisch zu lernen war für mich einfach, denn ich beherrschte Latein und Französisch. An der Universität von Rio war eine Position für einen Professor für Deutsch frei, und ich wurde angestellt. Mit der Zeit unterrichtete ich auch Französisch. Mania hätte reich werden können mit ihrer Stimme, aber der Scharlatan, der Impresario, drängte sich in ihr Leben und in meines ebenfalls. Es fing auf dem Schiff nach Brasilien an.

Zwei Dinge habe ich in meinem schmählichen Leben gelernt. Erstens, daß die ganze Vorstellung vom freien Willen, freier Wahl und all der anderen Phrasen über die menschliche Freiheit absoluter Unsinn ist. Der Mensch hat nicht mehr Freiheit als eine Wanze. In der Hinsicht hatte Spinoza recht. Aber als überzeugter Determinist hat er keinen Grund gehabt, Ethik zu predigen. Die zweite Sache, die ich gelernt habe, ist, daß unter gewissen Umständen sich jede menschliche Leidenschaft in ihr Gegenteil verkehren kann. Von einem psychologischen Standpunkt aus, hatte Hegel recht: jede These bewegt sich in die Richtung ihrer Antithese. Die heftigste Liebe kann sich in den giftigsten Haß verwandeln. Ein wilder Antisemit kann ein glühender Anhänger der Juden werden oder sogar zum Judentum übertreten. Ein Geizhals kann plötzlich anfangen, sein Geld herumzustreuen. Ein Pazifist kann ein Mörder werden. Der Mann, der hier vor Ihnen sitzt, hat viele Metamorphosen durchlebt. Eine Zeitlang verzehrte ich mich vor Eifersucht. Nur der Gedanke, daß meine Frau das leiseste Verlangen nach einem anderen Mann haben könnte, trieb mich zum Wahnsinn. Ein paar Jahre später hatte ich einen Punkt erreicht, wo es mir nichts ausmachte, mit Mania und ihrem Liebhaber in einem Bett zu liegen. Bitte fragen Sie mich nicht nach Erklärungen oder Einzelheiten. Das Vergnügen selbst ist eine Form des Leidens. Asketentum und Hedonismus sind in Wirklichkeit gleichbedeutend. Ich weiß, ich erzähle Ihnen nichts Neues. Unsere religiösen Weisen verstanden es auf ihre Weise.«

»Was war denn dieser sogenannte Impresario für ein Mensch?« fragte ich.

»Ein Dämon.«

»Wie alt war er?«

»Wer kann wissen, wie alt ein Dämon ist? Kein wahres Wort kam je aus seinem Mund – er war ein psychopathischer Lügner, ein verrückter Angeber. Wenn man ihm glaubte, so waren alle schönen Frauen in Polen seine Geliebten, waren Piłsudski und seine Generale alle auf Duzfuß mit ihm gewesen. Im Krieg gegen die Bolschewiken hatte er alle möglichen Heldentaten vollbracht und zahllose Orden erhalten. So weit ich es beurteilen konnte, war er nie in der Armee gewesen. Er stammt auch nicht von Grafen oder Baronen ab. Sein Vater war ein Notar in Wolynien. Nach dem, was ich durchgemacht habe, erstaunt mich nichts mehr. Trotzdem, wenn ich denke, er kann uns nicht mehr überraschen, tut er etwas, was mich völlig verwirrt. Seine körperliche Stärke war und ist außerordentlich. Obwohl er der schlimmste Alkoholiker ist, den ich kenne, habe ich ihn nie krank gesehen. Nach ärztlicher Theorie hätten sein Magen und seine Därme längst ausgebrannt sein müssen. Jeden Morgen, wenn er die Augen aufschlägt, wiederholt er den gleichen Scherz: ›Ich werde mit Mundwasser gurgeln‹, und das Mundwasser ist ein Teeglas voll Wodka auf nüchternen Magen. Er hat auch Mania zur Säuferin gemacht. Er bedroht Mania und mich dauernd mit Selbstmordabsichten oder damit, daß er uns beide umbringen wird. Er plappert auch davon, zum Judentum überzutreten.«

»Wer zahlt die Rechnungen?« fragte ich.

»Ich.«

»Hat er nie versucht, irgend etwas zu arbeiten?«

»Nur wenn er sicher war, daß es fehlschlagen würde.«

»Würden Sie sich für einen Masochisten halten?« fragte ich.

»Das ist ein Name wie jeder andere. Ja, ich, sie und die ganze menschliche Rasse, ihre Kriege, Revolutionen, Künste, selbst die Religion. Die Menschheit ist nichts anderes als eine ständige Rebellion gegen Gott und was Spinoza die Ordnung der Dinge oder die Natur nannte. Der Mensch ist als Sklave und mit der Bitternis eines Sklaven geboren. Er muß das Gegenteil von dem tun, das zu tun er gezwungen ist. Er ist Gottes ewige Opposition: Satan.«

»Glauben Sie, daß Ihr Impresario noch immer in Mania verliebt ist?« fragte ich.

Alfed Reisner schien zu schaudern. »In sie verliebt? Wer weiß, was Liebe ist? Der ganze Begriff ›Liebe‹ ist unbestimmt und zweideutig. Aber wenn Sie es mit einem Dämon zu tun haben, zu welcher Art von Liebe ist der fähig? Er hat sie zerstört. Sie nennt ihn ihren ›Todesengel‹. Sie hat getrunken, bis sie ihre Stimme verlor. Sie hat eine Halskrankheit, die die Ärzte in Brasilien nicht identifizieren können, eine Art Krebs. Ziemlich häufig wird sie sehr krank, und wir müssen sie ins Spital bringen. Sie bekommt Asthmaanfälle und kann nicht mehr sprechen. Einmal hat sie so furchtbar gehustet, daß ich sie ins Spital bringen mußte, und dort hat man den Kollaps eines Lungenflügels festgestellt.

Das war alles die Folge des Trinkens, des Schreiens und des Versuchs, ohne Stimme singen zu wollen, und des Versuchs, den alten Körper zu zwingen, jung zu sein. Die beiden haben einen zwanzigjährigen Krieg geführt, einen bitteren Krieg, einen Krieg des Wahnsinns und der Meuterei. So unglaubhaft wie es scheint, ich habe in all diesen Jahren nicht feststellen können, worüber sie sich streiten. Man vergißt solche Sachen wie einen Alptraum. Beide toben zu gleicher Zeit, sie auf jiddisch und er auf polnisch. Sie spielen verrückt in unzusammenhängenden Monologen. Ich habe oft gedacht, wenn man diese wüsten Unterhaltungen aufzeichnen würde, käme großartiges Material für ein literarisches Meisterstück heraus. So verschieden wir drei sind, wir haben alle eine gemeinsame Eigenschaft: wir haben nicht die leiseste Begabung für praktische Dinge. Wenn eine Sicherung durchbrennt, sitzen wir stundenlang im Dunkeln und warten auf den Hausmeister, der selbst ein Säufer und nie erreichbar ist. Wir verlieren Geld, wir vergessen Verabredungen, wir sind in einem dauernden Zustand äußerster Verwirrung. Es vergeht kein Tag, ohne daß in der Karikatur eines Hauses, das wir bewohnen, irgend etwas zusammenbricht: die Elektrizität, das Gas, die Toilette, das Telefon. Wenn es regnet, läuft das Wasser durch das Dach ins Schlafzimmer, und wir müssen Eimer auf dem Boden aufstellen. Ja, Sie können uns Masochisten nennen. Aber warum gerade uns drei? Und welch elendes Schicksal hält uns Jahr für Jahr zusammen? Wir haben uns die heiligsten Schwüre gegeben, uns ein für allemal zu trennen und diese Tragikomödie einer Existenz zu beenden. Wir sind tatsächlich voneinander weggerannt, der Teufel weiß, wie oft, und unter den seltsamsten Umständen, aber wir sind immer wieder in das gleiche Durcheinander, die gleiche Verrücktheit zurückgekehrt, von einer

Macht angezogen, für die ich noch in keinem Wörterbuch, keiner Enzyklopädie einen Namen gefunden habe. Weder Freud noch Adler noch Jung hätten sie durch ihre verschiedenen Theorien erklären können. Leidenschaft? Sie können es Leidenschaft, Komplex, Wahnsinn oder einfach Meschuggas nennen. Wir verlassen uns, und wir werden vor Sehnsucht und Grübeln krank. Wir schreiben einander verzweifelte Briefe und flehen um Frieden, Vergebung, einen neuen Anfang und andere lächerliche Banalitäten, über die wir uns selbst lustig machen. Wir lachen und weinen und spucken aus, wenn wir wieder zusammenkommen und trinken einen Toast auf unseren gegenseitigen Dibbuk. Ja, ich habe zu trinken gelernt, wenn auch nicht soviel wie sie. Ich könnte es mir nicht leisten. Ich habe eine Familie zu versorgen, weh mir!«

Alfred Reisner schaute auf seine Armbanduhr und sagte: »Es ist später, als ich gedacht habe. Bitte verzeihen Sie mir, daß ich soviel Ihrer kostbaren Zeit in Anspruch genommen habe. Aber wem konnte ich eine Geschichte wie diese erzählen? Es gibt an der Universität Philosophen, Psychologen und selbst welche, die sich Schriftsteller nennen, aber sich ihnen anzuvertrauen wäre reiner Selbstmord. Außer dem Mädchen im Büro kennt niemand meine Adresse, sie schickt mir mein Gehalt. Jetzt, wo ich so gut wie pensioniert bin, bin ich so gut wie eine Leiche. Nun, was ist mit Ihrem Vortrag? Wann wird er stattfinden?«

»Ich fürchte, er wird nicht stattfinden«, sagte ich.

»Können Sie mir den Grund dafür sagen?«

Das Telefon läutete, und der Geldgeber teilte mir mit, daß mein Vortrag wieder angesetzt worden sei. Er gab mir das Datum. Ich teilte meinem Gast die Neuigkeit mit, und für einen Augenblick leuchteten seine Augen auf.

»Das ist eine gute Nachricht. Das wird ein Ereignis sein. Wir werden kommen, um Sie zu hören. Wir alle drei.«

»Auch der Pole?« fragte ich.

Alfred Reisner dachte nach. »Da er wirklich nicht von dieser Welt ist, wer weiß dann, ob er ein Pole, ein Russe oder ein Jude ist? Er ist ein großer Bewunderer von Ihnen. Er liest Sie auf Englisch und auf Französisch. Auch ein bißchen auf Jiddisch. Haben Sie keine Angst. Er wird nicht auf einem Besen reitend zu dem Vortrag kommen, mit einem Schwanz und Hörnern. Wenn es sein muß, kann er ein perfekter Gentleman sein.«

Logarithmen

An jenem Sabbatnachmittag drehte sich die Unterhaltung um einen Kaufmann, der seinen Laden angezündet hatte, um das Versicherungsgeld zu bekommen. Ich hörte Tante Jentl sagen: »Brandstiftung ist Brandstiftung. Das wurde vor ihm gemacht und es wird nach ihm gemacht werden. Leichtes Geld ist eine üble Versuchung. Er brauchte nur ein wenig Petroleum auf die Ware zu gießen und ein Zündholz dranzuhalten. Die Begutachter der Versicherungsgesellschaft gaben vor, dem Kaufmann zu glauben. Es ist ja nicht ihr Geld, das sie auszahlen; das kommt alles von den Banken in Petersburg. Früher, wenn ein Kaufmann eine Schuld nicht zurückzahlen konnte, nahm man ihm sein Haus oder sein Geschäft, oder der Mann wanderte ins Gefängnis. Für sowas kam man ins Gefängnis. Heute kann man ganz einfach Bankrott anmelden. Im schlimmsten Fall legt man ein Feuer. Wenn er Glück hat, wird er nach kurzer Zeit entlassen, oder er kann nach Amerika abhauen.«

»Trotzdem«, sagte unsere Nachbarin Bela Zyvia, »einen ganzen Marktplatz dem Feuer auszusetzen, vielleicht sogar die halbe Stadt, dazu muß man das Herz eines Mörders haben.«

»Das ist kein Thema für den Sabbat«, sagte Tante Jentl.

Diese Feststellung hörte ich meine Tante Jentl fast jeden Sabbat machen, aber sie brach selbst oft die Regel, den Sabbat rein und fröhlich zu halten, und erzählte Geschichten, die ein bißchen nach Klatsch rochen. Sie legte dann den Finger auf die Lippen und sagte: »Sei still, Mund« oder »Vater im Himmel, laß mich nicht mit meinen eigenen Worten sündigen«.

Tante Jentl ging in die Küche, um Erfrischungen zu

holen. Sie kam mit einem Tablett Kirschen, Pflaumen und Kwaß zurück. »Der Mensch ist selbst sein größter Feind. Hundert Feinde können einem Menschen nicht das antun, was er sich selbst zufügt.« Sie setzte sich, strich über die bunten Bänder, die von ihrer Haube herabhingen, und die goldenen Ohrringe, die von den Ohrläppchen baumelten, und da wußte ich, daß sie dabei war, eine Geschichte zu erzählen.

Tante Jentl trank etwas Kwaß und fuhr mit der Zungenspitze über die Lippen. Nach einigem Zögern begann sie: »Es ist wahr, es ist nicht gerade eine Geschichte für den Sabbat, aber man kann daraus etwas lernen. Als ich mit meinem ersten Mann – er möge Fürbitte für uns alle leisten! – in Krasnostaw lebte, hatten wir eine Nachbarin, eine Witwe aus Lublin, die Chaya Keila hieß. Ihr Mann hinterließ ihr einen begabten Sohn, Jossele. Mit fünf Jahren konnte er den halben Pentateuch auswendig. Er war auch ein mathematischer Hexenmeister. Sein Vater hatte ihm ein Buch ›Das Studium der Algebra‹ hinterlassen, und der kleine Jossele vertiefte sich Tag und Nacht darein. Seine Mutter ging mit ihm von Haus zu Haus, um sein erstaunliches Talent vorzuführen. Er hatte ausgerechnet, wie viele Tropfen Wasser in dem Fluß in der Stadt enthalten waren. Er behauptete, daß sich in dem dichten Wald hinter dem Schloß des Gutsherrn zwei Bäume befanden, die die gleiche Anzahl von Blättern hätten, die aber niemand je gezählt hatte. Die Leute sperrten Mund und Augen auf vor Erstaunen. Chaya Keila lebte in ständiger Angst, daß die Nachbarn ihm den bösen Blick geben könnten. Jeden zweiten Tag ging sie mit ihm zu einer alten Frau, die böse Geister beschwören konnte. Am Anfang jedes Monats gab sie dem Jungen Kräuter ein, die sein Inneres von Würmern befreien sollten. Sie lernte Zaubersprüche auswendig, die ihr ein Prediger in Koziniece auf Pergament geschrieben hatte. Einmal, als Jossele ein heftiges Fieber bekam, hatte ihr eine alte Hexe gesagt, sie solle hinter dem Haus einen Graben ausheben, den kranken Jungen in weiße Wäsche kleiden und ihn in den Graben legen, dann würde der Todesengel denken, daß er schon in seinem Leichentuch im Grabe läge. Als der Rabbi davon hörte, schickte er den Synagogendiener, der an die Fensterläden klopfen und der erschreckten Mutter mitteilen sollte, sie treibe Hexerei. Ja, überängstliche Mütter machen seltsame Sachen. Der Rabbi verlangte von der Mutter, sie solle dem Jungen zwei neue Namen geben – Chaim und Alter, das bedeutet ›Leben‹ und ›hohes Alter‹. Die Mutter nannte ihn jahrelang bei diesen beiden Namen, aber die Leute vergaßen sie und nannten ihn weiter Jossele.

Ich will es kurz machen. Jossele wuchs auf und wurde ein Genie, was Tora und Mathematik betraf. Zu jener Zeit lebte ein christlicher Apotheker in der Stadt, der besser Latein konnte als die meisten Priester. Als Chaya Keila einmal mit Jossele Pillen kaufte, unterhielten sich die beiden, und plötzlich rief der Apotheker aus: ›Ich gratuliere Euch, Euer Sohn hat ohne Lehrer bereits die Logarithmen gelernt.‹

Ich hatte dieses Wort noch nie gehört, als seine Mutter mit der guten Nachricht angelaufen kam. Sie wiederholte dieses schwierige Wort so oft, daß ich auch lernte, es auszusprechen. Wochenlang sprach Chaya Keila von nichts anderem als von Logarithmen – ›Logarithmen hin‹ und ›Logarithmen her‹!

Später lernte Jossele Schach spielen. Er schlug alle Schachspieler in der Stadt, Juden und Christen. Er spielte Schach mit der Tochter des Apothekers, Helena, die Zigaretten rauchte und so klug war wie ein Mann. Er spielte sogar mit dem russischen Polizeichef und mit einigen polnischen Würdenträgern. Einige bestanden darauf, mit dem Jungen um Geld zu spielen, so daß die verwitwete Mutter einen kleinen Zuschuß bekam. Jeden Tag verkündete die Mutter die neuesten Siege des Jungen. Der Gutsbesitzer aus der Gegend, der ein Graf war, schenkte Jossele ein Schachbrett und Figuren aus Elfenbein, nachdem Jossele so weit gegangen war, sogar den Richter zu besiegen.

Jetzt hört Euch das an: es gab in der Stadt einen reichen Juden, einen Holzhändler, namens Wolf Markus. Von den durch die Revolution verarmten Polen kaufte er große Partien Wald und ließ die Bäume, meistens Eichen, abholzen. Um schätzen zu können, wieviel Nutzholz das ergeben würde, braucht man Mathematik. Als Wolf Markus von Josseles Wissen erfuhr, lud er ihn in sein Haus ein, und sie diskutierten stundenlang Logarithmen mit Wolfs Buchhalter. Alle verstanden etwas von Mathematik, und alle spielten Schach, selbst Wolfs zwei Töchter, Serele und Blumele. Alle waren begeistert von Josseles Gelehrsamkeit und Weisheit.

Serele verliebte sich in ihn auf den ersten Blick, wie man sagt. Er war auf eine Stunde gekommen und eroberte die Welt. In einer kleinen Stadt weiß jeder, was der Nachbar im Topf hat. Chaya Keila kam mit der guten Nachricht sofort zu uns gelaufen. Aber wozu noch etwas erfinden? Wolf Markus hatte für seine Töchter große Mitgiften bestimmt, und er sprach offen über seine Absichten. Väter sind noch mehr daran interessiert, ihre Töchter zu verheiraten, als Mütter. Eines Tages sprach er zu Jossele von einer Heirat und am Tag darauf trafen sie schon vorläufige Abkommen. Zwei Wochen später wurden alle Verwandten von beiden Seiten zur Verlobungsgesellschaft eingeladen. Die Stadt brodelte wie ein Kessel. Wolf Markus fuhr nach Lublin und kam mit einer goldenen Uhr für Jossele zurück. Der Junge war nicht mehr der Sohn seiner Mutter, sondern Wolfs. Chaya Keila lachte und weinte vor Glück. Sie starb fast vor Angst, daß ihr jemand ihr Glück entreißen würde. Ich war zu der Gesellschaft eingeladen und hörte, was Jossele alles geschenkt bekommen würde – die goldene Uhr, eine silberne Uhr, einen in Seide gebundenen Pentateuch, einige Bände der Mischna in Leder gebunden, einen bestickten Gebetsschal und einen Fuchspelzhut mit dreizehn Schwänzen. Der Schreiber des Ehevertrags hatte seinen eigenen Stil und erhielt einen Prozentsatz von allem, was er aufschrieb. Chaya Keila hatte von ihrer eigenen Hochzeit noch etwas Schmuck und gab ihn der Braut für das Unterzeichnen des Ehevertrags, wie es üblich war. Hätte jemand vorgeschlagen, sie solle ihren Kopf hingeben, sie hätte keinen Augenblick gezögert.

Es sah aus, als sei Jossele ein Glückskind, und die Stadt surrte vor Neid. Andere Mütter wollten auch so brillante Partien für ihre Töchter. Chaya Keila verfluchte sie im voraus. Ich hörte sie sagen ›War es mein Fehler, daß ich ein Genie in die Welt gebracht habe? Es steht irgendwo geschrieben, daß der Schoß einer Frau wie eine Schublade ist. Was immer man hineintut, kommt auch wieder heraus. Josseles Vater – er ruhe in Frieden! – war selbst ein Gelehrter. Er hatte einen großen Verstand, und der Apfel fällt nicht weit vom Stamm. Aber niemand kann dem Volk das Maul stopfen. Sie suchen immer nach etwas Bösem, nie nach etwas Gutem.«

»Ich kann mich an alles erinnern«, sagte Tante Jentl. »Die neidischen Menschen konnten es einfach nicht aushalten, daß ein junger jüdischer Mann die Logarithmen verstand und die Tochter eines reichen Mannes heiratete.

Es steht in den heiligen Büchern geschrieben, daß aus Haß und Neid Jerusalem zerstört worden ist. Ich war damals noch ein junges Mädchen, aber ich hatte Angst, daß irgendetwas Furchtbares Jossele zustoßen könnte. Die bösen Zungen gingen von Haus zu Haus und redeten schlecht über ihn. Und obwohl er ein Verwandter von mir war, kamen die bösen Zungen auch in unser Haus – aber ich habe die Hauptsache vergessen: Wolf Markus richtete eine Hochzeit aus, die ein Vermögen kostete. Er holte Musiker aus Janok und Zamosc. Natürlich konnte er nicht alle einladen, und die übergangen wurden, schäumten vor Wut. Da Jossele als Gelehrter angesehen wurde, wurde er aufgerufen aus der Tora zu lesen, was ein Zeichen des Respekts war. Und das schürte das Geschwätz erst recht.

Nicht weit von Krasnostaw, in Szczebrzeszyn im Gouvernement Lublin, lebte ein Jude, Jakob Reifman. Die Leute hielten ihn für beides, einen Gelehrten und einen Ketzer. Er leugnete Gott nicht, aber es hieß, daß er Bücher auf deutsch schrieb und sie an die Maskilim, die aufgeklärten Juden in Deutschland, schickte. Die Chassidim und die Maskilim bekämpften sich gegenseitig, und man sagte, daß Jossele und Reifman gelehrte Briefe austauschten und sich über die chassidischen Rabbis lustig machten. Ein Jeschiwaschüler in unserer Stadt verbreitete das Gerücht, daß Jossele gesagt habe, die Erbauer des Heiligen Tempels hätten die Säulen, die heiligen Gefäße und den Altar falsch bemessen. Augenblicklich erhob sich in der Stadt lautes Geschrei, daß Jossele sich klüger dünke als König Salomo. Als Chaya Keila das hörte, wurde sie vor Angst krank. Sie kam in unser Haus gelaufen und weinte bitterlich, daß ihre Feinde versuchten, ihr die Krone vom Kopf zu reißen.

An einem Sabbat war in der Stadt die Hölle los. Als

Jossele aufgerufen wurde, als besondere Ehre aus dem Talmud zu lesen, lief ein Fremder zum Lesepult und versuchte ihn wegzudrängen, indem er schrie, Jossele sei ein Abtrünniger und ein Verräter Israels, der beim Blasen des Schofars und im Schein schwarzer Kerzen exkommuniziert werden müßte. Chaya Keila war an diesem Sabbat in die Frauenabteilung der Synagoge zum Gebet gekommen. Diese böswilligen Worte über ihren geliebten Sohn ließen sie einen furchtbaren Schrei ausstoßen, und mit einem Herzschlag fiel sie zu Boden. Man versuchte sie mit Jom Kippur-Tropfen wiederzubeleben, man rieb ihre Schläfen, aber es war alles vergeblich. Sie wurde auf einer Bahre, die immer an der Tür des Armenhauses stand, hinausgetragen. Dies war kein Sabbattag mehr, sondern ein Tag der Trauer und des Fastens. In dem Durcheinander, das folgte, liefen Schlächter, Kutscher und Pferdehändler in die Synagoge und griffen den Eindringling an, der Jossele geschmäht hatte. Das Vorlesen der Tora und die Gebete hörten sofort auf. Der Gutsherr hörte von dem Aufruhr, und Furcht befiel die Juden. Die Gemeindeältesten mußten eine Deputation zum Gutsherrn schicken, um sich für die Gewalttaten in der Synagoge zu entschuldigen und eine Buße zu bezahlen.

›Exkommunikation‹ ist ein Wort, das selbst unter den Nichtjuden Furcht erweckt. Seit Generationen war so etwas in Polen nie vorgekommen, außer zur Zeit des falschen Messias Jakob Frank, der mit seiner Frau und seinen Anhängern übertrat und vor dem Gericht behauptete, die Juden benützten christliches Blut zur Herstellung ihrer Mazze. Das war nicht zu meiner Zeit, aber ich habe davon gehört.«

»Und was wurde aus Jossele?« fragte Bela Zyvia.

Tante Jentl schüttelte den Kopf. »Ich sage das nicht

gern am Sabbat«, sagte sie. »Aber es geschah etwas Entsetzliches – ganz Unglaubhaftes.«

»Was war es denn?«

»Er trennte sich von seinem kostbarsten Besitz«, sagte Tante Jentl.

»Du willst sagen, er ist übergetreten?«

»Er ging zum Priester und heiratete Helena, die Tochter des Apothekers.«

»Er verließ seine Frau?« fragte meine Mutter.

»Seine Frau, Gott, die Juden«, sagte Tante Jentl.

»Hat er sich von seiner Frau scheiden lassen?« fragte meine Mutter.

»Die Frau eines Konvertiten braucht keine Scheidung«, sagte Tante Jentl.

»Jentl, du irrst dich. Nach dem Gesetz bleibt der Konvertit ein Jude, und seine Frau wird als verheiratete Frau betrachtet, und sie muß den Scheidebrief haben, wenn sie wieder heiraten will.«

»Das höre ich zum erstenmal«, sagte Bela Zyvia.

»Wenn man lange genug lebt, hört man vieles zum erstenmal«, sagte Tante Jentl. »Männer sehen stark aus, aber in Wirklichkeit sind sie sehr schwach.«

»Nun, so ist das Gesetz der Tora«, sagte meine Mutter. »Ich weiß von einem Fall, wo einer der Rebellen, der den Zaren stürzen wollte, im Gefängnis übergetreten ist. Man mußte einen Rabbi ins Gefängnis bringen, einen Schreiber und zwei Zeugen, und er ließ sich von seiner jüdischen Frau scheiden nach dem Gesetz von Moses und Israel, im Gefängnis! O diese Männer! Was für Verräter Männer sind!«

»Die Tora ist wie der Ozean«, sagte Tante Jentl. »Es gibt keinen Grund. Es wird spät. Die Sonne geht unter. Wir müssen bald das Gebet sprechen ›Gott Abrahams‹.«

Ich drehte mich nach Westen. Die Sonne ging unter, umgeben von glühend leuchtenden Wolken. Sie erinnerten mich an den Fluß des Feuers, wo die Bösen in Gehenna bestraft werden. Lange Zeit saßen die Frauen schweigend da, mit gesenkten Köpfen und wischten ihre Nasen mit den Schürzen. Dann hörte ich Tante Jentl sagen: »Gott Abrahams, Isaaks und Jakobs, beschütze das arme Volk Israel und Deine eigene Herrlichkeit. Der heilige Sabbat ist vorüber, und die gute Woche soll jetzt beginnen, mit der Tora und guten Taten, Reichtum und Ehre, Mildtätigkeit und Güte. Das dunkle Exil sollte ein Ende finden. Der Klang von Elijas Schofar soll gehört werden, und der Messias, unser Erlöser, soll bald kommen und in unseren Tagen. Amen sela!«

»Amen sela«, antworteten alle Frauen im Chor.

»Ich sehe drei Sterne am Himmel«, sagte Tante Jentl. »Ich glaube, es ist jetzt erlaubt, eine Kerze anzuzünden, aber wo sind meine Streichhölzer? Jeden Freitag, wenn ich die Kerzen angezündet habe, lege ich die Zündhölzer fort und kann sie nicht mehr finden. Das Alter ist keine Freude.«

Plötzlich wurde es hell. Tante Jentl hatte ihre Streichhölzer gefunden. Ich sah hinauf zum Himmel und erblickte den Mond, der mit seinem Gesicht des Josua, des Sohnes von Nun, aufgegangen war. Meine Mutter stand auf und sah mich ärgerlich an, fast mit Verachtung. War es, weil auch ich ein Mann war, der eines Tages Frauen betrügen könnte, wie Jossele es getan hatte? Ich hatte ihr oft versprochen, am Sabbat nicht zu Tante Jentl zu gehen, aber ihre Sabbatfrüchte und -geschichten waren eine zu große Versuchung für mich. Ich verstand nicht, wieso ich in mir so großes Mitgefühl mit Jossele aufsteigen fühlte und ein Verlangen, Helena zu kennen, Schach mit ihr zu spielen und Logarithmen zu lernen. Ich erinnerte mich, daß mein Bruder Josua in einem Streit mit meinem Vater sagte: »Andere Nationen haben studiert und gelernt, Entdeckungen gemacht in der Mathematik, Physik, Chemie, Astronomie. Aber wir Juden sind an einem kleinen Gesetz steckengeblieben: dem Gesetz vom kleinen Ei, das an einem Feiertag gelegt worden ist.« Ich dachte auch daran, daß mein Vater geantwortet hatte: »Dieses kleine Gesetz enthält mehr Weisheit als all die Entdeckungen, die die Götzenanbeter seit den Zeiten Abrahams gemacht haben.«

Geschenke

Ich traf ihn in der Nähe der Bank, bei der ich einen Scheck einlöste, den ich von einer jiddischen Zeitung erhalten hatte. Ich war ein junger Schriftsteller und er – ich will ihn Max Blendewer nennen – war in Warschau als ein zionistischer Führer bekannt und auch als Stadtrat im Rathaus. Er hatte sich mit der größten zionistischen Gruppe verzankt und war der Anführer einer extremistischen Gruppe geworden, die sich Revisionisten nannte. Ich erkannte ihn nach den Photos in der jiddischen Presse. Er war von mittlerer Größe, breitschultrig, hatte einen großen Kopf, hohe Backenknochen und dicke Augenbrauen. Es ist mir aufgefallen, daß Politiker dazu neigen, ihre Augenbrauen wachsen zu lassen, wahrscheinlich um männlicher zu wirken oder um ihre schlauen Augen zu verbergen. Max Blendewer war als Kämpfer bekannt. Im Stadtrat griff er die Antisemiten scharf an. Er hatte nicht nur Feinde bei den Christen, sondern auch bei den Juden, die behaupteten, daß er zu aggressiv sei und mit seinen Attacken Schaden anrichte.

Normalerweise hätte ich nie einen Fremden auf der Straße angesprochen, schon gar nicht, wenn es sich um einen berühmten Mann handelte. Aber ich hatte kürzlich gehört, daß seine Frau, Carola, bei einem Autounfall ums Leben gekommen sei. Diese Frau, der ich nie begegnet war, hatte mir am Vorabend von Rosch haschana eine Neujahrskarte geschickt und eine Flasche Carmelwein. Das Geschenk kam an die Adresse der Zeitung, wo ich Korrektor war. Es war völlig überraschend für mich. War Carola Blendewer eine Jiddischistin? Las sie meine Arbeiten in den kleinen Zeitschriften, die kaum mehr als fünfhundert Leser hatten? Soviel ich wußte, waren die meisten Frauen der zionistischen Führer halb assimiliert. Als sie starb, wollte ich dem Mann eine Kondolenzkarte schikken, aber tat es dann doch nicht. Ich gehörte zu denen, die ihn für zu arrogant hielten. Wir Juden, so glaubte ich, sollten nicht vergessen, daß wir in jedem Land der ganzen Welt eine Minorität sind und uns dementsprechend verhalten sollten.

Aber jetzt, als ich ihm begegnete, ging ich auf ihn zu und sagte: »Sie kennen mich nicht, aber jeder kennt Sie. Mein Name ist ...«

»Ich kenne Sie, ich habe von Ihnen gehört«, antwortete Max Blendewer. Er nahm die Zigarre aus dem Mund, streckte mir seine Hand entgegen und schüttelte meine kräftig. Er sagte: »Meine verstorbene Frau hat ab und zu Ihren Namen erwähnt. Ich bin ein Politiker, kein Schriftsteller. Außerdem bin ich für Hebräisch, nicht für Jiddisch, aber ich kaufe jiddische Bücher und Zeitschriften. Man schickt sie mir von Zeit zu Zeit. In welche Richtung gehen Sie? Vielleicht können Sie mich ein Stückchen begleiten. Sie haben sicher von dem Unglück mit meiner Frau gehört?«

»Ja, es tut mir unendlich leid. Ich habe ein Geschenk von ihr erhalten. Ich verstand nicht, wo sie von mir gehört hatte und warum ich es verdiente.«

Max Blendewer, der so schnell ging, daß ich kaum Schritt halten konnte, blieb plötzlich stehen.

»Was? Ein Geschenk? Was für ein Geschenk?«

»Eine Flasche Carmelwein.«

Ein ärgerliches Lächeln erschien auf seinem Gesicht. Er maß mich von Kopf bis Fuß. »Sie waren nicht der einzige«, sagte er. »Die Menschen haben die verschiedensten Leidenschaften. Einige rauchen Opium, andere nehmen

Haschisch. Es gibt auch welche, deren größtes Vergnügen es ist, in den Wäldern herumzulaufen und Bären und Wölfe zu jagen. Meine Carola – sie möge in Frieden ruhen! – hatte die Leidenschaft, Geschenke zu verschicken. Ich war ein armer Junge, als ich sie heiratete, aber sie war eine reiche Tochter. Sie erhielt eine stattliche Mitgift, und sie gab alles für Geschenke aus.«

Wir gingen eine Weile schweigend dahin. Max Blendewer machte lange Schritte. Am Marszalkowsky-Boulevard blickte er sich um und sagte: »Jetzt, wo ich angefangen habe, Ihnen von ihr zu sprechen, würden Sie vielleicht mit mir in ein Café gehen? Lassen Sie uns zusammen ein Glas Kaffee trinken.«

»Es ist mir ein Vergnügen und eine Ehre«, antwortete ich.

»Wo ist da die Ehre? Jeder von uns tut seine eigene Arbeit, richtig oder falsch. Gott wird uns beurteilen, wenn Er existiert. Und wenn Er nicht existiert, dann ist es eben schlimm. Wenn Sie keinen Kaffee trinken, dann nehmen Sie ein Glas Tee, oder Kakao oder was immer Sie vorziehen. Ich nehme schwarzen Kaffee, ohne Crème oder Zucker.«

Wir gingen in ein Café, und um die Mittagszeit war es ganz leer. Ein Kellner kam sofort an unseren Tisch. Max Blendewer bestellte schwarzen Kaffee für sich und Tee mit Zitrone für mich. Er zündete seine Zigarre mit einem Feuerzeug wieder an und sagte: »Da Sie ein Schriftsteller sind oder planen, einer zu werden, müßten Sie ja an den Charakteren der Menschen und ihren Idiosynkrasien interessiert sein. Ich wußte immer, daß verschiedene Typen von Philanthropen in der Welt existierten. Amerikanische Millionäre geben Millionen für die seltsamsten Zwecke aus. Eine Millionärin in Chicago, eine alte Jungfer, vermachte ihrem Pudel zwei Millionen Dollar. Aber die Leidenschaft meiner Carola, Geschenke zu verschicken, oft an ganz Fremde, war neu für mich. Sie sprach nie davon, obwohl sie manchmal gewisse Geschenke erwähnte. Ich dachte, reiche Frauen benehmen sich eben so. Sie müssen jedes Gefühl in greifbaren Formen ausdrücken. Da ich nicht viel Erfahrung mit dem sogenannten schönen Geschlecht hatte, ließ ich sie gewähren. Sie sehen vor sich einen Mann, der nie in seinem Leben eine andere Frau außer seiner Ehefrau gehabt hat. Für mich waren Liebschaften nur Zeitverschwendung. Ich lebte in der Illusion, daß alle Frauen mehr oder weniger gleich sind.«

»Wenn ich nur eine solche Illusion haben könnte«, sagte ich.

»Meine wirkliche Leidenschaft war die Politik. Es fing an, als ich noch ein Junge war. Seit meiner Kindheit hörte ich die Juden immer klagen über ihr Schicksal, im Exil zu leben. Ich dachte mir, was kann das Klagen und Seufzen schon helfen. Warum tut man nicht etwas? Und so wurde ich, was ich heute bin. Mein Vater lehrte mich, daß der Jude den Kopf senken muß, wenn Leute ihn beschimpfen, und er muß auch noch die andere Wange hinhalten. Das war für mich barer Unsinn. Aber lassen Sie mich zu meiner Geschichte zurückkehren. Vielleicht können Sie eines Tages mal darüber schreiben, aber erwähnen Sie nicht meinen Namen.«

»Das würde ich sicher nicht tun.«

»Ja, meine Frau. Ich hatte, wie man sagt, einen Gott und eine Frau. Ich liebte sie und ich glaube, sie liebte mich auch. Aber ihre Manie des Schenkens verblüffte mich. Natürlich hatte sie auch eine Manie des Kaufens. Manchmal denke ich, daß der Trieb, Dinge zu kaufen, ihre wahre Leidenschaft war. Ich konnte nie mit ihr spazierengehen, ohne daß sie die Schaufenster der Läden betrachtete. Einmal gingen wir in der Nähe des katholischen Friedhofs Powazki spazieren und kamen an einem Geschäft vorbei, das Särge ausgestellt hatte, und sie blieb wirklich stehen und sah sie an. Ich fragte sie: ›Willst du einen Sarg kaufen? Du weißt doch, daß Juden ihre Toten nicht in Särgen begraben, zumindest nicht hier in Polen.‹ Aber man konnte sie nicht von einem Schaufenster wegbringen. Ich erzähle Ihnen das, damit Sie sehen, wie zwanghaft ihre Kaufmanie war. Von ihrer Besessenheit mit Geschenken erfuhr ich erst später. Lassen Sie mich kurz sein. Jedes Jahr verschickte sie Geschenke an Hunderte von Männern, Frauen und Kindern. Sie wartete nur auf eine Gelegenheit, irgend etwas zu feiern, Ferien, einen Geburtstag, eine Verlobungsgesellschaft, eine Hochzeit, eine Beschneidung, was Sie wollen. Ich fand ein Notizbuch, in dem sie zahllose Kandidaten und Gelegenheiten für ihre Wohltaten aufgeschrieben hatte. Sie hat praktisch ihre ganze Erbschaft weggegeben. Wie Sie sich denken können, war ich oft unterwegs – Kongresse, Konferenzen, eine Unzahl von Parteiversammlungen. Sie kennen unsere jüdischen Organisationen. Jede Partei hat ihre Gruppen, und früher oder später spalten sie sich. Hier in Warschau haben wir einen linken Politiker, einen gewissen Dr. Bruk, der schon alles in seinem Leben gewesen ist: ein Bundist, ein Kommunist, ein Mitglied der rechten Labor-Zionisten, der linken Labor-Zionisten, ein Anarchist, ein Sejmist, ein Territorialist. Seine letzte Partei spaltete sich so oft, daß sie die Partei einer Partei einer Partei wurde. Man witzelt, wenn der jetzt noch vorhandene Rest einer Partei eine Generalversammlung einberuft, mietet man keinen Saal, sondern eine Droschke, die von einem Pferd gezogen wird.

Ich muß nicht erst sagen, daß ein Mann meines Temperaments und meines großen Mauls keinen Mangel an Feinden hat. Das kann gar nicht anders sein. Aber in den letzten paar Jahren fiel mir auf, daß meine Feinde nachsichtiger waren als früher. Selbst wenn sie mich angriffen, taten sie es sozusagen mit Glacéhandschuhen. Ihre Argumente wurden durch etwas Lob gemildert. Hier und da wiesen sie sogar auf einige meiner Verdienste hin. Was war geschehen? Warum sind sie so nachsichtig mit mir geworden? wunderte ich mich. Halten sie mich für so alt und müde, daß ich harmlos geworden bin? Oder sind meine Gegner im Alter zivilisiert geworden? Ich hatte zuviel zu tun, um lange darüber nachzudenken. Ja, Sie erraten es! Carola hatte festgestellt, daß ich nicht genug Freunde für ihre Flut von Geschenken hatte, und so begann sie, Geschenke an meine Feinde zu senden.

Als ich das herausgefunden hatte, schlug ich Krach. Es war das erste und letzte Mal, daß ich von Scheidung sprach. Ich wußte, daß keiner meiner Feinde je glauben würde, daß Carola das ohne mein Wissen getan hatte. Sie waren alle überzeugt, daß der Wolf ein Lamm geworden war und beschlossen hatte, seine Karriere mit Bestechung zu polstern. Ich schrie so laut, daß die Nachbarn angelaufen kamen. Meine Frau hatte das bißchen Reputation, das ich in meinem Leben aufgebaut hatte, völlig zerstört. Sie hatte mich total ruiniert. Wie sagt man? Tausend Feinde können einem Mann nicht mehr antun als eine wohlmeinende Frau. Ich sage wohlmeinend, denn als mein Ärger nachließ (wie lange kann man denn wüten und Teller zerschlagen?) und ich ihr zu erklären versuchte, was für eine Katastrophe das für mich war, schwor sie, sie könne nicht verstehen, warum ich mich so aufregte. ›Was ist denn so schrecklich, wenn man ein wenig guten Willen zeigt? Deine Feinde haben doch das gleiche Ziel wie du: den Juden zu helfen. Sie gehen nur einen anderen Weg.‹

Mein lieber junger Mann, ich weiß selbst nicht, warum ich Ihnen das alles anvertraue. Bis jetzt habe ich es niemandem erzählt. Nachdem ich so lange darüber gebrütet habe und vor Kummer fast vergangen bin, fand ich mich damit ab, daß der Schaden angerichtet war. Was konnte ich auch tun? Briefe schreiben an alle meine Feinde und ihnen erklären, daß meine Frau die Geschenke ohne mein Wissen geschickt hatte? Ich würde mich nur lächerlich machen. Ich beschloß, das zu tun, was ich für meine Pflicht hielt; es war gleichgültig, was meine Feinde von mir dachten und sagten. Ich kann Ihnen nur sagen, daß von allen Geschenken die Flasche Wein, die sie Ihnen geschickt hat, das vernünftigste war. Sie sind ein junger Schriftsteller und haben mit Politik nichts zu tun. Aber dem größten Antisemiten in ganz Polen – Adam Nowaczynski – ein Weihnachtsgeschenk zu schicken, ist eine Tat, die an Wahnsinn grenzt.«

»Das hat sie getan?« fragte ich.

»Ja, genau das. Aber die Ironie dabei ist, daß der verrückte Judenfresser ihr einen außerordentlich freundlichen Brief geschrieben hat, in dem er die Juden himmelhoch lobt. Er schrieb, mehr oder weniger, daß er die Juden nur deshalb verleumdet, weil er weiß, wie intelligent sie sind, was sie für einen scharfen Verstand haben durch das Studium des Talmuds, und wie gefährlich ihre Konkurrenz für die naiven und leichtgläubigen Polen ist, die man so leicht übertölpeln kann. Lassen Sie uns einen Weg finden, die respektiven Möglichkeiten zum Allgemeinwohl aller polnischen Bürger zu nutzen, und so weiter und so weiter. Wie alle Demagogen glaubt er seine eigenen Lügen.«

»Geschenke zu machen ist nichts Neues in unserer Geschichte«, sagte ich. »Als Jakob hörte, daß sein Bruder

Esau mit vierhundert Raufbolden auf dem Weg zu ihm sei, schickte er ihm ein Geschenk, das heute einen Schatz wert wäre.«

»Ja. Ja. Ja. Die Schwächeren versuchen immer, sich einzuschmeicheln, aber es hilft ihnen auf die Dauer nichts«, sagte Max Blendewer. »Sie nehmen, was Sie ihnen geben, umarmen Sie, küssen Sie, nennen Sie Bruder, und ein wenig später greifen sie Sie wieder an. Die Wahrheit ist, daß Carola dies alles nicht getan hat, um den Juden zu helfen; es war nur ihre Sucht zu schenken. Freud hätte das mit haarspalterischer Kasuistik erklärt, wahrscheinlich mit einem neu entdeckten Geschenkkomplex. Er und seine Schüler müssen jede menschliche Absonderlichkeit rationalisieren. Aber in welchem lausigen Buch steht geschrieben, daß sich alles erklären läßt? Meine Theorie ist, nichts läßt sich erklären.«

»Das ist auch meine Theorie«, sagte ich. »Wenn die Literatur sich auf zu viele Erklärungen und Kommentare einläßt, wird sie langweilig und falsch.«

»Ja, richtig«, stimmte Max Blendewer zu. »Ihr Tee ist kalt geworden. Darf ich Ihnen ein Glas heißen Tee bestellen?«

»Danke, nein. Wirklich nicht.«

»Warum nicht?« fragte Max Blendewer.

»Auch das könnte nie erklärt werden.«

Läufer ins Nichts

Wir beide, Seinwel Markus und ich, saßen in Rectors Cafeteria am Broadway, tranken Kaffee und aßen Reispudding. Wir unterhielten uns über die Jahre 1939 bis 1945, den Hitlerkrieg und die Zerstörung Warschaus. Ich lebte in diesen Jahren in den Vereinigten Staaten, aber er, Seinwel Markus, war in Warschau geblieben und erlebte den ganzen Terror des Zweiten Weltkriegs. In Warschau war Seinwel Markus ein Feuilletonist gewesen, wie wir das nannten. Seine Rubrik, im unteren Teil der Seite, ›unter dem Strich‹, war gescheit, ein wenig sentimental, er benutzte viele Zitate aus Werken von Philosophen und Schriftstellern. Vor allem zitierte er gern Nietzsche. Soviel ich wußte, hatte Seinwel Markus nie geheiratet. Er war klein, hatte eine gelbliche Hautfarbe und war schlitzäugig. Er pflegte zu scherzen, daß er ein Urenkel von Dschingis-Khan und der Tochter eines Rabbis, einer seiner gefangenen Konkubinen, sei. Seinwel Markus litt an mindestens einem Dutzend eingebildeter Krankheiten, darunter Impotenz. Er beklagte sich über diese Krankheit und war doch stolz auf sie, und gleichzeitig spielte er auch auf seine Erfolge bei den deutschen Mädchen an. Er war lange Jahre Korrespondent einer Warschauer jiddischen Zeitung in Berlin gewesen. Anfang der Dreißiger war er aus Deutschland nach Warschau zurückgekehrt, und wir blieben Freunde, bis ich nach Amerika ging.

Seinwel Markus kam 1948 über Schanghai, wo er eine Zeitlang als Flüchtling gelebt hatte, in die Vereinigten Staaten. In New York entwickelte er eine neue Abart der Impotenz – die literarische. Er litt an Schreibkrampf in der rechten Hand. Aus irgendeinem Grund machten sich die Redakteure der jiddischen Presse in Amerika nichts aus seinen zweideutigen Aphorismen und den Zitaten aus Nietzsche, Spengler und Georg Kaiser. Er litt auch unter einer Krankheit, die mir echt zu sein schien – Darmgeschwüren. Die Ärzte verboten ihm zu rauchen und erlaubten ihm nur zwei Tassen Kaffee am Tag. Aber Seinwel Markus sagte zu mir: »Ohne Kaffee ist mein Leben keine Prise Tabak wert. Ich will sowieso kein amerikanischer Methusalem werden.«

Seinwel Markus konnte zahllose Geschichten erzählen, und ich wurde es nie müde, mit ihm zusammen zu sein. Er kannte persönlich alle sogenannten Berufsjuden in der ganzen Welt. Er hatte die jüdischen Kolonien des Barons Hirsch in Argentinien besucht, war auf allen zionistischen Kongressen gewesen und war nach Südafrika, Australien, Äthiopien und Persien gereist. Seine Feuilletons wurden in der hebräischen Presse in Tel Aviv gedruckt. Ich habe oft versucht, ihn dazu zu überreden, seine Memoiren zu schreiben, und wie üblich antwortete er mir mit einem Paradox: »Alle Memoiren sind voller Lügen, und da ich nur die Wahrheit sagen kann, wie kann ich da meine Memoiren schreiben?«

An diesem Nachmittag, wie immer, wenn wir uns trafen, fingen wir an, von Liebe, von Treue und von Verrat zu sprechen, und Seinwel sagte: »In meinem Leben habe ich mindestens tausend Formen von Verrat mitangesehen, aber den Verrat der beiden Läufer hätte ich mir vor 1939 nicht vorstellen können.«

»Läufer?« fragte ich. »Was verstehen Sie unter Läufern?«

»Ich meine einen Mann und eine Frau, die dabei waren, fortzulaufen«, sagte Seinwel. »Warten Sie einen Augenblick, ich gehe uns zwei Tassen Kaffee holen.«

»Ich habe bereits genug Kaffee getrunken«, sagte ich.

»Sie werden noch eine Tasse trinken. Und wenn Sie ihn nicht trinken, tue ich es«, sagte Seinwel. »In Rußland konnte man selbst unter den Bolschewiken ein Glas heißen Kaffee bekommen, aber hier, in diesem goldenen Land, kann man weder für Geld noch für gute Worte eine Tasse *heißen* Kaffee bekommen. Und das ist nicht nur in dieser Cafeteria so. Nicht einmal im Waldorf-Astoria gibt es eine Tasse wirklich heißen Kaffee. Ich habe es in Washington, in Chicago, in San Francisco versucht, vergeblich. Es gibt so etwas wie Massenwahnsinn. Warten Sie, ich bin gleich wieder da.«

Ich sah, wie Seinwel ein leeres Tablett von einem Nebentisch nahm und damit zur Theke lief. Er kam sofort zurück. »Wo ist mein Verzehrbon?« fragte er. »Wenn man in dieser Cafeteria seinen Verzehrbon verliert, dann gibt es nur einen Ausweg – Selbstmord.«

»Seinwel«, sagte ich, »Sie halten ihn in der Hand.«

»Was? Ich werde hier in Amerika ganz konfus, vielleicht bin ich schon senil.«

Ich sah, daß er auf dem Weg zur Theke eine Zeitung aufnahm, die jemand auf einem Stuhl liegengelassen hatte. Er kam mit zwei Tassen Kaffee und einem Eierküchlein zurück. Die Zeitung war von gestern. Ich berührte eine der Tassen und sagte: »Seinwel, diese Tasse ist wirklich heiß. Was sagen Sie jetzt?«

»Die Tasse, nicht der Kaffee«, sagte Seinwel. »Das ist ein amerikanischer Trick: sie machen das Geschirr heiß und lassen den Inhalt kalt. Der Amerikaner glaubt nicht an so etwas wie die objektive Wahrheit. Der Richter in einem amerikanischen Gericht ist nicht daran interessiert, ob der Angeklagte schuldig oder unschuldig ist. Wichtig ist ihm nur, ob seine Verteidigung fehlerlos ist oder nicht.

Das gilt auch für das weibliche Geschlecht. Eine Frau will nicht schön sein, sie will nur schön aussehen. Wenn sie richtig zurechtgemacht ist, dann ist sie schön. Als Adam und Eva entdeckten, daß sie nackt waren, fing Eva sofort an, ein Feigenblatt zu nähen.«

»Wer waren die Läufer?« fragte ich.

Seinwel sah mich erstaunt an, als ob er meine Worte nicht recht verstanden hätte. »Ach ja, die Läufer. Sie liefen vor Hitler davon. Das trug sich zu, als das Radio meldete, daß alle Bewohner Warschaus über die Praga-Brücke in den Teil Polens fliehen sollten, den Molotow und Ribbentrop unter sich aufgeteilt hatten. In Warschau fielen Bomben. Häuser waren eingestürzt, und man sah Tote unter dem Schutt. Der neue Diktator, Rydz-Smigly, der Erbe Piłsudskis, war ein General wie ich ein Türke bin. Alles, was er besaß, war eine verzierte Mütze mit einem glänzenden Schirm. Polen und Juden sind so weit entfernt voneinander wie der Himmel von der Erde, aber beide sind mit dem gleichen verrückten Optimismus geschlagen. Die Juden sind überzeugt, daß der Allmächtige, der in Wirklichkeit ein Antisemit ist, sie mehr als alles andere im Universum liebt, und die Polen glauben an die Kraft ihrer Schnurrbärte. Der polnische Generalstab verfügte in jenen Tagen über nichts anderes als Blechorden und gekräuselte Schnurrbärte. Ihre Soldaten zogen mit Schwertern und Pferden gegen Hitlers Tanks, wie in den Zeiten des König Sobieski. Ihre Anführer zwirbelten ihre Schnurrbärte und versicherten allen bis zum letzten Augenblick, daß der Sieg auf ihrer Seite sei.

Ich wohnte in einem kleinen Hotel an der Mylnostraße. Diese kleine Gasse war so versteckt, daß niemand sie finden konnte, nicht einmal der Briefträger. Als ich die Durchsage im Radio hörte, nahm ich eine Tasche und lief davon. Ich wußte, es wäre über meine Kräfte gegangen, in diesem Durcheinander einen Koffer zu tragen. Ich sah Leute mit Koffern laufen, die selbst für ein Kamel zu schwer gewesen wären.«

Seinwel nahm einen Schluck Kaffee und zuckte zusammen. »Eiskalt.«

»Was geschah mit den Läufern?« fragte ich.

»Einen von ihnen kannten Sie ganz gut: Feitl Porysover, den Dramatiker. Vielleicht kannten Sie auch seine Frau, Zwetl.«

»Er hatte eine Frau?« fragte ich.

»Ich glaube, er heiratete, nachdem Sie nach Amerika gegangen waren«, sagte Seinwel. »Wie Sie wissen, hatte Feitl eine quiekige Stimme, und es gelang ihm, all seinen Figuren denselben Tonfall zu geben. Er versuchte Tschechow zu imitieren. Tschechows Helden flüstern und seufzen ununterbrochen, und Feitls zirpten wie das Heimchen hinter dem Ofen meines Großvaters. Sie werden sich erinnern, daß Feitl klein war, sogar noch kleiner als ich, aber seine Frau, Zwetl, eine ehrgeizige Schauspielerin, war eine Riesin von einer Frau mit der Stimme eines Mannes. Feitl muß ihr große Rollen in seinen Stücken versprochen haben. Er selbst bekam nichts als Versprechen. Hermann, der Direktor, versicherte ihm jedes Jahr, er werde eines seiner Meisterwerke auf die Bühne bringen. Was Hermann anging, so hatte er das Versprechen eines Theaterengels, daß er seine Produktion finanzieren werde. Dieser Engel war ein Schwindler und Bankrotteur. Seinen Namen habe ich vergessen. Mein Gedächtnis spielt Verstecken mit mir. Wenn ich es brauche, ist es nicht da, und wenn ich es nicht brauche, erinnert es mich an tausend alberne Trivialitäten, besonders nachts, wenn ich nicht einschlafen kann.

Was habe ich gerade erzählt? Ach ja, wir rannten. Unter

uns Läufern waren nur wenige Frauen, aber Zwetl war da und auch Feitl. Er trug einen Koffer voller Theaterstücke, und sie trug eine Schachtel voller Kleider und einen großen Korb mit Lebensmitteln. Sie lief und sie aß – ganze Würste, Schweizerkäse, Büchsen mit Sardinen und Heringen. Sie hatte lange Beine und lief schnell, aber Feitl, dieser Schlemiehl, folgte in kleinen Schritten. Sie aß alles selbst und gab ihm nichts. Er rief mit seiner schrillen Stimme hinter ihr her und bat sie, nicht so zu rennen, aber sie gab vor, nichts zu hören. Wir mußten alle rennen, denn die Naziflugzeuge konnten jeden Augenblick kommen und uns mit ihren Maschinengewehren umbringen.

Als wir losrannten, waren alle mit Gepäck beladen, aber mit der Zeit mußte alles zurückgelassen werden. Der Weg war besät mit Bündeln, Körben, Säcken und Taschen. Jemand hat mir erzählt, als Feitl merkte, daß er mit seinem Koffer nicht weitergehen konnte, blieb er stehen und fing an, die Stücke auszusuchen, die er für seine besten hielt, und warf die anderen fort. Es wäre furchtbar komisch, wenn es nicht so tragisch gewesen wäre – ein Autor, der in dem Durcheinander des Laufens entscheiden muß, wo seine Unsterblichkeit liegt. Man hat mir erzählt, daß er zum Schluß nur noch ein Stück hatte, dessen Seiten er in die Tasche steckte. Bauern aus den umliegenden Dörfern, ihre Frauen und Kinder hoben die Beute auf, aber niemand hatte es auf Feitls Manuskripte abgesehen.

Jetzt hören Sie zu. In dem Haufen war auch ein sogenannter jiddischer Dichter. Er war oft auf der literarischen Szene in Warschau erschienen, nachdem Sie schon nach Amerika gegangen waren. Sein Name war Bentze Zotlmacher, er kam aus der Provinz, ein Bauernlümmel mit dem Gesicht eines Boxers und einem Haarschopf, der wie Draht hochstand. Im Schriftstellerklub fanden in den

Dreißigern eine Menge literarischer Abende statt, alles für die sogenannten Fortschrittlichen. Sie wissen, daß es unter den Juden in Polen sehr wenige Proletarier gab, und jüdische Bauern gab es überhaupt nicht. Aber in den Gedichten, die diese Schreiberlinge fabrizierten, waren alle drei Millionen Juden in Polen entweder Fabrikarbeiter oder Bauern. Alle diese Schriftsteller sagten die soziale Revolution voraus und die Diktatur des Proletariats. Die letzten zwei oder drei Jahre vor dem Krieg waren einige Trotzkisten aufgetaucht. Die Stalinisten und die Trotzkisten bekämpften sich heftig und nannten einander Faschisten, Feinde des Volkes, Provokateure und Imperialisten. Sie drohten sich gegenseitig, wenn die Massen auf die Straße gingen, würden alle Verräter an den Laternenpfählen aufgeknüpft. Die Stalinisten würden die Trotzkisten aufhängen, die Trotzkisten würden die Stalinisten aufhängen und beide würden die Zionisten, die rechte Poale Zion, die linke Poale Zion und natürlich alle frommen Juden aufhängen. Ich erinnere mich, daß der Präsident des Jiddischen Klubs, Dr. Gottlieb, in einer Debatte einmal fragte: ›Wo wird man so viele Laternenpfähle in Warschau finden?‹

Bentze war erst ein Stalinist, dann wurde er ein Trotzkist. Dichtung genügte ihm nicht. Er hatte ein Paar riesiger Tatzen, und als die Stalinisten ihn aus dem Konzept bringen wollten, lief er von der Bühne herunter und schlug mit mächtigen Hieben auf sie ein. Oft mußte er selber auch Schläge einstecken und lief dann mit einem verbundenen Kopf herum. Aus Neugier hörte ich mir einmal einen seiner Vorträge an: die üblichen Klischees und Banalitäten. In jenen Tagen der Flucht aus Warschau zeigte sich Bentze Zotlmacher als der beste Läufer von allen. Auf dem Rücken trug er zwei riesige Rucksäcke und in den

Händen zwei große Koffer. Er schien sich für diese Aufgabe präpariert zu haben. Da wir jedoch alle in den Teil Polens rannten, der zu Rußland gehörte, das hieß, zu Stalin, wurde Bentze Zotlmacher sein Dilemma klar: er hatte auf die falsche Seite gesetzt. Die Stadt Bialystok, wohin wir alle liefen, war voller Russen. Die Warschauer Stalinisten liefen in einer eigenen Gruppe und waren bereit, sobald sie die Grenze passiert haben würden, die Macht zu übernehmen. Jemand sagte, daß Bentze unter den Nazis in Warschau eine größere Chance gehabt hätte, am Leben zu bleiben, als in Bialystok unter seinen ehemaligen Genossen.

Da ich fast kein Gepäck mitgenommen hatte, und was ich bei mir trug schon vor der Brücke aufgegeben hatte, war ich ganz unbeschwert und konnte schnell gehen, fast so schnell wie Bentze. Ich beobachtete zwei Ereignisse, zuerst, wie Bentze im Laufen versuchte, sich mit den Stalinisten zu versöhnen. Er brauchte nicht lange dazu. Er wechselte auf die andere Seite mit schamloser Gemeinheit. Er hatte viele Päckchen Zigaretten und bot sie nur den Stalinisten an. Es war kaum jemandem gelungen, in diesem Aufruhr Zigaretten mitzunehmen, aber Bentze hatte vorgesorgt. Wenn ihn ein Trotzkist um eine Zigarette bat, sagte er laut, so daß alle es hören konnten, daß er nichts mit den trotzkistischen Volksverrätern, den Lakaien von Rockefeller und Hearst, den Agenten der Faschisten, zu tun haben wolle. Ich erwartete, daß die Stalinisten diesen falschen Neubekehrten zurückweisen würden, aber da hatte ich unrecht. Für Politiker ist es ganz natürlich, daß man sich ohne Präliminarien auf die starke Seite schlägt. Sie selber, die Stalinisten, hatten bereits ähnliche Wandlungen vollzogen. Da Bentze auf die Trotzkisten spuckte und den Genossen Stalin lobte, fingen sie an, ihn als einen der ihren zu betrachten. Der homo politicus ist nicht an Treu und Glauben und ehrlichen Absichten interessiert, sondern nur daran, zur gewinnenden Clique zu gehören und sie zu unterstützen.

Das zweite grausame Ereignis war Bentzes Liebe zu Zwetl, Feitls Frau. Bentze hatte in Warschau Frau und Kinder zurückgelassen, aber jetzt war es für ihn günstiger, sich an Tsvetl anzuschließen. Ich sah sie während des Laufens sich küssen und umarmen. Sie tauschten Zärtlichkeiten wie ein altes liebendes Paar. Wenn sie ihm einen Leckerbissen anbot, aß er ihn aus ihrer Hand. Sie schien Feitl völlig vergessen zu haben, der kilometerweit zurückgeblieben war. So beladen Bentze mit seinem eigenen Gepäck war, nahm er auch noch Zwetls Schachtel, und sie vergalt es ihm mit Würsten und Brezeln. Es war alles so durchsichtig und schamlos, getreu den ewigen Gesetzen menschlichen Verhaltens.

Wir waren an einem Dorf angelangt – an den Namen kann ich mich nicht erinnern –, und dort waren keine Anzeichen des Krieges zu sehen. Es ist mir bis zum heutigen Tag nicht klar, ob das schon Stalins Teil von Polen oder Niemandsland war. Juden kamen heraus und gaben uns Brot, Wasser, Milch. In dem Dorf gab es kein Hotel, und die Flüchtlinge übernachteten im Lehrhaus oder im Armenhaus. Da Bentze und Zwetl unter den ersten waren, die ankamen, fanden sie Unterkunft im Haus eines Stalinisten. Einige Stunden später sah ich Feitl auf einer Bank im Lehrhaus liegen, barfuß, mit geschwollenen Füßen voller Blasen. Er war so verwirrt und gebrochen, daß er mich nicht erkannte, obwohl wir uns jeden Tag im Schriftstellerklub getroffen hatten. Ich sagte ihm, wer ich sei, und er sagte: ›Seinwel, ich gehöre nicht mehr in diese Welt.‹

Ich hatte Angst, daß er auf der Stelle sterben könnte, aber schließlich gelang es ihm, nach Bialystok zu kommen, wo die Stalinisten Gericht hielten und ihn verurteilten. Man hat mir erzählt, daß er alle seine Sünden gegen die Massen gestehen und sich selbst einen Faschisten, einen Hitlerspion und einen Feind des Volkes nennen mußte. Soviel ich weiß, flüchtete er von Bialystok nach Wilna, und dort, glaube ich, kam er unter den Nazis ums Leben. Ich hatte meine eigenen Schwierigkeiten in Bialystok. Auch ich mußte fortlaufen, aber das ist, wie man sagt, ein anderes Kapitel.

Über das, was sich in Bialystok zwischen 1939 und 1941 ereignete, könnte man eine ganze Literatur schreiben. Für kurze Zeit waren die Warschauer Stalinisten an der Macht. Sie organisierten ihre eigene NKVD. Sie gruben alte jiddische Zeitungen und Zeitschriften aus und untersuchten andere jiddische Schriftsteller. Ein junger Mann, der in Warschau ein marxistischer Literaturkritiker gewesen war, war inzwischen ein Experte im Auffinden von Konterrevolutionen, Faschismus, Trotzkismus und rechter Abweichungen und linker Abweichungen in Gedichten, Erzählungen und Theaterstücken geworden. Jemand hatte ein Gedicht über den Frühling geschrieben, und diesem Kritiker gelang es, in unschuldigen Worten wie ›Blumen‹ und ›Schmetterlingen‹ Anspielungen auf Mussolini, Léon Blum, Trotzki und Norman Thomas zu finden. Die Vögel waren nicht nur harmlose Vögel, sondern die Banden von Denikin und Machno. Die Blumen waren nichts anderes als Symbole für die Konterrevolutionäre Rykow, Kamenew und Sinowjew, die bereits ›gesäubert‹ worden waren. Bentze war einer der Richter. Es dauerte nicht lange, und die Stalinisten zeigten einander bei den russischen Behörden an. Das dauerte bis zum Juni 1941, als die Nazis in

Bialystok einmarschierten, und wer bis dahin überlebt hatte, mußte sich wieder auf den Weg machen.«

»Was wurde aus Bentze?« fragte ich. »Ist er noch am Leben?«

»Am Leben?« rief Seinwel aus. »Nicht einer von diesen Leuten ist noch am Leben. Sie wurden alle früher oder später liquidiert. Ich hatte das Glück, 1941 Schanghai zu erreichen, aber jemand hat mir berichtet, daß Bentze, als er schließlich nach Sowjetrußland gelangt war und sich auf den Boden geworfen hatte, um die Erde des sozialistischen Landes zu küssen, von einem Soldaten der Roten Armee am Kragen gepackt und verhaftet wurde. Er wurde irgendwohin in den Norden verschickt an einen Ort, wo auch der stärkste Mann nicht länger als ein Jahr überlebte. Hunderttausende wie Bentze wurden in einen sicheren Tod geschickt, alles im Namen eines besseren Morgen und einer schönen Zukunft.«

»Was wurde aus Zwetl?« fragte ich.

»Was? Ihr gelang es 1948 nach Israel zu gehen. Dort heiratete sie wieder, und dann starb sie an Krebs.«

Seinwel Markus schnippte die Asche seiner Zigarette in eine Tasse kalten Kaffees. Er sagte: »So sind die Menschen, dies ist ihre Geschichte, und ich fürchte, das wird auch ihre Zukunft sein. Inzwischen wollen wir noch eine Tasse Kaffee trinken.«

Die fehlende Zeile

Gegend Abend wurde die große Halle des jiddischen Schriftstellerklubs in Warschau fast leer. An einem Tisch in einer Ecke spielten zwei arbeitslose Korrektoren Schach. Sie schienen zugleich zu spielen und zu dösen. Die Katze Mina hatte vergessen, daß sie eine literarische Katze war, über die in den Zeitungen geschrieben wurde, und war in den Hof gegangen, um eine Maus oder vielleicht einen Vogel zu jagen. Ich saß an einem Tisch mit dem wichtigsten Mitglied des Klubs – Josua Gottlieb, Feuilletonist der Zeitung ›Hajnt‹, ›Heute‹. Er war der Präsident des Journalisten-Verbandes, Doktor der Philosophie, ehemals Student bei so berühmten Gelehrten wie Hermann Cohen, Professor Bauch, Professor Messer Leon, Kuno Fischer. Dr. Gottlieb war groß, breitschultrig, hatte einen roten Hals und einen ziemlichen Wanst. Die untergehende Sonne warf einen rötlichen Schein auf seinen großen, kahlen Kopf. Er rauchte eine lange Zigarre und blies den Rauch durch die Nase. Normalerweise hätte er nicht einen Anfänger wie mich an seinen Tisch gebeten, aber um diese Zeit war niemand anderer vorhanden, und er sprach gerne und erzählte gerne Geschichten.

Unsere Unterhaltung wandte sich dem Übernatürlichen zu, und Dr. Gottlieb sagte: »Ihr jungen Leute habt es eilig, alles nach Euren Theorien zu erklären. Für Euch kommt zuerst die Theorie und zuletzt kommen die Tatsachen. Wenn die Tatsachen nicht zu den Theorien passen, so ist das die Schuld der Tatsachen. Aber in meinem Alter weiß man, daß Ereignisse ihre eigene Logik haben. Vor allem sind sie das Produkt der Kausalität. Eure Mystiker fühlen sich beleidigt, wenn die Dinge auf sozusagen natürlichem Weg geschehen. Aber für mich ist das größte und wundervollste Wunder, was Spinoza die Ordnung der Dinge nannte. Wenn ich meine Brille verlege und sie dann in einer Schublade finde, von der ich glaubte, sie seit zwei Jahren nicht mehr geöffnet zu haben, dann weiß ich, ich muß sie selbst dorthin gelegt haben und daß sie nicht von Euren Dämonen oder Kobolden versteckt worden ist. Ich weiß auch, daß, ganz gleich, wie viele Beschwörungsformeln ich zu ihrem Wiederfinden angewandt hätte, die Brille ewig in der Schublade geblieben wäre. Wie Sie wissen, bin ich ein großer Bewunderer von Kant, aber für mich ist die Kausalität mehr als nur die Kategorie der reinen Vernunft. Sie ist die wahre Essenz der Schöpfung. Sie können sogar sagen, das Ding an sich.«

»Wer hat die Kausalität geschaffen?« fragte ich, nur um etwas zu sagen.

»Niemand, und darin liegt die Schönheit. Lassen Sie mich Ihnen etwas erzählen – vor ungefähr zwei Jahren ist mir etwas passiert, das alle Anzeichen von einem Eurer Wunder hatte. Ich war absolut überzeugt davon, daß es keine Erklärung dafür gab. Rationalist, der ich bin, sagte ich mir, wenn dies wirklich geschehen ist und kein Traum war, muß ich alles neu bewerten, was ich von der ersten Klasse des Gymnasiums an bis zu den Universitäten von Bonn und Bern gelernt habe. Aber dann hörte ich die Erklärung, und sie war so überzeugend und einfach, wie es nur die Wahrheit sein kann. Ich wollte eigentlich eine Geschichte darüber schreiben. Aber dann wollte ich unseren Literaten keine Konkurrenz machen. Ich nehme an, Sie wissen, daß ich keine zu gute Meinung von Romanen habe. Es mag für Sie wie ein Sakrileg klingen, aber ich finde mehr Trugschlüsse, mehr Psychologie und sogar mehr Unterhaltung in der Tagespresse als in all Ihren literarischen Zeitschriften. Stört Sie meine Zigarre?«

»Überhaupt nicht.«

»Sie wissen sicher – ich muß es Ihnen nicht erst sagen –, daß unsere Setzer im ›Hajnt‹ und in der ganzen jiddischen Presse mehr Fehler machen als alle anderen Setzer auf der ganzen Welt. Obwohl sie sich für begeisterte Jiddischisten halten, haben sie nicht den leisesten Respekt vor ihrer Sprache. Ich schlafe ganze Nächte nicht wegen dieser Barbaren. Wer hat das gesagt, daß 99 Prozent aller Schriftsteller nicht am Krebs oder an der Schwindsucht sterben, sondern an Druckfehlern? Jede Woche lese ich dreimal Korrektur meines Freitags-Feuilletons, aber wenn sie dann einen Fehler korrigieren, machen sie umgehend einen anderen, und manchmal zwei, drei oder vier.

Vor ungefähr zwei Jahren hatte ich einen Artikel über Kant geschrieben, zu irgendeinem Jubiläum. Wenn es sich um philosophische Termini handelt, werden unsere Setzer ganz konfus. Außerdem macht der Mann, der die Seite montiert, traditionell etwas: er verliert mindestens eine Zeile von meinem Feuilleton, und ich finde sie oft in einem anderen Artikel, manchmal sogar in den Nachrichten. An jenem Tag zitierte ich einen Satz, der ein perfektes Ziel für Druckfehler war: die transzendentale Einheit der Wahrnehmung. Ich wußte, unsere Setzer würden Hackepeter daraus machen, aber ich mußte diesen Ausdruck benutzen. Ich habe wie gewöhnlich dreimal Korrektur gelesen, und wunderbarerweise waren die Worte jedesmal richtig. Aber ich sprach doch ein kleines Gebet für die Zukunft, nur so. In dieser Nacht schlief ich so hoffnungsvoll ein, wie es sich ein jiddischer Schriftsteller nur leisten kann.

Die Zeitungen werden mir jeden Morgen gegen acht gebracht, und Freitag ist immer mein Krisentag der Woche.

Zuerst schien alles ganz in Ordnung zu sein, und ich hoffte gegen alle Hoffnung, daß ich dieses Mal verschont bleiben würde. Aber nein, die Zeile mit den Worten ›die transzendentale Einheit der Wahrnehmung‹ fehlte. Der ganze Artikel war sinnlos geworden.

Natürlich war ich ärgerlich und verfluchte alle jiddischen Setzer mit den gemeinsten Flüchen. Nach einer Stunde äußersten Grolls und extremem Antijiddischismus, fing ich an, die Zeile in den anderen Artikeln und in den Nachrichten der Freitagausgabe zu suchen. Aber diesesmal schien sie völlig verlorengegangen zu sein. Irgendwie war das eine Enttäuschung für mich. Was mich aber mehr als alles andere in Harnisch brachte, war, daß die Leser, sogar meine Freunde im Schriftstellerklub, mir Komplimente machten und die fehlende Zeile nicht bemerkt hatten. Ich habe mir millionenfach geschworen, am Freitag die Zeitung nicht zu lesen, aber Sie wissen ja, in jedem von uns gibt es ein Quentchen Masochismus. In meiner Phantasie rächte ich mich an den Setzern, den Redakteuren, den Korrektoren, indem ich sie erschoß, sie verprügelte und sie alle meine Feuilletons seit dem Jahr 1910 auswendig lernen ließ.

Nach einiger Zeit fand ich, ich hätte genug gelitten und begann, in unserem Konkurrenzblatt ›Der Augenblick‹ nachzusehen, was ihr Feuilletonist, Herr Helfman, an diesem Freitag geschrieben hatte. Natürlich wußte ich schon vorher, daß seine Arbeit nichts anderes als schlecht sein konnte. In den ganzen zwanzig Jahren unseres Konkurrenzkampfes habe ich niemals etwas Gutes von diesem Schreiberling gelesen. Ich weiß nicht, was Sie von ihm halten, aber für mich ist er ein Greuel.

An jenem Freitag schien sein Gebräu schlimmer denn je, so gab ich in der Mitte auf und fing an, die Nachrichten zu lesen. Ich wendete mich einem Artikel mit der Überschrift ›Ein Mann ein Tier‹ zu, die Geschichte eines Hausmeisters, der am Abend aus der Kneipe nach Hause gekommen war und seine Tochter vergewaltigt hatte. Plötzlich geschah die unmöglichste, unglaublichste, unsinnigste Sache – ich hatte meine fehlende Zeile direkt vor meinen Augen! Ich wußte, das konnte nur eine Sinnestäuschung sein. Aber Halluzinationen dauern nur einen Augenblick. Hier blieben die Worte in schwarzer Schrift vor meinen Augen: die transzendentale Einheit der Wahrnehmung ... Ich schloß die Augen, überzeugt, daß, wenn ich sie wieder öffnete, die Illusion verschwunden sein würde. Aber als ich sie wieder öffnete, da war es – das Undenkbare, das Lächerliche, das Absurde.

Ich gebe zu, daß ich, obwohl ich nicht an das Übernatürliche, wie Sie es nennen, glaube, oft mit der Idee gespielt habe, daß es eines Tages ein Phänomen geben könnte, das mich dazu zwingen würde, meinen Glauben an die Logik und die Wirklichkeit zu verlieren. Aber daß eine Metallzeile von der Setzerei des ›Hajnt‹ an der Chlodnastraße 8 zu der ›Augenblick‹-Setzerei an der Nalewki 38 fliegen könnte – das habe ich wirklich nicht erwarten können. Mein Sohn kam ins Zimmer, und ich muß ausgesehen haben, als hätte ich ein Gespenst gesehen, denn er sagte zu mir: ›Papa, was ist los?‹ Ich weiß nicht, warum ich es sagte, aber ich sagte zu ihm: ›Bitte, gehe hinunter und kaufe mir einen ›Augenblick‹.‹ ›Aber du liest doch gerade den ›Augenblick‹,‹ sagte mein Sohn. Ich sagte ihm, ich müßte ein zweites Exemplar sehen. Der Junge sah mich an, als ob er sagen wollte: ›Der Alte ist leider verrückt geworden‹, aber er ging und kaufte ein Exemplar.

Und tatsächlich, da war meine Zeile auf derselben Seite

und in demselben Artikel: ›Er kam aus der Kneipe nach Hause und sah seine Tochter im Bett und die transzendentale Einheit der Wahrnehmung ...‹ Ich war so verwirrt und unglücklich, daß ich zu lachen begann. Um ganz sicher zu gehen, bat ich meinen Jungen, den ganzen Artikel laut vorzulesen. Wiederum sah er mich an, als dächte er ›Mein Vater ist nicht ganz richtig‹, aber er las langsam vor. Als er zu der vertauschten Zeile kam, lachte er und fragte: ›Wolltest du deshalb ein zweites Exemplar haben?‹ Ich antwortete nicht. Ich wußte, daß keine Halluzination jemals von zwei Leuten geteilt wurde.«

»Es gibt Fälle von gemeinsamen Halluzinationen«, sagte ich.

»Jedenfalls, an diesem Freitag und Samstag konnte ich nicht schlafen und auch kaum etwas essen. Ich beschloß, am Sonntagmorgen mit dem Manager der Druckerei, meinem alten Freund, Herrn Gavza, zu sprechen. Wenn es einen Mann gibt, dem man kein Abrakadabra und keinen Hokuspokus vormachen kann, dann ist er es. Ich wollte sein Gesicht sehen, wenn er sah, was ich sah. Auf dem Weg zum ›Hajnt‹ fand ich, es wäre gut, das Manuskript meines Feuilletons zu haben, falls es nicht weggeworfen worden war. Ich fragte, ob das Exemplar meines Artikels noch vorhanden sei, und siehe da, sie fanden es, und die Worte waren so, wie ich sie in Erinnerung hatte. Ich war darauf aus, die Lösung dieses Rätsels zu finden, aber ich wollte nicht, daß die Lösung auf irgendeinem blöden Fehler, lächerlichem Mißverständnis oder Gedächtnisschwund beruhte. Mit meinem Artikel in der einen und dem ›Augenblick‹ in der anderen Hand ging ich zu Herrn Gavza. Ich zeigte ihm mein Manuskript und sagte: ›Bitte, lesen Sie diesen Abschnitt.‹ Noch ehe ich meinen Satz beendet hatte, sagte er: ›Ich weiß, ich weiß, in Ihrem Feuilleton über Kant fehlt eine Zeile. Wollen Sie eine Berichtigung? Glauben Sie mir, die liest niemand.‹

›Nein, ich will keine Berichtigung‹, sagte ich.

›Was sonst bringt Sie denn an einem Sonntagmorgen her?‹ fragte Gavza.

Ich zeigte ihm den ›Augenblick‹ vom Freitag mit dem Absatz aus den Nachrichten und sagte: ›Lesen Sie das.‹ Gavza zuckte die Schultern, begann zu lesen und nie zuvor hatte ich einen solchen Ausdruck auf Gavzas ruhigem Gesicht gesehen. Er starrte auf den Absatz, auf mein Manuskript, auf mich, auf das Papier, wieder auf mich und sagte: ›Habe ich Halluzinationen? Das ist doch Ihre fehlende Zeile!‹

›Ja, mein Freund‹, sagte ich. ›Meine fehlende Zeile ist vom ›Hajnt‹ zum ›Augenblick‹ ein Dutzend Straßen entfernt gesprungen, über alle Häuser, alle Dächer hinweg und hat sich genau in die Druckerei, in diesen Abschnitt begeben. Ist es möglich, daß Dämonen diese Arbeit vollbracht haben? Wenn Sie das erklären können ...‹

›Wirklich, das kann ich nicht glauben‹, sagte Gavza. ›Das muß irgendein Trick sein, jemand hat uns einen Schabernack gespielt. Vielleicht hat jemand die Zeile hineingeklebt. Lassen Sie mich es noch einmal sehen.‹

›Kein Trick und kein Leim‹, sagte ich. ›Diese Zeile ist aus meinem Artikel gefallen und erschien im ›Augenblick‹ am Freitag. Ich habe noch ein Exemplar des ›Augenblick‹ in meiner Tasche.‹

›Mein Gott, wie konnte das geschehen?‹ fragte Gavza. Wieder und wieder verglich er mein Manuskript mit der Zeile im ›Augenblick‹. Dann hörte ich ihn sagen ›Wenn so etwas geschehen kann, dann kann alles geschehen. Vielleicht haben wirklich Dämonen Ihre Zeile vom ›Hajnt‹ gestohlen und sie zum ›Augenblick‹ gebracht.‹

Lange Zeit sahen wir einander an mit dem schmerzlichen Gefühl zweier Erwachsener, die sich darüber klarwerden, daß ihre Welt sich in ein Chaos verwandelt hat, in dem es keine Logik mehr gibt und wo die sogenannte Wirklichkeit völlig bankrottgegangen ist. Dann brach Gavza in lautes Gelächter aus. ›Nein, es waren nicht die Dämonen, nicht einmal die Engel. Ich glaube, ich weiß, was passiert ist‹ rief er aus.

›Sagen Sie es mir schnell, ehe ich platze‹, sagte ich.

Und dies war seine Erklärung. Der Jüdische Nationalfonds veröffentlicht häufig einen Aufruf sowohl im ›Hajnt‹ wie im ›Augenblick‹. Manchmal nehmen sie Änderungen vor, um den Aufruf den jeweiligen Lesern der beiden Zeitungen anzupassen. Dann machen sie keine Matrize, sondern befördern die metallene Seite für die Änderungen mit einem Auto von einer Zeitung zu anderen. Durch einen Irrtum mußte meine Zeile auf die metallene Seite des Aufrufs gelangt sein. Sie wurde zum ›Augenblick‹ gebracht und dort bemerkte jemand den Fehler, nahm die Zeile aus der Aufruf-Seite, und dann geriet sie in den Abschnitt der Nachrichten. ›Die Chance, daß so etwas passiert, ist nicht so gering, wie man meinen könnte, besonders im Hinblick auf unsere Setzer und Korrektoren‹, sagte Gavza. ›Sie sind nämlich die schlimmsten Pfuscher. Nein, wir wollen die Schuld nicht den armen Dämonen ankreiden. Kein Dämon ist so ahnungslos und nachlässig wie unsere Drucker und Druckfehlerteufel.‹

Wir brachen in ein großes Gelächter aus, und zu Ehren dieser historischen Lösung gingen wir in ein Café zu Kaffee und Kuchen. Wir sprachen von den alten Zeiten und den zahllosen Ungereimtheiten, die in der jiddischen Presse – Gott segne sie! – veröffentlicht werden. Besonders seltsam waren die Druckfehlerberichtigungen am

Ende jiddischer Bücher, zum Beispiel: Auf S. 69 heißt es, ›Sie ging nach Bialystok, um ihre Mutter zu besuchen‹ – es sollte heißen: ›Er hatte einen langen grauen Bart.‹ Oder: Auf S. 87 steht ›Er hatte großen Appetit.‹ – Es hätte heißen sollen: ›Er besuchte seine frühere Frau in Wilna.‹ Auf Seite 379: ›Sie nahmen den Zug nach Lublin.‹ Es hätte heißen sollen: ›Das Huhn war nicht koscher.‹ Wie ein Setzer Fehler dieser Art machen kann, wird mir ewig ein Rätsel bleiben. Ein anderer Artikel über Bakterien enthielt den Satz: ›Die Bakterien sind so klein, daß sie nur mit Hilfe eines Fernrohrs gesehen werden können.‹«

Dr. Gottlieb schwieg, versuchte seine ausgegangene Zigarre wiederzubeleben, indem er heftig an ihr zog. Dann sagte er: »Mein junger Freund, ich erzähle Ihnen all dies, um Ihnen zu beweisen, daß man es nicht so eilig haben soll, zu behaupten, Mutter Natur habe ihre ewigen Gesetze aufgegeben. Was mich angeht, haben die Kobolde und Phantome nicht gesiegt, und die Gesetze der Natur sind noch immer gültig, ob ich sie schätze oder nicht. Und wenn ich meiner alten Frau oder meiner nicht viel jüngeren Freundin etwas mitzuteilen habe, dann benutze ich immer noch das Telefon, nicht die Telepathie.«

Das Hotel

Als Israel Danziger sich nach Miami Beach zurückzog, kam es ihm vor, als ziehe er sich in eine andere Welt zurück. Mit sechsundfünfzig Jahren wurde er dazu gezwungen, alles zu verlassen, was er gekannt hatte: die Fabrik in New York, seine Häuser, das Büro, seine Kinder, seine Verwandten und seine Freunde. Hilda, seine Frau, hatte ein Haus mit einem Garten am Ufer des Indian Creek gekauft. Es hatte gemütliche Zimmer im Erdgeschoß, einen Innenhof, ein Schwimmbad, Palmen, Blumenbeete, ein Gartenhaus und Spezialstühle, die das Herz entlasten sollten. Der Bach stank ein wenig, aber vom Ozean, gerade jenseits der Straße, kam eine frische Brise.

Das Wasser war grün und klar, wie ein Bühnenbild in der Oper, mit weißen Schiffen, die über seine Oberfläche hinflogen. Möven kreischten schrill über seinem Kopf und schossen hinunter, um Fische zu fangen. Auf dem weißen Sand lagen halbnackte Frauen. Israel Danziger brauchte kein Fernglas, um sie zu sehen, er sah sie durch seine Sonnenbrille. Er konnte sogar ihr Geschnatter und Gelächter hören.

Er hatte keine Angst, daß man ihn vergessen würde. Im Winter würden alle aus New York ihn besuchen kommen – seine Söhne, seine Töchter und deren Schwiegereltern. Hilda war schon besorgt, ob sie nicht zu wenig Schlafzimmer und Wäsche hätte, und auch, daß alle diese Besucher aus der Stadt zuviel Aufregung für Israel mibringen würden. Der Arzt hatte vollkommene Ruhe verordnet.

Jetzt war es September, und Miami Beach war verlassen. Die Hotels schlossen und brachten Hinweise an, daß sie im Dezember oder Januar wieder eröffnen würden. In den Cafeterias im unteren Teil der Stadt, die noch gestern von Menschen wimmelten, waren die Stühle auf die Tische gestellt, die Beleuchtung ausgeschaltet und das Geschäft zum Stillstand gekommen. Die Sonne brannte, aber die Zeitungen warnten vor einem Wirbelsturm, der von einer weit entfernten Insel her drohe, und ermahnten ihre Leser, sich mit Kerzen, Wasser und Sturmfenstern zu versehen, obwohl es keineswegs sicher war, daß der Wirbelwind Miami erreichen würde. Er konnte Florida völlig umgehen und zum Atlantik vordringen.

Die Zeitungen waren umfangreich und langweilig. Die gleichen Artikel, die in New York die Sinne erregten, schienen hier fade und bedeutungslos. Die Radioprogramme waren geistlos und das Fernsehen idiotisch. Selbst die Bücher bekannter Autoren schienen platt.

Israel aß noch mit Appetit, aber Hilda teilte ihm seine Ration vorsichtig zu. Alles, was er gern aß, war verboten – voller Cholesterin – Butter, Eier, Milch, Kaffee mit Sahne, ein Stück fettes Fleisch. Statt dessen stopfte sie ihn voll mit Hüttenkäse, Salaten, Mangos und Orangensaft, und auch dies wurde ihm grammweise zugeteilt, damit er nicht – Gott behüte! – ein paar zusätzliche Kalorien schlucke.

Israel Danziger lag auf einem Liegestuhl, bekleidet nur mit einer Badehose und Strandschuhen. Ein Feigenbaum beschattete ihn, trotzdem bedeckte er seine Glatze mit einer Strohmütze. Ohne Kleidung war Israel Danziger keineswegs Israel Danziger, er war nur ein kleiner Mann, ein Bündel Haut und Knochen, mit einem kleinen Büschel Haare auf der Brust, vorstehenden Rippen, knorrigen Knien und Stöckchenarmen. Obwohl er sich immer mit Sonnenöl eingeschmiert hatte, war seine Haut mit roten Flecken übersät. Zuviel Sonne hatte seine Augen gerötet.

Er stand auf und stieg in das Schwimmbassin, planschte ein wenig herum und kletterte wieder heraus. Er konnte nicht schwimmen; alles, was er konnte, war untertauchen, wie im rituellen Bad. Vor einigen Wochen hatte er sogar angefangen, ein Buch zu lesen, aber er konnte es nicht beenden. Er las jeden Tag die jiddische Zeitung von Anfang bis zum Ende, einschließlich der Anzeigen.

Er trug einen Schreibblock und einen Bleistift mit sich herum, und von Zeit zu Zeit schätzte er, wieviel er wert war. Er rechnete die Einkünfte seiner Mietshäuser in New York zusammen und die Dividenden, die ihm seine Aktien und Obligationen einbrachten. Und jedesmal war das Resultat das gleiche. Selbst wenn er hundert Jahre alt würde, hätte Israel Danziger noch genug gehabt, und es würde auch noch genug für seine Erben bleiben. Trotzdem konnte er es nie recht glauben. Wie und wann hatte er so ein Vermögen zusammengebracht? Und was sollte er während all der Jahre, die er noch leben würde, tun: auf einem Liegestuhl liegen und in den Himmel starren?

Israel Danziger hätte gern geraucht, aber der Arzt erlaubte ihm nur zwei Zigarren am Tag, und selbst das könnte schädlich sein. Um seinen Appetit auf Tabak und Essen abzuschwächen, kaute Israel ungezuckerten Kaugummi. Er bückte sich, zog einen Grashalm heraus und betrachtete ihn. Dann wanderten seine Augen zu einem Orangenbaum in der Nähe. Er überlegte, was er wohl gedacht hätte, wenn irgend jemand in Parczew, seiner Vaterstadt in Polen, ihm gesagt hätte, er werde eines Tages ein Haus in Amerika besitzen, mit Zitrus- und Kokosnußbäumen am Ufer des Atlantischen Ozeans in einem Land ewigen Sommers. Jetzt besaß er all dies, aber was war es wert?

Plötzlich straffte Israel Danziger sich. Er glaubte, er höre das Telefon im Haus läuten. Vielleicht ein Anruf aus New York? Er stand auf, um an den Apparat zu gehen, merkte aber, daß es nur eine Grille war, deren Geräusch wie das des Telefons klang. Niemand rief ihn hier jemals an. Wer sollte ihn auch anrufen? Wenn ein Mann sein Geschäft liquidiert hat, ist er wie eine Leiche.

Israel Danziger sah sich wieder um. Der Himmel war blaßblau, ohne auch nur den kleinsten Wolkenschleier. Ein einzelner Vogel flog hoch über ihm. Wohin flog er? Die Frauen, die vorher im Sand gelegen hatten, waren jetzt im Wasser. Obwohl das Meer so glatt war wie ein See, sprangen sie auf und ab, als seien es Wellen. Sie waren dick, häßlich und breitschultrig. Sie waren von einer Aura der Selbstsucht umgeben, die die Menschen anwidert. Und für solche Parasiten arbeiteten die Männer, schwächten ihre Herzen und starben vorzeitig?

Auch Israel hatte sich über seine Kräfte angestrengt. Die Ärzte hatten ihn gewarnt. Israel spuckte auf den Boden. Hilda war vermutlich eine treue Frau, aber wenn er die Augen schließen würde, würde sie innerhalb eines Jahres einen anderen Mann heiraten, und diesmal würde sie sich einen größeren aussuchen …

Aber was sollte er tun? Eine Synagoge bauen, die niemand besucht? Sollte er eine Tora schreiben lassen, die niemand lesen würde? Oder Geld einem Kibbuz schenken und damit den Atheisten helfen, in freier Liebe zu leben? Heutzutage konnte man Geld nicht einmal zu wohltätigen Zwecken geben. Für welchen Zweck auch immer man das Geld gab, es wurde von Sekretärinnen, Geldsammlern und Politikern verbraucht. Und zu der Zeit, wenn es den Bedürftigen zugute kommen soll, ist nichts mehr übrig.

In dem gleichen Notizbuch, in dem Israel Danziger seine Vermögensaufstellungen zu machen pflegte, lagen einige Briefe, die erst heute morgen gekommen waren. Einer von einer Jeschiwa in Brooklyn, ein anderer von einem jiddischen Dichter, der seine Arbeit zur Veröffentlichung vorbereitete, der dritte von einem Altersheim, das einen neuen Flügel anbauen wollte. Die Briefe schlossen alle mit dem gleichen Refrain – schicken Sie uns einen Scheck. Aber konnten ein paar zusätzliche Studenten in der Jeschiwa in Williamsburg wirklich etwas Gutes bewirken? Wer brauchte die neuen Gedichte des Dichters? Und warum soll man einen neuen Flügel anbauen? Nur damit der Präsident ein Bankett arrangieren und absahnen konnte? Vielleicht war der Präsident selbst ein Bauunternehmer, oder er hatte einen Schwiegersohn, der Architekt war. Ich kenne die Bande, murmelte Israel Danziger vor sich hin. Mir können sie nichts vormachen.

Israel Danziger konnte nicht länger sitzen bleiben. Eine Leere hatte ihn überwältigt, die so schmerzlich wie eine Herzattacke war. Die Kraft, die den Menschen am Leben erhält, hatte ihn verlassen, und er wußte ohne den geringsten Zweifel, daß er nur einen Schritt vom Tod, vom Wahnsinn entfernt war. Er mußte unverzüglich etwas tun. Er lief in sein Schlafzimmer, riß die Schranktüren auf, zog ein Paar Hosen an, Socken, ein Hemd, ein Paar Schuhe, nahm seinen Stock und verließ das Haus. Sein Wagen stand in der Garage, aber er hatte keine Lust, zu chauffieren und ohne Grund die Autostraße entlangzusausen. Hilda war Lebensmittel einkaufen gegangen; das Haus würde leerstehen, aber hier wurde nichts gestohlen. Und was machte es schon aus, wenn jemand versuchte, einzubrechen? Außerdem war Joe, der Gärtner, draußen und kümmerte sich um den Rasen, wässerte das bläuliche Gras, das in großen Platten gebracht worden war und jetzt wie ein Teppich auf dem Sand lag. Selbst das Gras hat hier keine Wurzeln, dachte Israel Danziger. Er beneidete Joe. Dieser schwarze Mann tat wenigstens etwas. Er hatte irgendwo in der Nähe von Miami eine Familie.

Was Israel Danziger jetzt durchlebte war nicht nur Langeweile; es war Panik. Er mußte etwas tun, oder er würde zugrunde gehen. Vielleicht sollte er zu seinem Börsenmakler gehen und sich erkundigen, was seine Aktien machten? Aber er war ja schon am Vormittag eine Stunde dort gewesen. Sollte es ihm einfallen, zweimal am Tag dort zu erscheinen, würde er lästig werden. Außerdem war es jetzt zwanzig Minuten vor drei. Bis er dort sein würde, hätten sie schon geschlossen.

Die Bushaltestelle war gerade gegenüber, und ein Bus hielt. Israel Danziger lief über die Straße, und diese Handlung war wie ein Tropfen Medizin. Er stieg in den Bus und warf die Münze ein. Er würde in Paprows Cafeteria gehen. Dort würde er die Nachmittagszeitung kaufen, ein genaues Doppel der Morgenzeitung, eine Tasse Kaffee trinken, ein Stück Kuchen essen, eine Zigarre rauchen, und, wer weiß, vielleicht würde er auch einen Bekannten treffen.

Der Bus war halbleer. Die Passagiere saßen alle auf der Schattenseite und fächelten sich, einige mit Fächern, andere mit gefalteten Zeitungen und wieder andere mit der Klappe ihrer Handtasche. Nur ein Passagier saß auf der Seite, auf die die Sonne niederbrannte, ein Mann, der sich aus der Hitze nichts machte. Er sah ungekämmt, unrasiert und schmutzig aus. Das muß ein Betrunkener sein, dachte Israel Danziger, und zum erstenmal verstand er Trunkenheit. Er würde auch gern einen Schluck Whisky trinken, wenn es ihm erlaubt wäre. Alles ist besser als diese Leere.

Ein Passagier stieg aus, und Israel Danziger setzte sich auf seinen Platz. Ein heißer Wind blies durch das offene Fenster herein. Es roch nach Meer, nach halbgeschmolzenem Asphalt und Benzin. Israel Danziger saß ruhig da. Aber plötzlich war sein ganzer Körper in Schweiß gebadet, und sein frisches Hemd war in einer Sekunde durchnäßt. Er wurde fröhlicher. Er hatte einen Punkt erreicht, wo selbst eine Busfahrt ein Abenteuer war.

In der Lincoln Road waren Geschäfte, Schaufenster, Restaurants und Banken. Zeitungsjungen verhökerten ihre Zeitungen. Es war ein wenig wie eine richtige Stadt, beinahe wie New York. Unter einer Markise über einem Geschäft war ein großer Ausverkauf angekündigt. Es war ein Totalausverkauf. Israel Danziger kam die ganze Lincoln Road wie eine Oase in der Wüste vor. Er machte sich Gedanken über die Eigentümer der Geschäfte. Wie lange konnten sie es noch aushalten, wenn keine Kunden kamen? Er fühlte sich verpflichtet, etwas zu kaufen, irgend etwas, um dem Geschäft zu helfen. Es ist eine gute Tat, sagte er sich, besser, als Schnorrern etwas zu geben.

Der Bus hielt, und Israel Danziger stieg aus und ging in die Cafeteria. Die Drehtür, die Kühle der Klimaanlage, die helle Beleuchtung mitten am Tag, das Stimmengewirr der Gäste, das Klappern der Teller, die langen dampfenden Tische mit Essen und Getränken, die Kassiererin an der klingelnden Kasse, der Tabakgeruch – all dies ermunterte Israel Danziger. Er schüttelte seine Melancholie ab, seine Hypochondrie und seine Todesgedanken. Mit der rechten Hand nahm er ein Tablett, die linke steckte er in die rückwärtige Hosentasche, wo er ein paar Scheine und Kleingeld verwahrte. Er erinnerte sich an die Warnungen seines Arztes, aber eine stärkere Macht – eine Macht, die die endgültige Entscheidung trifft – hieß ihn weiterzumachen. Er nahm sich ein Heringsandwich, ein großes Glas kalten Kaffee und ein Stück Käsekuchen. Er zündete eine lange Zigarre an. Er war wieder Israel Danziger, eine lebendige Person, ein Geschäftsmann.

An einem anderen Tisch, gegenüber von Israel Danziger, saß ein kleiner Mann, nicht größer als Danziger, aber untersetzt, breitschultrig, mit einem großen Kopf und einem fetten Nacken. Er trug einen teuren Panamahut (mindestens fünfzig Dollar, schätzte Danziger), und ein rosa, kurzärmeliges Hemd. Auf einem seiner Finger, rundlich wie ein Würstchen, glitzerte ein Brillant. Er zog an einer Zigarre und blätterte in einer jiddischen Zeitung, während er Stückchen von einer Brezel abbrach. Er nahm seinen Hut ab, und sein kahler Kopf glänzte glatt und rund. Es war etwas Kindliches an seiner Rundlichkeit, seinem Fett und den geschürzten Lippen. Er rauchte die Zigarre nicht; er saugte nur daran, und Israel Danziger überlegte, wer das sein könnte. Er war bestimmt nicht von hier. Vielleicht war er ein New Yorker? Aber was machte er hier im September, wenn er nicht an Heufieber litt? Und da er eine jiddische Zeitung las, wußte Israel Danziger, daß er einer von seinen Leuten war. Er wollte den Mann gern kennenlernen. Ein Weilchen zögerte er; es lag ihm nicht, Fremde anzusprechen. Aber hier in Miami kann man vor Langeweile sterben, wenn man zu zurückhaltend ist. Er stand von seinem Stuhl auf, nahm den Teller mit dem Käsekuchen und den Kaffee und ging an den anderen Tisch.

»Gibt's was Neues in der Zeitung?«

Der Mann nahm die Zigarre aus dem Mund. »Was kann es schon Neues geben? Nichts. Nicht das Geringste.«

»Früher gab es noch Schriftsteller, heute nur Schreiberlinge«, sagte Israel Danziger, nur um etwas zu sagen.

»Rausgeworfene fünf Cents.«

»Was kann man denn schon tun hier in Miami? Es hilft, die Zeit totzuschlagen.«

»Was machen Sie hier in dieser Hitze?«

»Und was machen Sie hier?«

»Wegen meines Herzens ... ich sitze bereits sechs Monate hier herum. Der Arzt hat mich hierher ins Exil geschickt ... ich mußte mich zurückziehen ...«

»So – dann sind wir ja Brüder!« rief Israel Danziger aus. »Auch ich habe ein Herz, ein schlechtes Herz, das mir zu schaffen macht. Ich habe in New York alles aufgegeben, und meine gute Frau hat mir ein Haus mit Feigenbäumen gekauft, wie in Palästina in alten Zeiten. Ich sitze herum und werde verrückt.«

»Wo ist das Haus?«

Danziger sagte es ihm.

»Da komme ich jeden Tag vorbei. Ich glaube, ich habe Sie sogar einmal dort gesehen. Was haben Sie früher gemacht?«

Danziger sagte es ihm.

»Ich bin über fünfunddreißig Jahre im Immobiliengeschäft gewesen«, sagte der Mann.

Die beiden kamen ins Gespräch. Der kleine Mann mit dem Panamahut hatte seinen Namen genannt – Morris Sapirstone. Er hatte eine Wohnung an der Euclid Avenue. Israel Danziger stand auf und holte zwei Tassen Kaffee und noch zwei Eierbrezeln. Dann bot er ihm eine seiner Zigarren an, und Sapirstone gab ihm eine von seinen. Nach einer Viertelstunde sprachen sie miteinander, als kennten sie sich seit Jahren.

Sie hatten sich in New York in den gleichen Kreisen bewegt; beide kamen aus Polen. Sapirstone zog seine Alligatorbrieftasche heraus und zeigte Israel Danziger Aufnahmen seiner Frau, zweier Töchter, zweier Schwiegersöhne – einer ein Arzt, der andere ein Anwalt – und mehrerer Enkelkinder. Eine Enkelin sah wie eine Kopie von Sapirstone aus. Die Frau war fett wie der Sabbatschmortopf. Verglichen mit ihr war seine Hilda eine Schönheit. Danziger wunderte sich, wie man mit so einer häßlichen Frau leben konnte. Andererseits, überlegte er, mit einer Frau ihrer Art würde man nicht so einsam sein wie er mit Hilda. Eine solche Frau würde immer einen Schwarm schnatternder Küken um sich haben.

Israel Danziger war nie fromm gewesen, aber seit seiner Herzattacke und seinem Rückzug nach Miami Beach hatte er angefangen, in religiösen Begriffen zu denken. Jetzt erblickte er den Finger Gottes in seinem Zusammentreffen mit Morris Sapirstone.

»Spielen Sie Schach?« fragte er.

»Schach, nein. Aber ich spiele Bezigue.«

»Haben Sie denn jemanden zum Mitspielen?«

»Ich finde sie.«

»Sie sind ein geschickter Mensch. Ich finde niemanden. Ich sitze den ganzen Tag herum und sehe keine Menschenseele.«

»Warum sind Sie so weit in die obere Stadt gezogen?«

Im Verlauf ihrer Unterhaltung erwähnte Morris Sapirstone, daß ein Hotel zum Verkauf stünde. Es war ein fast neues Hotel, in der oberen Stadt gelegen. Die Besitzer waren bankrott, und die Bank war bereit, es zu einem Spottpreis zu verkaufen. Alles, was man brauchte, war eine Viertelmillion in bar. Israel Danziger war noch keineswegs für einen Geschäftsvorschlag bereit, aber er hörte aufmerksam zu. Gespräche über Geld, Kredite, Banken und Hypotheken heiterten ihn auf. Sie waren irgendwie der Beweis, daß die Welt noch nicht am Ende war. Israel Danziger verstand gar nichts von Hotels, aber aus der Geschichte, die Morris Sapirstone erzählte, holte er sich doch einige Informationen. Die Hotelbesitzer waren Pleite gegangen, weil sie auf eine Luxuskundschaft gesetzt und die Preise zu hoch angesetzt hatten. Die reichen Leute kamen nicht mehr nach Miami Beach. Man mußte die mittlere Klasse anziehen. Eine gute Wintersaison, und die Anlage würde sich rentieren. Eine neue Schicht kam jetzt nach Miami – die Lateinamerikaner, die während des Sommers nach Florida kamen, um Kühlung zu finden. Israel Danziger suchte in seiner Hemdentasche nach einem Bleistiftstummel. Während Morris weitersprach, schrieb Israel sehr schnell Zahlen an den Rand der Zeitung. Gleichzeitig überhäufte er Sapirstone mit Fragen. Wie viele Zimmer hat das Hotel? Wieviel bringt ein Zimmer ein? Wie war es mit den Steuern? Hpotheken? Personalkosten? Für Israel war es nur ein Zeitvertreib, eine Erinnerung daran, daß auch er einmal Geschäfte gemacht hatte. Er kratzte sich mit dem Bleistift an der Schläfe.

»Und was geschieht, wenn die Saison schlecht ist?«

»Man muß eben zusehen, daß sie gut ist.«

»Wie?«

»Man muß vernünftig inserieren. Selbst in den jiddischen Zeitungen.«

»Gibt es einen Saal für Versammlungen?«

Eine Stunde war vergangen, und Israel Danziger wußte nicht, wo sie geblieben war. Er drückte seine Zigarre zwischen die Lippen und drehte sie im Mund herum. Eine neue Kraft stieg in ihm auf. Sein Herz, das in den vergangenen Monaten abwechselnd zu schnell oder nur zögernd geschlagen hatte, arbeitete, als sei er ein gesunder Mann. Morris Sapirstone nahm eine kleine Dose aus der Jackentasche, holte eine Pille heraus und schluckte sie mit etwas Wasser.

»Hatten Sie einen Anfall?«

»Zwei.«

»Für wen brauche ich ein Hotel? Für den zweiten Mann meiner Frau?«

Morris Sapirstone antwortete nicht.

»Wie kann ich mir denn das Hotel einmal ansehen?« fragte Israel Danziger nach einem Weilchen.

»Kommen Sie mit mir.«

»Haben Sie einen Wagen hier?«

»Der rote Cadillac dort drüben.«

»Ah, Sie haben einen schönen Cadillac.«

Die beiden Männer verließen die Cafeteria. Israel Danziger bemerkte, daß Sapirstone einen Stock benutzte. Wasser in den Beinen, dachte er. Invalide, und jagt nach Hotels ... Sapirstone setzte sich hinter das Steuerrad und ließ den Motor an. Er stieß an den Wagen hinter ihm, drehte sich aber nicht einmal um. Schon schoß er davon. Mit einer Hand hielt er geschickt das Steuerrad, mit der anderen bearbeitete er ein Feuerzeug. Mit der Zigarre zwischen den Zähnen, murmelte er:

»Ansehen kostet nichts.«

»Nein.«

»Wenn meine Frau davon hört, wird sie mir Unannehmlichkeiten bereiten. Ehe ich mich umdrehe, wird sie dem Arzt alles erzählen, und dann werden mich beide bei lebendigem Leibe auffressen.«

»Sie haben Ihnen befohlen, sich ruhig zu verhalten, oder?«

»Und ob sie mir das befohlen haben! *Hier* muß man ruhen, im Kopf. Aber mein Verstand ruht nicht. Ich liege nachts wach und denke an alle möglichen Nichtigkeiten. Und wenn man wach ist, wird man hungrig. Meine Frau ging zu einem Schlosser, um herauszufinden, ob man am Kühlschrank ein Schloß anbringen kann ... All diese Diäten machen einen eher krank als gesund. Wie haben die Leute denn früher gelebt? Zu meiner Zeit gab es keine Diäten. Mein Großvater – er ruhe in Frieden! – pflegte einen ganzen Teller mit Zwiebeln und Hühnerfett als Vorspeise zu essen. Dann machte er sich an die Suppe mit den darauf schwimmenden Fettaugen. Als nächstes kam ein fettes Stück Fleisch. Und er beendete die Mahlzeit mit einem Schmalzkuchen. Wo war da das Cholesterin? Mein Großvater wurde siebenundachtzig, und er starb, weil er im Winter auf dem Eis gestürzt war. Wetten: eines Tages werden sie herausfinden, daß Cholesterin gesund ist. Dann wird man Cholesterin-Tabletten schlucken wie heute Vitamin-Tabletten.«

»Ich wünschte, Sie hätten recht.«

»Der Mensch ist wie ein Chanukka-Kreisel. Man stößt ihn an, und dann dreht er sich von selbst weiter, bis er umfällt.«

»Auf einem glatten Tisch wird er sich länger drehen.«

»Es gibt keine glatten Tische.«

Der Wagen hielt. »So, das ist das Hotel.«

Israel Danziger warf einen Blick darauf und sah in einem Augenblick alles. Wenn es wahr war, daß man nur eine Viertelmillion anlegen mußte, dann war das Hotel ein phantastisch billiges Unternehmen. Alles war neu. Es mußte ein Vermögen gekostet haben, es zu bauen. Es war allerdings ein bißchen weit oben in der Stadt gelegen, aber das Zentrum dehnte sich jetzt nach oben aus. Früher liefen die Christen vor den Juden davon. Jetzt liefen die Juden vor den Juden davon. Auf der anderen Straßenseite gab es bereits einen koscheren Fleischmarkt. Israel Danziger rieb sich die Stirn. Er müßte hundertfünfzigtausend Dollar als seinen Anteil einbringen. Diesen Betrag konnte er von der Bank bekommen, wenn er seine Aktien als Sicherheit hinterlegte. Vielleicht könnte er sogar ohne ein Darlehen von der Bank das Geld zusammenkratzen. Aber sollte er sich wirklich solche Sorgen aufladen? Es wäre Selbstmord, reinster Selbstmord. Was würde Hilda sagen? Und Dr. Cohen? Sie würden alle auf mich losgehen – Hilda, die Söhne, die Töchter, die Schwiegersöhne. Das allein könnte zu einer zweiten Attacke führen ...

Israel Danziger schloß die Augen und blieb eine Weile in seine eigene Dunkelheit eingehüllt. Er versuchte, sich wie ein Wahrsager in die Zukunft zu versetzen, um zu sehen, was das Schicksal mit ihm vorhatte. Sein Verstand setzte aus, war verdunkelt, wurde von der Benommenheit durch den Schlaf überwältigt. Er hörte sich selbst schnarchen. All seine Angelegenheiten, sein ganzes Leben waren in diesem Augenblick in der Schwebe. Er wartete auf einen Befehl aus seinem Inneren, eine Stimme aus seiner eigenen Tiefe ... Lieber sterben, als so weiterzuleben, murmelte er schließlich.

»Was ist los, Herr Danziger, sind Sie eingeschlafen?« hörte er Sapirstone fragen.

»Was? Nein.«

»Dann kommen Sie. Lassen Sie uns mal sehen, was hier los ist.«

Und die beiden kleinen Männer stiegen die Stufen zu dem vierzehnstöckigen Hotel hinauf.

Geblendet

Die Unterhaltung drehte sich um das Thema Mägde, und Tante Genendel sagte: »Mägde soll man nicht gering achten – sie können allerhand Schwierigkeiten bereiten. In unserer Stadt war einmal ein ganzes Regiment russischer Soldaten stationiert, denn die Stadt lag nahe an der österreichischen Grenze. Es gab Streit zwischen Rußland und Österreich, und die Militärs rechneten mit dem Ausbruch eines Krieges. Oder vielleicht erwartete der Zar einen neuen Aufstand der Polen. Diese russischen Soldaten wurden von einem Hauptmann und einigen anderen Offizieren befehligt. Es gab Baracken für die Soldaten und Ställe für die Pferde. Gendarmen ritten durch die Straßen, mit Gewehren auf dem Rücken und Säbeln an der Seite. Sie verbreiteten Furcht unter den Juden. Aber andererseits kauften sie in den jüdischen Geschäften, und die Besitzer verdienten dabei.

Eines Tages hörten wir, daß ein sehr hochgestellter Adliger namens Orlow aus St. Petersburg kommen sollte – ein weitläufig mit dem Zaren verwandter, ein Herzog. Die Nachricht brachte den russischen Beamten Aufregung und Verwirrung, denn ein Mann von so hohem Rang wurde fast nie in so einen abgelegenen Ort wie den unseren geschickt. Besonders die Quartiermeister gerieten in Aufregung, denn sie hatten alle Bestechungen angenommen und ihren Vorgesetzten falsche Abrechnungen vorgelegt. Normalerweise erhielten die Soldaten geschmackloses Essen, und ihre Uniformen waren nicht von bester Qualität. Es gab Gerüchte, daß die, die das Brot backten, den Teig mit den Füßen kneteten. Der Hauptmann gab sofort Befehl, den Soldaten besseres Essen und anständige

Kleidung zu geben. Die Offiziere drillten die Soldaten schärfer und ermahnten sie, dem Würdenträger, falls er danach fragen sollte, zu sagen, daß sie zufrieden seien. Küchen und Kessel wurden gescheuert, die Latrinen gesäubert. Jeder mußte seine Stiefel putzen. Ein Bankett wurde für den Herzog vorbereitet, und das Orchester polierte die Instrumente und übte jeden Tag.

Bald stellte sich heraus, daß der große Mann nicht zu einer Inspektion kommen würde, sondern als Bestrafung in unsere Gegend verschickt worden sei. Er hatte eine hochgestellte Persönlichkeit zu einem Duell gefordert und den Gegner getötet. Ein Mitglied der Zarenfamilie ins Gefängnis zu stecken hätte einen Skandal hervorgerufen, so schickte man ihn auf ein paar Jahre nach Polen.

Er kam in einem alten Wagen, der von zwei mageren Pferden gezogen wurde, und fuhr bei Lippe Rezniks Gasthaus vor, anstatt in dem für ihn vorgesehenen Quartier abzusteigen. Der Herzog sah schäbig aus, erschöpft, müde. Er war klein, hatte einen grauen Bart, und obwohl er den Titel eines Generalmajors hatte, war er wie ein Zivilist gekleidet. Er mußte in St. Petersburg all sein Ansehen verloren haben. Ohne Streifen, Epauletten und Orden ist der höchste Adlige auch nur Fleisch und Blut. Nachdem er den Herzog gesehen hatte, nahm der Hauptmann seine Befehle zurück, und die Soldaten bekamen wieder nichts als Grütze und Kohl. Sie hörten auch auf, ihre Schuhe dreimal am Tag zu putzen. Das Orchester blieb still. Aber der Hauptmann und seine Untergebenen machten dem Herzog ihre Aufwartung in Lippe Rezniks Gasthaus. Ich war nicht dabei, aber Lippe sagte, daß der Herzog seine Gäste ungeduldig empfing und ihnen nicht einmal einen Stuhl anbot. Als der Hauptmann nach den Wünschen seiner Hoheit fragte, antwortete er, daß er absolut nichts brauche, alles, was er wolle, sei, in Frieden gelassen zu werden.

Aus irgendeinem Grund war der Herzog den Juden gegenüber freundlich. Einer von ihnen, ein Grundstücksmakler, schlug dem Herzog vor, ein altes Holzhaus zu kaufen, und der Herzog kaufte es sofort. Der Makler bot ihm auch eine Magd an. Sie hieß Antoscha und war die Witwe eines im Krieg gegen die Türken gefallenen Soldaten. Sie wusch in jüdischen Häusern und lebte allein in einer halb verfallenen Hütte. Eigentlich war sie nicht einmal fähig zu waschen. Sie wusch einmal unsere Wäsche, und danach war alles so schmutzig, daß meine Mutter es noch einmal waschen lassen mußte. Sie konnte nicht bügeln, bleichen oder die Wäsche für die Mangel vorbereiten. Sie war ein unwissendes, unglückliches Geschöpf, aber für eine Frau in ihrem Alter hatte sie ein hübsches kleines Gesicht – blaue Augen, blondes Haar und eine schön geformte Nase. Wenn ich mich nicht irre, war sie ein uneheliches Kind von irgendeinem polnischen Grundbesitzer. Sie hatte eine gute Eigenschaft, sie war nicht auf Geld aus. Ganz gleich, was man ihr bezahlte, sie dankte der Herrin überschwenglich und küßte ihr die Hand. Als der Makler dem Herzog von Antoscha sprach, verlangte er, sie zu sehen. Antoscha besaß ein Kleid, das sie am Sonntag in der Kirche trug, und ein Paar Schuhe, die sie gewöhnlich in der Hand trug. In diesem Kleid brachte man sie zum Herzog. Er warf einen Blick auf sie und erklärte sich bereit, sie zu nehmen. Er versprach einen Lohn, der für eine Magd ihrer Art viel zu hoch war. In allem, was er tat, war er schnell. Jeden Tag lief er die Lubliner Straße entlang und schritt so rasch aus, daß er alle Fußgänger überholte. In der Nähe der Kasernen gab es eine orthodoxe Kirche, aber er ging nie zum Gottesdienst, nicht einmal an Ostern oder am russischen Neujahr. Er kam in den Ruf, ein Ungläubiger und Verrückter zu sein. Anfangs erhielt er viel Post, aber er antwortete niemandem, und nach einiger Zeit brachte der Briefträger ihm nur einen Brief im Monat – die Postanweisung für seine Pension.

Nahe dem Haus des Herzogs war ein Lebensmittelgeschäft. Der Besitzer, Mendel, und seine Frau, Baila Gitl, waren mit dem Herzog gut bekannt geworden. Sie versorgten ihn mit allem Nötigen – auch mit Dingen, die es gewöhnlich in einem Lebensmittelladen nicht gab, Tinte, Stahlfedern, Schreibpapier, Wein, Wodka und Tabak. Es fiel Baila Gitl auf, daß Antoscha mehr einkaufte, als zwei Leute essen konnten. Sie kaufte auf einmal drei Pfund Butter und zehn Dutzend Eier. Sie hortete die Sachen so lange, daß sie schlecht wurden und weggeworfen werden mußten. Der Herzog beklagte sich bei Baila Gitl, daß Antoscha Mäuse und Ungeziefer anzog. Baila Gitl riet ihm, sie fortzuschicken und eine vernünftigere Magd zu suchen, aber der Herzog sagte: ›Ich kann ihr das nicht antun, sie könnte eifersüchtig werden.‹ Offenbar lebte er mit diesem Einfaltspinsel. Ich sollte nicht mit Worten sündigen, aber ein Mann braucht keine kluge Frau. Alles, was er braucht, ist ein Stück Fleisch.«

»Sag so etwas nicht, Genendel!« rief Chaya Riva, eine Nachbarin, aus. »Nicht alle Männer sind gleich.«

»Was? Sie sind alle gleich«, sagte Genendel. »Es gab einen Rabbi in Lublin, der wurde Eisenkopf genannt. Er war ein großer Gelehrter und kannte die Tora, aber seine Frau, die Rebbezin, konnte nicht einmal das Gebetbuch lesen. Am Sabbat und an den Feiertagen mußte ihr eine Frau die Gebete vorlesen. Alles, was die Rebbezin tun konnte, war, ›Amen‹ zu sagen.«

»Warum hat sie ihr Mann nicht unterrichtet?« fragte Chaya Riva.

»Nu, wer weiß das? Jetzt beginnt erst die richtige Geschichte. Der Herzog versuchte Antoscha zu erklären, daß einige Lebensmittel nicht Wochen oder Monate aufgehoben werden konnten. Aber diese Bäuerin konnte das nicht begreifen. Sie kehrte den Abfall zusammen und ließ ihn tagelang in der Ecke liegen, wo der Besen stand. Baila Gitl sah oft den Herzog den Abfall in die Grube tragen. Diese Antoscha war wie Jussel in der Geschichte vom Golem. Wenn man ihm sagte, er solle Wasser von der Quelle bringen, brachte er so viel, daß das ganze Haus überflutet war. Antoscha konnte auch nicht kochen. Sie versalzte ein Gericht, oder sie vergaß überhaupt zu salzen. Es wurde so schlimm, daß der Herzog selbst eine Schürze umband und sein Essen kochte. Wie kann ein so hochgeborener Mann so tief sinken? Er war ein Gelehrter, las immer in den Büchern oder schrieb. Er war so in Gedanken versunken, daß er manchmal die Milch überkochen und das Fleisch anbrennen ließ.

Baila Gitl wohnte über dem Laden, und von dort konnte sie alles sehen, was vor sich ging. Sie versuchte, Antoscha das Wirtschaften beizubringen, aber vergebens. Antoscha sagte nur: ›Ja, ja, ja, liebe Herrin, ich will alles tun, was Ihr mir beibringt.‹ Sie weinte und küßte Baila Gitls Hand, aber sie lernte nichts.«

»Ein Dummkopf, was?« fragte Chaya Riva.

»Dumm und eigensinnig«, antwortete Genendel.

»Wahrscheinlich machte sie ihm viel Vergnügen im Bett«, sagte Chaya Riva.

Tante Genendel schien verlegen. »Was kann eine Frau mehr tun, als sie tut? So oder so, mit der Zeit wurde alles schlimmer. Der Herzog begann Baila Gitl zu klagen, daß er von Antoschas Kochen Magenschmerzen bekam. Baila Gitl brachte ihm ein paarmal Hafergrütze und Hühnersuppe und er aß schweigend. Einmal sagte er zu ihr: ›Wegen eines dummen Verdachts tötete ich einen Freund. Meine Frau starb aus Kummer und Scham. Ich habe gesündigt und hier muß ich für meine Sünde büßen.‹ Später, wenn Baila Gitl diese Geschichte ihren Freunden erzählte, pflegte sie zu sagen: ›Ein christlicher Büßer – wer hat jemals so etwas gehört?‹

Jetzt paßt auf. Antoscha hatte nie gelernt, Streichhölzer zu benutzen. Sie zündete ein Streichholz an, vergaß, es auszublasen, warf es auf den Boden oder in den Abfalleimer. Einige Male fing der Abfall an zu brennen. Das hätte ein schlimmes Feuer geben können, aber der Herzog bemerkte es und löschte die Flammen. Er hatte Antoscha oft gesagt, sie müsse das Streichholz ausblasen, bevor sie es wegwarf, aber sie vergaß es immer von neuem. In der elenden Hütte, in der Antoscha vorher gelebt hatte, gab es keinen Holzboden, nur Erde, und dort konnte nichts Feuer fangen.

Der Herzog hatte Bücher und verschiedene Papiere aus Rußland mitgebracht. Er schien ein Buch zu schreiben. Am Abend schrieb er beim Licht einer Petroleumlampe mit einem grünen Schirm. Einmal, spät abends, als der Herzog schrieb, hörte er einen Schrei, und als er aufblickte, sah er, daß die Küche brannte. Es war zu spät, die Flammen mit einem Eimer Wasser zu löschen, denn das ganze Haus brannte bereits. Antoscha hatte ein brennendes Streichholz in den Abfall geworfen und war dann eingeschlafen. Als sie aufwachte, sah sie das Feuer, warf sich offenbar über die Flammen, und ihr Kleid fing Feuer. Der Herzog lief in die Küche, hob Antoscha auf seine Arme und rannte mit ihr ins Freie. Sein Hausrock hatte auch Feuer gefangen. Sie wären beide verbrannt, aber in der Nähe war ein Graben, und es hatte vorher geregnet. Der Herzog warf Antoscha und sich selbst in den Graben. Auf diese Weise blieb Antoscha am Leben, aber ohne Haare und praktisch ohne Gesicht. Der Herzog war auch versengt, aber nicht so schlimm wie sie. Er hatte noch genug Kraft, um nach Hilfe zu rufen, und Baila Gitl hörte sein Rufen und weckte ihren Mann. Hätte das Feuer noch etwas länger gebrannt, so wäre Baila Gitls Haus und Geschäft und möglicherweise die ganze Straße in Rauch aufgegangen. Bis die Feuerwehrleute geweckt worden waren und mit ihren alten Schläuchen und halbvollen Fässern mit Wasser ankamen, war von dem Besitz des Herzogs nur ein Häufchen Asche übriggeblieben.«

Tante Genendel nickte und putzte sich die Nase. Sie wischte mit ihrem Taschentuch die messinggefaßte Brille ab und fuhr fort: »Der Hauptmann hatte schon vor langer Zeit die Stadt verlassen. Sein Regiment war noch näher an die österreichische Grenze verlegt worden, in die Nähe des San-Flusses. Aber die zurückgebliebenen Soldaten hatten ein Behelfshospital eingerichtet, das aus einem Raum mit drei Betten bestand, und dorthin brachte der Herzog Antoscha – ein Bündel verbranntes Fleisch, einen Sack voll Knochen. Sie war weder lebendig noch tot. Der Militärarzt, ein alter Trunkenbold, schlug vor, sie mit Fett einzureiben, aber als man das Fett aufschmierte, schälte sich die Haut ab wie bei einer Zwiebel. Sie war pechschwarz, fast ein Skelett. Aber solange man atmet, so lange ist man am Leben. Im Vergleich zu ihr war der Herzog noch gut davongekommen, aber doch nicht ganz. Sein Bart war versengt und würde nicht wieder wachsen. Blasen bedeckten seine Hände und seine Stirn. Antoscha war an allem schuld, aber er sorgte sich nur um ihre Gesundheit. Er beschwor den Arzt, sie zu retten. Der Arzt sagte offen: ›Sie macht es nicht mehr lange.‹ Antoscha konnte nicht mehr sprechen, sondern quietschte wie eine Maus. Sie wurde blind.

Inzwischen erreichte die Nachricht von dieser Kalamität St. Petersburg, und dort entstand große Unruhe. Man hatte den verbannten Herzog schon vergessen, aber als man hörte, daß er in einem weit entfernt gelegenen Dorf in Polen krank lag und alles verloren hatte, bekamen seine ehemaligen Freunde Mitleid mit ihm.

Die Nachricht erreichte den Zaren (nicht den jetzigen, sondern seinen Vater), und er ordnete an, daß der Herzog nach Rußland zurückgebracht würde. Der Zar sandte einen Arzt und einen Pfleger und ließ den Gouverneur von Lublin benachrichtigen. Über das Ereignis wurde in den Zeitungen geschrieben. Journalisten kamen und stellten den Leuten einen Haufen Fragen: Wie hat der Herzog gelebt? Mit wem hat er zu tun gehabt? Dies und das. Die dort ansässigen Russen waren dem Herzog feindlich gesinnt, weil er sie gemieden hatte. Die Polen hatten bestimmt kein gutes Wort für einen Russen übrig. Aber die Juden lobten ihn. Er hatte Geld für die Armen gespendet und auch für die Kranken im Armenhaus. Eine ganze Gruppe von Beamten kam in die Stadt. Der Zar hatte verlangt, daß der exilierte Herzog mit allen Ehren nach Hause gebracht würde. Sie wußten natürlich alle, daß er eine nicht standesgemäße Geliebte, eine polnische Magd, hatte, die mit dem Tod kämpfte, was ihnen völlig gleichgültig war. Sie bereiteten einen mit acht Pferden bespannten Wagen für ihn vor. Mit ihrer Begleitung sollte er nach Lublin reisen und von dort in einem Sonderzug nach

St. Petersburg. Aber die Russen hatten, wie man sagt, die Rechnung ohne den Wirt gemacht. Der Herzog bestand darauf, nicht ohne Antoscha zu reisen.«

»War er immer noch in sie verliebt?« fragte Chaya Riva.

»Geblendet«, antwortete Tante Genendel.

»Wie kann ein großer Mann für ein solches Geschöpf etwas übrig haben?« fragte eine andere Nachbarin.

»Verliebte Menschen sind halb wahnsinnig«, erwiderte Tante Genendel.

»Und was geschah dann?« fragte Chaya Riva.

Tante Genendel strich über ihre Stirn. »Ich habe vergessen, wo ich aufgehört habe – Ihr hättet mich nicht unterbrechen sollen. Ja, die Beamten waren entrüstet. Wie konnte man sie nach St. Petersburg bringen? Außerdem war sie an der Schwelle des Todes. Sie warteten auf ihren Tod, aber es vergingen viele Tage, und sie lebte noch immer. Weh über ein solches Leben! Nach langen Auseinandersetzungen verloren die Beamten die Geduld. Sie schickten ein Telegramm nach St. Petersburg, in dem sie sagten, der Herzog habe den Verstand verloren, und die Antwort lautete, man solle ihn lassen, wo er war.

Jetzt hört einmal zu. Am Morgen nach der Abreise der Russen ging der Herzog zu dem orthodoxen Geistlichen und bat ihn, Antoscha und ihn zu trauen. Der Priester glaubte, er höre nicht recht. ›Sie trauen? Sie ist doch so gut wie gestorben!‹ rief er aus. Und der Herzog antwortete: ›Nach dem Gesetz darf man eine Person, solange sie oder er atmet, heiraten.‹

Jetzt dauerte es nicht mehr lange. Der Herzog kaufte ein Brautkleid für Antoscha und schleifte sie aus dem Bett. Zwei Soldaten trugen sie auf einer Bahre in die orthodoxe Kirche. Die ganze Stadt – Juden und Christen gleicherweise – kamen, um diese seltsame Hochzeit zu betrachten.

Die Leute erwarteten, daß die Braut noch vor der Zeremonie verlöschen würde, aber irgendwie lebte sie noch. Ich glaube nicht, daß sie wußte, was ihr geschah. Der polnische Geistliche behauptete, daß sie katholisch, nicht orthodox sei und daß die Russen kein Recht hätten, sie nach ihrem Ritual zu trauen. Aber die Russen waren an der Macht, nicht die Polen. Die Glocken läuteten, die Orgel spielte, ein russischer Chor sang, und der Bräutigam stand da in einer geliehenen Uniform und mit abgesengtem Bart. Nur sein Säbel und ein Orden waren aus dem Feuer gerettet worden.

Drei Tage nach der Hochzeit gab Antoscha endlich ihren Geist auf. Für die Polen war es ein Sieg, daß sie auf einem polnischen, nicht einem russischen Friedhof begraben wurde. Ein paar Monate später erkrankte der Herzog an einer Lungenentzündung und starb auch. In seinem letzten Willen verfügte er, neben Antoscha begraben zu werden, aber die Behörden ließen das nicht zu. Aus St. Petersburg kam ein Befehl, den Herzog mit militärischen Ehren zu beerdigen. Der Gouverneur aus Lublin kam zur Beerdigung, ein Orchester spielte, eine alte Kanone war gefunden worden und Salutschüsse wurden abgefeuert. Ihr werdet es nicht glauben, aber die Juden hatten während seiner Krankheit Psalmen rezitiert. Der Rabbi sagte, daß der Herzog auf seine Art ein Heiliger gewesen sei.«

Tante Genendel putzte sich die Nase und wischte mit ihrem Schal eine Träne ab. »Warum erzähle ich Euch das alles? Um zu zeigen, daß eine Magd nicht mit einer Handbewegung beiseite gewischt werden kann. In früheren Zeiten waren die Mägde die Geliebten ihrer Herren. Selbst heute handeln sie oft wie die Frau, wenn der Mann seine Frau verloren hat. Ich weiß von einer Geschichte, in der ein Rabbi sich in seine Magd verliebte und sie heiratete, als er Witwer wurde – er war ein alter Mann von siebzig Jahren mit einem weißen Bart, und sie ein Mädchen von vierzehn Jahren, die Tochter eines Wasserträgers.«

»Und die Stadt ließ das zu?« fragte Chaya Riva.

»Die Ältesten waren so wütend, daß sie die beiden an einem Freitag auf einem Karren, der von Ochsen gezogen wurde, fortschickten«, sagte Genendel.

»Warum mit Ochsen?« fragte Chaya Riva.

Tante Genendel dachte eine Weile nach. »Weil Ochsen sich langsam bewegen, und ehe das liebeskranke Paar bewohntes Gebiet erreicht hätte, würde die Sonne untergegangen sein, und sie würden den Sabbat mitten auf der Straße begehen müssen.«

Sabbat in der Hölle

Wie man weiß, brennen am Sabbat die Feuer in der Hölle nicht. Die Nagelbretter werden mit Tüchern zugedeckt. Die Haken, an denen die bösen Männer und Frauen hängen – an der Zunge für böse Reden, an den Händen für Diebstahl, an den Brüsten für Unzucht, an den Füßen, wenn sie der Sünde nachgelaufen sind – werden hinter Vorhängen versteckt. Die Haufen glühendroter Kohlen und der eisige Schnee, auf die man die Sünder wirft, sind an dem Tag unsichtbar. Die Engel der Vernichtung haben ihre feurigen Stöcke beiseite gelegt. Die Sünder, die selbst in der Hölle fromm bleiben (es gibt solche), gehen in die kleine Synagoge, wo ein zwielichtiger Kantor die Sabbatgebete anstimmt. Die Freidenker (davon gibt es viele in der Hölle) sitzen auf Baumstämmen und unterhalten sich. Wie bei den Aufgeklärten üblich, ist ihr Thema, wie sie ihr Schicksal verbessern können, wie man eine bessere Hölle schaffen könne.

An diesem winterlichen späten Sabbatnachmittag sagte einer der Sünder mit Namen Jankel Farseer: »Die Schwierigkeit mit uns in der Hölle ist, daß wir selbstsüchtig sind: jeder Sünder denkt nur an seine eigenen Angelegenheiten. Wenn er glaubt, daß er seinen Hintern vor ein paar Hieben des Engels Duma bewahren kann, ist er im siebten Himmel. Wenn wir eine Einheitsfront bilden könnten, müßten wir nicht einzeln um Fürsprache bitten. Wir könnten Forderungen stellen.«

Als er das Wort ›Forderung‹ aussprach, lief ihm das Wasser im Mund zusammen. Er bekam keine Luft mehr und keuchte. Jankel war ein fetter Mann mit breiten Schultern, einem runden Bauch und kurzen Beinen. Er hatte langes Haar, das seinen kahlen Fleck verdeckte, und ließ sich einen Bart stehen – keinen koscheren, wie ihn die Frommen im Paradies haben, sondern einen rebellischen, bei dem jedes einzelne Haar in Richtung Revolution zeigte.

Ein kleiner Übeltäter, der sein langes Haar zu einem Pferdeschwanz flocht und mit einem Draht, den er aus einem Nagelbrett gerissen hatte, zusammenhielt, fragte: »Was für Forderungen, Genosse Jankel?«

»Erstens, daß die Woche in der Hölle nicht sechs Tage dauern soll, sondern daß wir eine Viertagewoche bekommen. Zweitens, jeder Bösewicht soll sechs Wochen Urlaub erhalten, in dieser Zeit kann er zur Erde zurückkehren und dort die Zehn Gebote brechen, ohne bestraft zu werden. Drittens, daß wir nicht von unseren geliebten Schwestern, den weiblichen Sünderinnen, ferngehalten werden. Wir verlangen Sex und freie Liebe. Viertens –«

»Träume eines abgeschlagenen Kopfes!« sagte Chaim Bontz, ein ehemaliger Gangster. »Der Engel Duma fürchtet sich nicht vor deinen Forderungen und Bittschriften. Er liest sie nicht einmal.«

»Was schlägst du vor?«

»Die Engel, wie die Menschen, verstehen nur eine Sache – Schläge. Wir müssen uns bewaffnen. Den Engel Duma umlegen, das Gericht des Himmels stürmen und den Gerechten ein paar Rippen brechen. Dann müssen wir das Paradies übernehmen, Leviathan, den Wilden Ochsen, den geheiligten Wein, all die anderen guten Sachen. Dann –«

»Uns bewaffnen?«, rief der Kleinbürger aus, der wegen Schwindeleien in die Hölle gekommen war. »Woher willst du in der Hölle Waffen bekommen? Sie geben uns nicht einmal ein einziges Messer oder eine Gabel. Die feurigen

Kohlen, die wir essen, müssen wir mit den bloßen Fingern anfassen. Außerdem, die Hölle dauert nicht länger als ein Jahr, abgesehen von den Sabbattagen und den Ferien. Ich soll meine Zeit am Tag nach Purim abgesessen haben. Wenn wir jetzt eine Verschwörung anzetteln, kann meine Zeit verlängert werden. Kennst du die Strafe für eine Verschwörung gegen den Engel Duma?«

»Das ist das Unglück von uns Sündern«, rief Jankel Farseer aus. »Jeder denkt nur an sich. Was soll aus den Bösen werden, die nach uns kommen? Dieses Jahr ist gar nicht so schlecht, es hat zwölf Monate, aber nächstes Jahr wird ein Schaltjahr sein.«

»Es ist nicht meine Pflicht, mir Sorgen über alle Bösen der ganzen Welt zu machen«, antwortete der Schwindler. »Ich bin zufällig ein unschuldiges Opfer. Alles, was ich getan habe, ist, eine Unterschrift gefälscht zu haben. Ich habe Tinte vergossen, nicht Blut. Diejenigen, die morden, Häuser anzünden und Kinder in den Flammen umkommen lassen, diejenigen, die stechen und vergewaltigen sind nicht meine Brüder. Wenn ich hier etwas zu sagen hätte, würde ich sie bis zum Ende des sechstausendsten Jahres hierbehalten!«

»Habe ich nicht gesagt, daß jeder Sünder nur an sich denkt?« sprach Jankel Farseer. »Wenn wir uns nicht zusammenschließen, können die Engel mit uns machen, was sie wollen. Also wozu das unnütze Gerede? Laßt uns Karten spielen und den Sabbat beenden.«

»Genosse Jankel«, ein Sünder mit einer Brille meldete sich:

»Darf ich etwas sagen?«

»Sage es. Reden ändert nichts.«

»Meiner Meinung nach sollten wir uns hauptsächlich auf die Kultur konzentrieren. Ehe wir solche maximalen

Forderungen wie sechs Wochen Ferien mit Sex und freier Liebe vorbringen, müssen wir den Engeln zeigen, daß wir Sünder mit geistigen Zielen sind. Ich schlage vor, daß wir eine Zeitschrift herausgeben.«

»Eine Zeitschrift in der Hölle?«

»Ja, eine Zeitschrift, und ihr Name sollte sein ›Die Höllenbewohner‹. Wenn ihr eine Bittschrift unterzeichnet, werfen die Engel nur einen Blick darauf und werfen sie dann fort oder putzen sich die Nase damit. Aber eine Zeitschrift würden sie lesen. Die Gerechten im Paradies sterben vor Langeweile. Sie sind überfüttert mit den Geheimnissen der Tora. Sie wollen wissen, wie es in der Hölle zugeht. Sie sind neugierig auf unsere Ansicht von der Welt, unsere Art des Denkens, auf unsere Sexphantasien, und, vor allem, sie sind verblüfft, daß wir immer noch Atheisten sind. Eine Reihe von Artikeln ›Die Atheisten in der Hölle‹ würde im Paradies Furore machen. Wir könnten natürlich auch eine Klatschspalte bringen und eine Menge spezieller Höllenpornographie. Die Heiligen würden etwas haben, über das sie sich freuen und auch sich entrüsten könnten.«

»Blödes Geschwätz! Ich gehe schlafen.« Chaim Bontz gähnte.

»Wer soll all das schreiben und wie soll uns das helfen?« fragte ein Sünder mit heiserer Stimme.

»Du mußt dir nicht den Kopf zerbrechen, wer die Schreiberei übernehmen soll«, sagte der Sünder mit der Brille. »Wir haben hier eine Menge Schriftsteller. Ich war auf Erden selbst ein Schriftsteller. Ich wurde zur Hölle verurteilt, weil man mich für einen Aufrührer hielt. Jeden Montag und Donnerstag wechselte ich meine Meinung. Wenn es einträglich war, den Kommunismus zu predigen, wurde ich ein überzeugter Kommunist, und, ebenso predigte ich den Kapitalismus, wenn es etwas einbrachte. Sie sammelten Beschuldigungen gegen mich. Aber die Tatsache bleibt, daß ich viele Leser hatte, die mir enthusiastische Briefe schrieben. Es ist wahr, ich habe meine Meinung wie Handschuhe gewechselt, aber waren meine Leser beständiger? Hier in der Hölle –«

Ein Sünder, der jung aussah und dessen Haar bis zu den Schultern reichte, fragte: »Warum eine Zeitschrift herausgeben? Warum nicht ein Theater einrichten? Wir haben hier Papierknappheit. Außerdem ist es so heiß, daß die Zeitschrift Feuer fangen wird. Die Gerechten sind alle halbblind und verstehen unsere moderne Sprache nicht. Sie sind auch unsere Orthographie nicht gewöhnt. Mein Rat ist, daß wir eine Theatergruppe organisieren sollten.«

»Ein Theater in der Hölle? Wer soll denn spielen? Und wer wird zuschauen? Sie bestrafen uns doch Tag und Nacht.«

»Wir werden am Sabbat und an allen Festtagen spielen.«

»Gibt es denn Manuskripte in der Hölle?«

»Ich habe eine Idee für ein Stück – eine Liebesgeschichte zwischen einem Sünder und einer Heiligen.«

»Was für eine Liebesgeschichte? Die Bösen und die Heiligen kommen doch nie zusammen.«

»Ich habe es sehr gründlich durchdacht. Mein Held liegt auf seinem Nagelbrett und schreit. Er ist von Beruf Opernsänger und so von Schmerzen gequält, daß er in eine Arie ausbricht. Sie, die Heilige, hört seinen Gesang und verliebt sich in seine Stimme. Dann –«

»Die Heiligen im Paradies sind alle taub.«

»Diese ist zufällig nicht taub.«

»Also gut, was dann?«

»Damit sie ihn treffen kann, bittet sie den Engel Ezechiel

um Erlaubnis, sich wie ein Dämon zu verkleiden und in der Hölle Schläge austeilen zu dürfen. Die Erlaubnis wird erteilt, und so kommen die beiden Liebenden zusammen. Sie soll ihn eigentlich peitschen, aber wenn der Engel Duma wegschaut, bedeckt sie ihn mit Küssen, und sehr bald können sie nicht mehr ohne einander sein.«

»Das ist ein Melodrama schlimmster Art!«

»Was wollt ihr in der Hölle aufführen, Migdal Oz von Mosche Chayim Luzzatto? Unsere Sünder verlangen Handlung. Ein Stück wie dieses würde den Schauspielern die Möglichkeit geben, einen Song zu singen, zu tanzen und ein paar saftige Witze anzubringen.«

»Angenommen, es wäre möglich, was würde das Ergebnis sein?«

»Theater ist die beste Form von Propaganda. Es könnte sehr gut möglich sein, daß die Heiligen und die Engel unser Theater besuchen, um unsere Stücke zu sehen. Und zwischen einem Akt und dem nächsten würden wir ihnen unseren Standpunkt erklären, unsere Lage und unsere Philosophie.«

»Dein Stück ist nicht realistisch, und dein Plan ist nicht realistisch. Wo sollen wir spielen – zwischen den Kohlehaufen? Die Heiligen werden nicht herkommen. Sie sind den ganzen Tag mit den Geheimnissen der Tora beschäftigt und damit auf dem Leviathan herumzukauen. Am Abend verlassen sie das Paradies nicht gern.«

»Was fürchten sie?«

»Einige Mörder und Vergewaltiger sind aus der Hölle entkommen. Sie schleichen bei Nacht umher. Sie haben schon einige der Heiligen getötet und haben versucht, Sarah bas Towim zu entführen.«

»Das höre ich zum erstenmal.«

»Natürlich, solange wir keine Zeitschrift haben, ist niemand über irgend etwas informiert. Die Zeitschrift würde uns Nachrichten bringen und erklären –«

»Phantasien, Phantasien«, rief ein Sünder, der auf Erden ein Politiker gewesen war. »Kultur wird unser Problem nicht lösen, und ebensowenig das Theater. Was wir wirklich brauchen, ist eine fortschrittliche, politische Partei, die nach demokratischen Prinzipien aufgebaut ist. Wir müssen nicht mit unmöglichen Forderungen kommen, Genosse Jankel. Wir sollten mit einem Minimum zufrieden sein. Ich habe aus sehr verläßlicher Quelle gehört, daß es unter den Engeln eine liberale Gruppe gibt, die Reformen für die Hölle fordert.«

»Welche Art von Reformen?«

»Sie wollen uns die Fünftagewoche geben. Neben Samstagen und Festtagen, sollten wir eine Woche Ferien in der Welt der Illusionen bekommen. Einige von ihnen sollen verlangen, daß die Nägel auf den Nagelbrettern zwei Millimeter kürzer gemacht werden. Man hat mir auch gesagt, daß sie ihre Haltung gegenüber Homosexualität, lesbischer Liebe und natürlich Onanie geändert haben. Wir könnten eine Menge tun, aber wir brauchen Geld.«

»Geld?« riefen alle Sünder einstimmig aus.

»Ja, Geld. ›... und das Geld muß ihnen alles zuwege bringen‹, hat der Prediger Salomo gesagt. Wenn wir Geld hätten, könnten wir alles ohne Revolution, ohne Bittschriften, ohne Kultur erreichen. In der Hölle wie überall hat jeder seinen Preis. Ihr seid alle Grünschnäbel. Ich kenne die Hölle von oben bis unten, in- und auswendig. Mit Geld könnten wir sogar –«

Der Politiker wollte seinen Zuhörern erzählen, was noch alles mit Geld in der Hölle getan werden könnte, aber in dem Augenblick endete der Sabbat. Die Feuer begannen wieder zu brennen. Die Nägel auf den Nagelbrettern glühten vor Hitze. Die strafenden Dämonen griffen nach ihren Stöcken, und das Peitschen, das Schlagen, das Hängen und das Wehklagen begann von neuem. Der Politiker, der gerade von Geld gesprochen hatte, blinzelte einem der älteren Dämonen zu, und beide gingen fort – wohin sie gingen, wußte niemand. Sehr wahrscheinlich, um einige unkoschere Höllengeschäfte zu tätigen.

Ein letzter Blick

Die Nachricht von Bessies Tod kam als Schock, von dem er sich, das wußte er, nicht so leicht erholen würde. Es war fünfzehn Monate her, daß er sie zuletzt gesehen hatte, und erst jetzt wurde ihm klar, was sie für ihn bedeutete. Er ging noch am gleichen Abend in das Beerdigungsinstitut, aber das Mädchen am Schalter sagte ihm: »Sie ist noch nicht fertig. Kommen Sie morgen früh wieder.«

Er ging nach Hause und fing ein Schachspiel mit sich selber an, bei dem er die Züge für beide Seiten machte. Er versuchte zu rauchen, aber der Tabak schmeckte bitter. Obwohl er seit dem Frühstück nichts gegessen hatte, fühlte er sich aufgebläht, als hätte er eine schwere Mahlzeit zu sich genommen. Er streckte sich auf dem Sofa aus, ließ das Licht an und deckte sich mit seinem Mantel zu.

»Wenn es ein Leben nach dem Tode gibt«, dachte er, »dann soll sie jetzt vor mir erscheinen. Ihr Gesicht soll im Spiegel sichtbar werden, ihre Stimme hörbar werden, irgendein Zeichen ihrer Gegenwart sich offenbaren.« Die Lichter strahlten mit mitternächtlichem Glanz. Das Telefon auf dem Nachttisch blieb stumm. Der Heizkörper zischte und gurgelte mit dem letzten bißchen Dampf. Er bildete sich ein, die Bewegung der Erde, die sich um ihre Achse drehte, zu hören. In der gleichen Sekunde, in der die Erde sich inmitten der Planeten und Fixsterne drehte, starben Unmengen von Menschen und Tieren. Mindestens einhunderttausend Männer und Frauen lagen im Sterben; viele würden am nächsten Tag sterben und am folgenden und in einer Woche.

Er bedeckte sein Gesicht mit seinem Hut, wie ein Reisender im Zug, und fiel in einen Halbschlaf. Er hatte seit Jahren über seine Beziehung zu Bessie nachgedacht, aber er konnte sie sich nie erklären. An der Oberfläche schien sie ganz einfach zu sein, aber hinter ihrer gegenseitigen Zuneigung schwebte etwas Feindliches. Sie konnten weder zusammenbleiben noch voneinander lassen. Schließlich konnten sie es nur noch im Dunkeln miteinander aushalten.

Wie hatten sie die letzte Nacht zusammen verbracht, überlegte er. Wie hätten sie wissen können, daß es ihr letztes Zusammensein war? Was hatten sie einander gesagt? Was waren die letzten Worte zwischen ihnen gewesen? Unglücklicherweise hatte sich diese letzte Nacht in seinem Gedächtnis mit vielen anderen vermischt. Wahrscheinlich hatte er versprochen, am nächsten Tag anzurufen, aber weder hatte er sie noch sie ihn nochmals angerufen. Und dennoch hatte er während der fünfzehn Monate jeden Tag, ja vielleicht jede Stunde, an sie gedacht. Mehr als einmal hatte er den Hörer berührt und war im Begriff gewesen, ihn abzuheben, aber die Macht, die das letzte Wort hat, hatte ›Nein‹ gesagt. Jedesmal, wenn das Telefon läutete, war seine Hoffnung, daß sie es sein könnte, gestiegen. Dann war der Tag gekommen, an dem ihr Bruder anrief und ihm die schreckliche Nachricht übermittelte.

Der Heizkörper war still geworden. Schläfrig hörte er seinen Träumen zu, fand aber nichts in ihnen, was er verstehen konnte. Die Phantasien wechselten so schnell wie in einem Fieber. In einem der Träume war er irgendwo in einer engen Seitenstraße. Sie war gesäumt von hölzernen Hütten, deren Dächer wie Knabenmützen aussahen, und drinnen wohnten Zwerge. In der Mitte der kleinen Gasse stand ein Strohbett ohne Wäsche. Er lag auf der Strohmatratze und gab einem zerlumpten Jungen, der in einer der

Hütten lebte, einen Dollar, den er wechseln und neunzig Cents in Silber zurückbringen sollte. Aber der Junge kam nie zurück. »Er hat den Dollar gestohlen!« schalt er sich selbst und bedauerte seine Dummheit, dem Jungen vertraut zu haben. Und in sein Bedauern war Selbstmitleid gemischt. Was tat er hier in einem fremden Bett, in dieser verlassenen Gasse, weit weg von seiner Wohnung, inmitten einer Rasse von Zwergen? Das hatte alles mit seinen vielen Fehlschlägen zu tun.

Er wachte auf. Die Uhr zeigte viertel nach drei. Er hatte die halbe Nacht verschlafen und hatte nichts als einen sinnlosen Traum vorzuweisen. Später ging er unter die Dusche, rasierte sich und zog seinen besten Anzug an. Am Tag zuvor hatte er einen riesigen Kranz an das Beerdigungsinstitut schicken lassen. Er war bemüht, vor Bessies Freunden und Verwandten wohlhabend zu erscheinen. Er wählte Hemd, Krawatte und Manschettenknöpfe sorgfältig aus. Er bereitete sich sein Frühstück – nicht, weil er hungrig war, sondern um nicht müde auszusehen. Er braute einen starken Kaffee und tat viel Zucker hinein. Draußen fielen große Schneeflocken, und obwohl es mitten im Winter war, tauchte plötzlich eine Fliege auf. Eine Zeitlang stieß sie gegen das Fenster, dann ließ sie sich in der Nähe einiger Zuckerkristalle nieder. Sie aß sie nicht, aber schien darüber nachzudenken. Von Zeit zu Zeit verwirrten sich ihre Hinterbeine, dann streckte sie sie wieder aus. Schließlich landete sie auf dem Rand einer Untertasse mit übriggebliebenem schwarzen Kaffee und starrte hinein wie in einen Abgrund. Vielleicht, dachte er plötzlich, ist die Fliege Bessie.

Er mußte sich beeilen. Er wollte sie alleine sehen, ohne daß jemand zuschaute. Das Beerdigungsinstitut war nicht weit von seiner Wohnung, aber er nahm ein Taxi, da er nicht mit einer roten Nase aus der Kälte hereinkommen wollte. Bald stand er vor dem kleinen Fenster, das die Toten mit den Lebenden verband. »Vierter Stock«, sagte das Mädchen von gestern.

Er fuhr im Lift hinauf. Das Beerdigungsinstitut war verlassen, eine Leere, die bald von einer Menschenmenge überlaufen sein würde. Er blieb vor einer Tür mit marmorierten Milchglasscheiben stehen, die eine kleine Karte mit Bessies Namen und der Stunde ihrer Beerdigung trug. Ihm schien, daß Bessie, auf unheimliche Weise, eine Beamtin mit eigenem Büro und Bürostunden geworden war. Er stieß die Tür auf und sah ihren Sarg, dessen Deckel teilweise entfernt worden war. Von der Decke warf eine farbige Lampe ein bleiches Licht, das sich mit dem Tageslicht, das durch die bunten Fenster fiel, vermischte. Er war allein mit Bessie.

Ihr Gesicht war mit einem viereckigen Gazeschleier bedeckt. Sie sah beinahe wie lebend aus, nur schöner, ein perfektes Bild von einem Meister gemalt, der sie vor Staub zu bewahren wünschte. Sie schien zu lächeln, das Lächeln eines soeben Erwachenden, der noch die letzten Augenblicke eines gestohlenen Schlafes auskosten wollte. Ihr Haar war in einem Netz hochgebunden, ihr Hals mit einem weißen Kragen, wie der einer Nonne, umgeben. Erkannte sie ihn unter den geschlossenen Lidern? Sein Herz hämmerte wie ein Schmiedehammer, und seine Schläfen klopften. Äußerlich blieb er ruhig, aber er wußte, er konnte diese Spannung nicht lange ertragen. Er tat etwas Verbotenes, er hob zögernd den Gazeschleier. Er bildete sich ein, daß Bessie merkte, wie er sie mit Entzücken und Furcht anschaute. Er hatte ihr Gesicht enthüllt, wie der Bräutigam das seiner Braut. Dann legte er den Schleier wieder über sie, als sei sie etwas Heiliges, das man nicht betrachten dürfe. So hatte er als Knabe einen Blick gestohlen, wenn der Geistliche die Gemeinde segnete.

Plötzlich hörte er Schritte, und jemand öffnete die Tür. Jemand anderer wollte einen Blick auf Bessie werfen. In seiner Verwirrung eilte er an dem Eintretenden vorbei und war nachher nicht sicher, ob es ein Mann oder eine Frau gewesen war.

Unten wurde ihm mitgeteilt, daß der Gottesdienst in einer halben Stunde beginnen würde. Er ging auf die Straße, weil er keinem von Bessies Verwandten begegnen wollte. Es war zu kalt, und er fror, so ging er in eine Imbißstube und trank einen Kaffee. Er wärmte seine Hände an der Tasse, nahm einen Schluck und starrte in den Kaffee, als erwarte er, in dem heißen Getränk die Lösung seiner Rätsel zu entdecken.

All die alten Auseinandersetzungen mit Bessie, alle Spannungen zwischen ihnen waren verschwunden, geblieben war nur die reine Liebe, die es zwischen ihnen gegeben hatte. Wenn er sie nur noch ein wenig länger hätte anschauen können! Er saß da, trunken von dem Rausch, den er von Anfang an bei ihr gespürt hatte. Er verliebte sich wieder in sie, und es war nicht mehr Winter, sondern der Frühling vor zwölf Jahren. Die Schneeflocken, die draußen fielen, erinnerten ihn an Blüten; ein blendender Strom von Licht fiel durch eine Spalte im bewölkten Himmel.

Aber es war zu spät. Man konnte Bessie nicht länger Gutes oder Böses antun. Sie lag dort oben wie eine Königin, unabhängig von allen, ihre Gnade gleichmäßig über alle verteilend. Er war auf jeden Gegenzug in dem Schachspiel der Liebe gefaßt gewesen, außer auf diesen. Mit einem Schlag hatte sie ihn schachmatt gesetzt. In den Fältchen um ihre Augen und Lippen lag noch ein Ausdruck des Triumphes. Er merkte es erst jetzt: sie hatte völlig die

Oberhand gewonnen. Sein Herz hämmerte nicht mehr, es fühlte sich an, als ob eine unsichtbare Hand es zusammendrücke. Er hatte vergessen, daß man absolut verlieren kann. Er hatte nicht mit der Art von Macht gerechnet, die in einer Sekunde alles Kleinliche und Ehrgeizige wegwischen konnte.

Die Uhr in der Cafeteria zeigte fünf Minuten vor elf, und er kehrte in das Beerdigungsinstitut zurück. In der Kapelle hatten sich einige Leute eingefunden. Der Sarg stand auf dem dafür bestimmten Platz zwischen den Blumenkränzen. Die elektrischen Kerzen brannten. Alle Bänke, außer der letzten, waren besetzt. Als er sich umsah, erblickte er nur fremde Gesichter. Eine Frau weinte mit einem Geräusch, das sich wie Lachen anhörte. Ein Mann putzte seine Nase und säuberte seine Brille. Die Frauen flüsterten miteinander, was ihn an die Frauenabteilung der Synagoge an den Festtagen erinnerte. Er setzte sich auf einen leeren Platz. Ein Rabbiner mit einem winzigen Käppchen auf seinem frisch pomadisierten Haarschopf sprach die üblichen Worte, verkündete die biblischen Sätze dröhnend mit der üblichen kummervollen Betonung. »Er ist ein Fels. Seine Werke sind unsträflich; denn alles, was er tut, das ist recht. Treu ist Gott, und kein Böses an ihm; gerecht und fromm ist er.« Danach intonierte der Kantor das Gebet: »Gott voller Gnade.« Dramatisch wechselte er von beruhigendem Flüstern zu ohrenbetäubendem Crescendo, und sein Gesang, der offensichtlich unnatürlich und eingeübt war, erweckte die tiefsten Gefühle, in denen sich Kummer und Feierlichkeit vereinten.

Danach standen alle auf und begannen, an dem Sarg vorüberzuziehen und die Verstorbene anzuschauen, als ob sie sich vergewissern wollten, daß sie, die Lebenden, noch

Neugier und Kraft besaßen. Er reihte sich nicht in die Prozession ein und ging hinaus. Der Rabbiner, der soeben die Lobrede beendet hatte, dirigierte jetzt sachlich die Autos, die in der engen Straße manövrieren mußten, um die Trauernden für die Fahrt zum Friedhof abzuholen. Der Rabbiner hatte seine Rolle als Geistlicher aufgegeben und übernahm jetzt die Rolle des Verkehrsexperten, nachdem er seine Feierlichkeit wie eine Maske abgeworfen hatte.

Eine Weile schien es, als ob er, Bessies Freund, in der Menge der Trauernden und Zuschauer übersehen worden war, aber einer der Verwandten entdeckte ihn und dirigierte ihn zu einem freien Platz in einem Wagen. Er saß dort unter Fremden. Ein Mann und eine Frau unterhielten sich endlos über einen verlorenen Schlüssel zu ihrer Wohnung und die scheußlichen Folgen, ihn an einem Sonntag verloren zu haben, als man nicht imstande war, einen Schlosser zu finden, so daß die Metalltür mit einem elektrischen Bohrer geöffnet werden mußte. Die Erzählung dieses Zwischenfalls erschöpfte das Thema nicht. Alle Mitfahrenden boten ähnliche Vorfälle an, ihre eigenen und die ihrer Nachbarn.

Er saß fassungslos da. Warum hatten sie sich die Mühe gemacht, zu der Beerdigung zu kommen, wenn sie so wenig Respekt für die Verstorbene hatten? Oder war dies ein Weg, den Tod zu vergessen und zu ignorieren, während man mit ihm konfrontiert war? Solche Gefühllosigkeit war an sich schon ein Rätsel. Er drückte sein Gesicht an die Fensterscheibe. Er wollte sich von diesen Menschen frei machen. Das Auto sauste durch ganz Brooklyn, durch fremde Straßen und Alleen, die genausogut in Philadelphia oder Chicago hätten sein können. Die Sonntagsruhe machte sie sogar noch häßlicher und verlassener als an einem Wochentag.

Sie fuhren an einem riesigen Friedhof vorbei, einer Stadt von Gräbern. Die Grabmäler ähnelten einem Wald von Pilzen, der sich, so weit das Auge sehen konnte, ausdehnte. Unter den Kreuzen tauchte hier und da die Figur eines Engels auf, dessen Flügel mit Schnee beladen waren und dessen blinde Augen Trauer ausdrückten. Die Lebenden hatten auf geheimnisvolle Weise ihre Ängste und ihre Trauer in den Stein einströmen lassen und waren nun selbst hohle Gehäuse.

Nach einer Weile fuhr das Auto in den Friedhof ein. Alles war vorbereitet worden: das offene Grab, das künstliche Gras, das nicht einmal vorgab, eine Illusion zu wecken. Eine Frau weinte. Irgendein Mann sagte das Kaddisch, das er, aus dem Aramäischen ins Englische übersetzt, von einem Faltblatt ablas, das für solche Gelegenheiten gedruckt worden war. Er war jetzt Zeuge nicht nur einer Beerdigung, sondern eines alten Opferrituals, bei dem das Los entschied, wer an diesem düsteren Wintertag der Erde übergeben werden sollte. Sie mußten das Grab in aller Eile zuschütten, ehe der Boden festfror.

Sobald die Zeremonie vorüber war, hatten es alle eilig, wegzukommen. Alle sprachen nur von einer Sache – wie man am besten zur Stadt zurückkäme. Die Verkehrsmittel waren jetzt das Hauptthema; Männer und Frauen wetteiferten in der Kenntnis von Abkürzungen, Tunnels und Brücken.

Er kehrte nicht zu dem Auto zurück, sondern machte sich auf den Weg, einen Bus oder eine Untergrundbahn zu finden. Er hatte seine Verbindung mit denen, die in dem schwarzen Cadillac mit dem förmlichen Chauffeur zurückfuhren, abgebrochen. Jemand mußte die Tatsache anerkennen, daß Bessie jetzt in einem Sarg lag, der mit Erde bedeckt war, während Myriaden von Mikroben begannen, ihr Fleisch zu zersetzen und es den Elementen zurückzugeben. Ob in ihrem Gehirn noch der Rest eines Gedankens vorhanden war? War ihr Geist schon völlig ausgelöscht und herrschte nur noch absolute Dunkelheit? Wenn das so wäre, dann wäre Bessie nicht gestorben – sie wäre ganz einfach verschwunden. Es war eigentlich seine Beerdigung, nicht ihre.

Er fröstelte und stellte seinen Kragen auf, wie er so durch Schnee und Matsch stapfte. Er blickte zum Himmel auf; vielleicht würde ihm von dort ein Zeichen kommen. Möglicherweise würden die himmlischen Mächte eine Ausnahme machen. Aber die Wolken über ihm kräuselten sich rostrot. Der Wind entführte seinen Hut, aber er erwischte ihn noch im letzten Moment. Der Herr des Universums, oder Seine Bevollmächtigten, die diesen unwichtigen Planeten regieren sollten, hatten offenbar keine Lust zu Enthüllungen.

Als er die Straße entlangschlidderte, die ein Durcheinander von Garagen, unbewohnten Häusern und unbebauten Grundstücken war, hupte jemand. Er drehte sich um und sah einen Mann, der sich aus dem Fenster beugte und halb fragend sagte: »Sie waren bei der Beerdigung. Wollen Sie in die Stadt zurück?«

»Ja.«

»Steigen Sie ein.« Er stieg ein und bedankte sich bei dem Fremden. Erst jetzt sah er den Fahrer richtig an. Er war ein älterer, kräftig gebauter Mann, mit breiten Schultern, grauem, lockigen Haar und einem rötlichen flachen Gesicht mit breiter Nase und dicken Lippen, die eine Zigarre festhielten. Seine Augen waren grau und von stachligen Brauen beschattet. Er trug einen flotten, gelblichen Mantel, wie ihn ältere Leute tragen, die gern jung aussehen möchten. Sein Hut saß übermütig auf seinem Kopf, und in dem Hutband steckte eine rote Feder. Selbst seine Fahrweise betonte sein Bemühen, jung zu erscheinen: er rekelte sich auf seinem Sitz, hielt das Steuerrad nachlässig in einer Hand, mit der Sicherheit eines Fahrers, der jede mögliche Schwierigkeit zu meistern weiß. Während des Fahrens sprach er zu seinem Mitfahrer und drehte sich sorglos zu ihm hin.

»Ja, sie ist nicht länger bei uns«, sagte er zu sich und seinem Gast.

»Ja.«

»Eine erstaunliche Frau. Es gibt nicht viele wie sie.«

Und er hupte, als er nur knapp einem Fußgänger auswich. Eine Zeitlang hielt er ein peinliches Schweigen durch. Dann sagte er: »Ich kenne Sie. Das heißt, nicht persönlich, aber Bessie hat mir alles über Sie berichtet. Sie hat mir Ihr Bild gezeigt. So habe ich Sie erkannt.«

»Sind Sie ein Verwandter?«

»Nein, kaum. Wir haben uns vor etwa einem Jahr kennengelernt, und sofort wurde daraus eine Freundschaft. Sie hat nichts verschwiegen, erzählte mir alles von Anfang an, und ich habe deswegen Respekt vor ihr bekommen. Was hat es für einen Sinn, sich aufzuspielen? Niemand würde von einer Frau in ihrem Alter erwarten, daß sie eine Jungfrau ist.«

Er bremste plötzlich an einem Rotlicht. Eine Weile sprach keiner von beiden. Dann fing der Fahrer wieder an: »Was ist eigentlich zwischen Ihnen vorgefallen? Warum haben Sie nicht geheiratet? – Aber, wie ich zu sagen pflege, es ist alles Schicksal. Man kann nichts tun, um dem Schicksal zu entgehen. Ich wollte, daß sie sich entscheiden sollte. Ich bin nicht reich, wohlgemerkt, aber sie hätte ein gutes Leben mit mir gehabt. Meine beiden Töchter sind verheiratet. Ich bin Immobilienmakler. Ich baue Bungalows.

Wenn ich wollte, könnte ich mich heute zurückziehen. Ich bot ihr an, mit ihr nach Europa, nach Israel zu gehen, wo immer sie hin wollte. Meine Schwiegersöhne brauchen mein Geld nicht, und man kann es nicht mitnehmen, also, warum zum Teufel, soll man sparen und knausern? Aber sie schob es immer wieder auf, immer wieder. – He, wo willst du denn hin?« schrie er plötzlich einen Fußgänger an. »Verfluchter Idiot!«

Eine Zeitlang schwieg er. »Rauchen Sie? Ich rauche zehn Zigarren am Tag. Die Ärzte sagen, das sei schlecht für einen Mann in meinem Alter, aber eines ist ganz sicher, jung werde ich nicht mehr sterben. Und solange ich lebe, will ich das Leben genießen. Wenn man erst auf der anderen Seite ist, ist es zu spät. Ja, mein Herr, es sah so aus, als ob Bessie und ich gut miteinander auskommen würden, bis dieser andere Kerl sich einmischte –«

»Der andere Kerl?«

»Dieser Levy Bursche. Hat sie Ihnen nicht von dem erzählt? Ich hatte den Eindruck, daß Sie gute Freunde geblieben sind.«

»Nein, sie hat mir nichts erzählt.«

»Ja, der Zahnarzt. Was sie an ihm gefunden hat, werde ich nie wissen, aber was wissen Männer über den Geschmack von Frauen? Er klopfte feine Sprüche und lief immer zu den Konzerten in der Carnegie Hall. Er war auch bei den Zionisten ein großes Tier, oder wo auch immer. Sobald ich von ihm gehört hatte, habe ich sie gewarnt. Sie machte uns miteinander bekannt und fragte mich nach meiner Meinung. Ich bin nun mal so, wenn er mir gefallen hätte, hätte ich es gesagt. Ich bin auch im Geschäftsleben so. Es kann einer mein schärfster Konkurrent sein, aber wenn er gute Arbeit leistet, bin ich der erste, das anzuerkennen. Aber er gefiel mir nicht, und ich sagte zu ihr: ›Tu, was du willst, wir werden immer Freunde bleiben.‹ Und von da an ging es abwärts mit ihr. Ich rief sie danach noch ein paarmal an, aber sie rief nicht zurück. Ich ging auch mit ihr aus, ins Theater, in ein Restaurant. Ich war bereit, zu vergeben und zu vergessen, aber sie war stolz. Zu stolz. Sie sagte zu mir: ›Sam, ich bin am Ende.‹ Ich sagte: ›Warum bist du am Ende?‹ Sie sagte: ›Wenn andere mich nicht respektieren, das ist mir egal, aber wenn ich meinen Selbstrespekt verliere, dann ist das das Ende.‹ Was war passiert – der feige kleine Zahnarzt ist zu seiner Frau zurückgegangen, weil ihr Vater gestorben war und ihr eine Menge Zaster hinterlassen hatte. Ich habe auch herausgefunden, daß er, während er mit Bessie ging, noch eine Geliebte hatte, eine Mrs. Rothstein, eine geschiedene Frau. Er ist einer von den Burschen, die von einer Frau zur nächsten flattern und sich einbilden, sie könnten die ganze Welt für dumm verkaufen. Was hat sie nur in ihm gesehen? Es war keine Liebe – sie hat nur Sie geliebt. Aber es gibt so etwas wie Ehrgeiz, besonders bei Frauen. – Wo will dieser Idiot hin? Warum gibt man solchen Leuten einen Führerschein? – Ja, Ehrgeiz. Sie war bereit zu heiraten, und er, er hat sie, wie man so sagt, hinters Licht geführt. Sie haben sie in den letzten Monaten nicht gesehen?«

»Nein.«

»Sie war erledigt. Völlig erledigt. Eine gute Frau, eine prächtige Frau. Wieso haben Sie sie nicht angerufen?«

»Es war einfach so.«

»Ich verstehe. Ich weiß, wie das ist. Er war heute bei der Beerdigung, der kleine Scharlatan. Er saß in der ersten Reihe und benahm sich wie der nächste Trauernde. Er wollte eine Rede am Sarg halten, aber ihr Bruder ließ das nicht zu. Würden Sie vielleicht mit mir essen gehen? Ich kenne hier in der Nähe ein Restaurant –«

»Nein, danke. Aber wenn Sie hungrig sind –«

»Ich bin nicht hungrig, danke. Und selbst wenn ich es wäre, was soll's? Ich bin sowieso zu schwer. Der Arzt befahl mir, zwanzig Pfund abzunehmen. Aber wie verliert man zwanzig Pfund? Sie werden es nicht glauben, aber ich gehe auf die Siebzig zu. Worüber soll ich mich noch aufregen? Aber ihr Tod ist ein großer Verlust für mich, ein großer Verlust. Was ist mit Ihnen? Leben Sie allein?«

»Ja. Allein.«

»Nun, wie man sagt, jeder hat seine eigenen Sorgen. Was weiß einer vom anderen? Nichts. Absolut nichts. Weniger als nichts.« Und er versank wieder in Schweigen. Sein Kopf fiel nach vorne, sein Rücken sank in sich zusammen, als ob er plötzlich das Gewicht seiner Jahre spürte. Das Auto schien einen Hügel hinunterzusausen. Die Dämmerung breitete sich schnell aus, als ob ein himmlischer Docht ausgelöscht worden wäre. Der Himmel wurde gelb wie eine alte Leinwand. Es herrschte Ruhe. Es fing wieder an zu schneien – ein grauer Schnee, dick und naß, der alles Tageslicht aufsaugte und alles Sein in urzeitliches Dunkel tauchte.

Der Tod des Methusalem

Es war ein drückend heißer Sommertag. Methusalem ruhte in einem Zelt aus Weidengeflecht, ein alter Mann von gut neunhundert Jahren. Er war barfuß, nackt, mit einem Gürtel aus Feigenblättern um die Lenden. Halb lag er, halb saß er auf einem Lager von Hirsch-, Ziegen- und Rindshäuten. Von Zeit zu Zeit streckte er eine verschrumpelte Hand aus und nahm einen Schluck aus einem Wasserkrug. Seine Backen waren eingefallen, und er war zahnlos. In seiner Jugend hatte Methusalem in dem Ruf eines kräftigen Mannes gestanden. Aber wenn man erst einmal über neunhundert Jahre alt ist, dann ist man nicht mehr, was man mal gewesen war. Er war abgemagert, und seine Haut war dunkelbraun, von der Sonne gedörrt. Er hatte alle seine Haare verloren, sogar seinen Bart und die Brusthaare. Sein Körper war von Geschwüren, Knoten und Tumoren bedeckt. Seine Knochen standen vor und seine Nase war schief, seine Rippen sahen aus wie die Reifen eines Fasses.

Methusalem war weder wach noch schlief er. Er schien von der Hitze halb bewußtlos zu sein und murmelte vor sich hin, wie es sehr alte Menschen tun. Aber sein Verstand war klar. Er wußte genau, wer er war – Methusalem, der Sohn Henochs, der nie gestorben war, sondern von Gott zu sich genommen wurde. Seine Frau und viele Kinder hatten Henoch auf dem Feld gehen sehen, in der Richtung auf den Kornspeicher zu, als er plötzlich verschwand. Einige sagten, die Erde hätte sich aufgetan und ihn verschluckt, andere wollen gesehen haben, daß die Hand Gottes herabkam und ihn in die himmlischen Höhen entführte, denn Henoch war ein gerechter Mann und »wandelte mit Gott«.

Methusalem hoffte, auf die gleiche Art zu sterben. Gott würde Seine göttliche Hand ausstrecken und ihn zu Sich nehmen, zu seinem Vater Henoch und zu den Engeln, Seraphim, Aralim, Cherubim, den heiligen Tieren und anderen himmlischen Heerscharen. Aber wann? Er war bereits im neunhundertneunundsechzigsten Jahr. Soviel er wußte, war er der älteste Mensch auf Erden. Er hatte gehört, daß Naama, die er einmal geliebt hatte, noch älter sein könnte. Sie soll die Tochter von Lamech und Zilla, der Schwester Tubalkains, der alles Gerät aus Kupfer und Eisen geschmiedet hatte, gewesen sein. Methusalem hatte Naama vor vielen hundert Jahren kennengelernt. Seitdem hatte es ihn nach ihr gelüstet, und er hatte sich danach gesehnt, in ihrem Schoß zu liegen. Es gab Gerüchte, daß sie nicht wirklich Lamechs Tochter war, sondern ein Kind eines der gefallenen Engel, der gesehen hatte, wie schön die Töchter der Menschen waren und der sich eine zum Beischlaf ausgesucht hatte. Naama verschwand später, und man hatte davon geredet, daß sie sich einem Lager von Dämonen, den Töchtern der Lilith, bei der Adam hundertundfünfzig Jahre gelegen, ehe Gott ihn eingeschläfert und Eva aus seiner Rippe geschaffen hatte, angeschlossen hatte.

Während Methusalem von der Hitze überwältigt vor sich hindöste und dem Tode nahe war, dachte er über Naama nach. Er träumte von ihr des Nachts und manchmal auch während des Tages. Er konnte kaum zwischen Traum und Wirklichkeit unterscheiden. Er öffnete die Augen und sah Bilder vor sich. Er hörte die Stimmen seiner verstorbenen Brüder und Schwestern, Söhne und Töchter. Methusalem hatte einen Sohn, den er in Erinnerung an Naamas Vater Lamech nannte. Dieser Sohn zeugte einen Sohn namens

Noah. Von den noch lebenden Söhnen Methusalems waren einige mit Herden von Schafen, Eseln, Mauleseln, Pferden und Kamelen fortgezogen. Seine Töchter hatten Männer geheiratet, deren Namen er schon vergessen hatte. Methusalem hatte Horden von Enkeln und Urenkeln, die er nie gesehen und von denen er nicht einmal gehört hatte. Die Erde war riesig und nur dünn bevölkert. Viele der Männer gingen auf die Jagd. Sie verfolgten die Tiere, töteten sie, brieten und aßen ihr Fleisch, zogen ihnen die Häute ab und machten Kleider und Schuhe daraus. Sie lernten mit Pfeil und Bogen umgehen und schmiedeten Geräte aus Kupfer und Eisen, wie Tubalkain, ja sogar aus Gold und Silber. Sie knüpften Netze, um in den Flüssen Fische zu fangen. Waffen wurden hergestellt, und die Männer führten Krieg und töteten ihre eigenen Brüder, so wie Kain den Abel getötet hatte. Es wurde bekannt, daß Jahwe bedauerte, Menschen geschaffen zu haben. Er sah, wie böse die Menschen waren und wie jeder ihrer Pläne, die sie ausgedacht hatten, zu Bösem führte. Nun, ich gehöre ja kaum mehr zu den Lebenden, dachte Methusalem. Ich werde bald in die Unterwelt eingehen, in das Land der Schatten. Fliegen und Mücken umschwärmten ihn, aber er hatte nicht genug Kraft, sie zu verscheuchen.

Ein Mädchen betrat sein Zelt, barfuß und halbnackt. Methusalem wußte nicht, ob sie eine seiner Enkelinnen oder eine seiner Sklavinnen war. Selbst wenn sie eine Sklavin war, so kam sie doch aus seinem Samen, denn alle seine Sklavinnen waren seine Konkubinen gewesen. Methusalem wollte das Mädchen nach ihrem Namen fragen, aber seine Kehle war voller Schleim, und er konnte nicht sprechen. Sie brachte ihm eine hölzerne Schale mit gekochten Datteln. Er hielt das Gefäß mit zitternder Hand und trank den süßen Saft. Plötzlich fiel ihm ein, daß sein Sohn

Lamech einen Sohn Noah gezeugt hatte. Und auch Noah hatte einige Kinder. »Wo sind sie? Warum haben sie mich allein gelassen? Wer wird mich begraben, wenn ich meinen letzten Seufzer getan habe?«

Er blickte auf, und Naama stand vor ihm, nackt und bloß. Ein rötliches Licht von der untergehenden Sonne schien auf ihr Gesicht, ihre Brüste und ihren Bauch. Ihr schwarzes Haar hing bis auf die Hüften. Methusalem umarmte sie, und sie küßten sich. Sie sagte: »Methusalem, ich bin zu dir gekommen.«

»Ich habe mich über alle die Jahrhunderte hinweg nach dir gesehnt«, antwortete er.

Und sie sagte: »Und ich mich nach dir.«

»Wo bist du gewesen?« fragte er.

»Mit meinem Engel Ashiel, in einer tiefen Höhle in der Wüste. Ich habe die Nahrung des Himmels gegessen und den Wein der Götter getrunken. Dämonen bedienten mich und sangen vor mir. Sie tanzten vor mir, flochten mein Haar und Ashiels Bart. Sie gaben mir Granatäpfel, Mandelbrot, Datteln und Honig zu essen. Sie spielten auf ihrer Lyra für mich und schlugen die Trommeln, um mir zu gefallen. Sie lagen mir bei, und ihr Samen füllte meinen Schoß.«

Naamas Worte erweckten die Lust in Methusalem, und er wurde wieder jung und kräftig. Er fragte: »War Ashiel nicht eifersüchtig?«

»Nein, mein Herr. Die gefallenen Engel sind alle meine Sklaven und Dienerinnen. Sie waschen meine Füße und trinken das Wasser.«

»Warum bist du nach Hunderten von Jahren zu mir gekommen?« fragte Methusalem.

»Um dich mitzunehmen in die Stadt, die Großvater Kain gebaut und nach seinem Sohn genannt hat«, antwortete Naama. Sie fuhr fort: »Dieser Sohn war der Vater von Irad und der Großvater von Mahujael, Methusael und Lamech, der einen Mann und ein Kind tötete und Ada und meine Mutter Zilla heiratete. Ich bin die Tochter eines Mörders und die Enkelin eines Mörders, und ich lebe in einer Stadt, die ein Mörder gebaut hat. Dorthin will ich dich mitnehmen, mein Geliebter. Ashiel ist dort gefallen, und er brachte viele Engel mit. Du sollst wissen, daß Jahwe bösartig ist, ein Gott der Eifersucht und der Rache. Er führt die, die Ihm dienen in Versuchung. Er bestraft sie. Je größer ihre Hingabe ist, desto mehr bestraft Er sie. Wir in der Stadt Kains dienen Satan und seiner Frau, Lilith, mit der unser aller Vater sich gepaart hatte. Satan und sein Bruder Asmodi sind Götter der Leidenschaft, und ebenso ihre Frau, die Göttin Lilith. Sie vergnügen sich und lassen auch andere sich vergnügen. Sie sind nicht treu, und sie verlangen auch von ihren Partnern keine Treue. Jahwes Zorn entzündet sich schnell. Er verbietet alle Vergnügungen, schon den Gedanken daran. Er fürchtet immer, daß die Nachkommen Adams Seinen Herrschaftsbereich übernehmen könnten. Ich habe gehört, daß Er beabsichtigt, die Erde zu überfluten und Menschen und Tiere zu ertränken. Gesegnet sei mein Großvater Kain, der seine Stadt dort erbaut hat, wo die Wasser nicht hinkommen.«

»Woher weißt du dies alles?« fragte Methusalem.

»Wir in der Stadt Kains haben viele Spione«, war Naamas Antwort.

»Ich fürchte mich vor Jahwe und Seiner Rache«, sagte Methusalem. »In meinen neunhundertneunundsechzig Jahren habe ich viel gesündigt. Ich habe nach dir verlangt, Naama, Tag und Nacht.«

»In Kains Stadt ist Wollust keine Sünde«, sagte Naama. »Im Gegenteil: sie ist die höchste Tugend.«

Methusalem wollte noch etwas sagen, aber Naama rief: »Komm, fliege mit mir dorthin, wo mein Bett bereitet ist.«

Naama breitete ihre Arme aus, und Methusalem erhob sich mit ihr in die Lüfte. Sie flogen gemeinsam wie zwei Vögel. Alle Zeichen des Alters und der Krankheit hatten ihn verlassen. Er wollte singen und pfeifen in seiner fröhlichen Stimmung. Methusalem hatte gehört, daß Jahwe Wunder nur für die wirken könne, die Ihm von ganzem Herzen und von ganzer Seele gedient hatten. Aber jetzt geschah ein Wunder an ihm, dem ältesten aller Sünder.

Methusalem wußte, die Erde war riesig und reich, jetzt aber konnte er es von oben sehen – Berge, Täler, Flüsse, Seen, Felder, Wälder, Gärten und Pflanzen aller Art. Während er, Methusalem, gegessen, geschlafen und geträumt hatte, hatten die Söhne Adams Städte, Dörfer, Straßen, Häuser, Türme und Segelschiffe erbaut. Naama flog mit ihm in die Stadt Kains, wo es von Reitern und Fußgängern wimmelte, wo es Geschäfte und Werkstätten aller Art gab. Methusalem sah viele Leute der verschiedensten Rassen und Farben: weiße, schwarze und braune. Sie hatten Tempel gebaut, ihren Göttern zu dienen. Glocken läuteten. Priester opferten Tiere auf den Altären, besprengten die Ecken mit Blut, verbrannten Fett und Weihrauch. Soldaten, bewaffnet mit Schwertern, die an den Hüften hingen, und Speeren, die sie über dem Rücken trugen, ketteten Gefangene an, folterten sie und töteten sie. Aus den Kaminen stieg Rauch. Einige Frauen trugen goldenen und silbernen Schmuck und phallische Symbole zwischen ihren Brüsten. Naama zeigte ihm alles. Nackte Frauen standen in Käfigen und riefen Hirten und Karawanenführern, die auf dem Weg in die Wüste waren, etwas zu. Methusalem sog Gerüche ein, die ihm fremd waren. Es war Nacht geworden, und Feuer brannten in der Dunkelheit. Leute in der Menge lachten, schrien, tanzten und schlugen Purzelbäume. Die Irren kreischten mit wilden Stimmen. In der Wüste hinter der Stadt schien der Vollmond. In seinem Licht konnte Methusalem ein offenes Tor in den Bauch der Erde erkennen. Viele Stufen führten in einen Abgrund hinunter. Ist dies die Unterwelt? fragte sich Methusalem. Obwohl er darauf vorbereitet war, dem Tod zu begegnen, war er gleichzeitig neugierig darauf und fürchtete sich. Seine Mutter hatte ihm von den Mächten der Nacht erzählt. Diese Mächte lagen im Streit mit Jahwe, rebellierten gegen Ihn und Seine Vorsehung. Sie nannten das Leben den Tod und den Tod das Leben. Für sie war das Recht Unrecht und Unrecht Recht. Naamas Mutter Zilla hatte ihrer Tochter gesagt, daß die Mächte des Bösen so alt waren wie Tohuwabohu und die Finsternis, die der Schöpfung voranging. Diese Mächte nannten sich selbst die Eingeborenen und betrachteten Jahwe als Eindringling, der die Grenze Satans überschritten hatte, seine Schranken durchbrochen und die Welt mit Licht und Leben verdorben hatte. Wie seltsam, daß Methusalem in seinem hohen Alter, als sein Körper dabei war, in Staub zu zerfallen und seine Seele zu ihrer Quelle zurückkehren wollte, in die Hände dieser Feinde Gottes gefallen war.

Naama führte ihn in ihre Kammer, und obwohl es dunkel war, sah er ihr Bett und darin einen riesigen Mann. Es war Ashiel, der gefallene Engel, einer der Söhne Enaks, des berühmten Riesen. Naama stellte ihm Methusalem vor, indem sie sagte: »Hier ist einer meiner ältesten Liebhaber«, und Ashiel fragte: »Bist du Methusalem? Sie redet immerfort von dir. Sie sehnt sich nach dir, nicht nach mir.

Obwohl ich ein Riese bin und du so klein wie eine Heuschrecke bist.«

»Er ist klein, aber er ist ein richtiger Mann«, sagte Naama. »Während dein Samen wie Wasser und Schaum ist.«

»Ich werde jetzt gehen«, sagte Ashiel, »zu den weisen Männern in unserer Versammlung.«

Ashiel ging, und Methusalem umarmte Naama und drang in sie ein. Sie enthüllte ihm die Geheimnisse des Himmels und der Erde. »Dein Vater, Henoch,« sagte sie, »wurde Jahwes oberster Engel, der Metatron, der Herr. In Wirklichkeit ist er aber nichts als Sein Diener. Dein Sohn Lamech ist unter den Schatten Dumas.« Naama enthüllte Methusalem, daß seine Mutter Zilla eine Hure war und mit allen Freunden ihres Mannes, und auch mit seinen Feinden, geschlafen hatte. Sie hatte sie, Naama, von einem der Söhne Adas empfangen, Jubals, dem Ahnherrn aller, die die Lyra und die Flöte spielten. Naama fuhr fort zu Methusalem zu sprechen: »Laß dir sagen, daß die Welt Jahwes nichts anderes als ein Irrenhaus ist. Indem Er Menschen schuf, hat Er einen Irrtum begangen, und Er befahl deinem Enkel Noah eine Arche zu bauen, um sich und seinen Haushalt und alle Tiere vor der Flut zu retten. Aber die Flut wird niemals auf die Erde kommen. Hier in der Unterwelt versammeln sich die weisen Männer aus der ganzen Welt. Sie kamen aus dem Kusch und aus Indien, aus Sodom und aus Ninive, aus Sinar und Gomorra. Jahwe ist alt und müde. Er denkt, Er sei der einzige Gott, ist aber eifersüchtig auf die anderen Götter und fürchtet sich dauernd, daß Seine eigenen Engel gegen ihn rebellieren und die Herrschaft über das Universum antreten könnten. Wir, die Dämonen dieser Generation, sind jung, und unser sind viele. Jahwe droht, die Fenster des Himmels zu öffnen und die Flut auszulösen. Aber wir haben Gelehrte, die entdeckt haben, wie man die Fenster schließen kann. In all diesen Jahren, während du mit deinen treuen Frauen und Konkubinen gelebt, die Felder im Schweiße deines Angesichts gepflügt und dich um deine Schafherden gekümmert hast, sind viele gelehrte Männer herangewachsen. Sie können Haare spalten, den Sand im Meer zählen, wie auch die Augen einer Fliege, sie können den Gestank eines Stinktiers messen und das Gift der Schlange. Einige dieser Männer haben gelernt, Krokodile und Spinnen zu zähmen, sie können Alte jung und die Narren klug machen und die Geschlechter umdrehen. Sie können die tiefsten Tiefen der Perversion erreichen. Bleibe hier bei uns, Methusalem, und du wirst zweimal so klug und zehnmal so männlich sein.«

Naama küßte Methusalem und streichelte ihn. Sie sagte: »Jahwe hatte nur eine Frau, die Scheschina, und seit undenklichen Zeiten sind sie getrennt, wegen Seiner Impotenz und ihrer Frigidität. Er hat alles verboten, was Männern und Frauen Vergnügen bringt – Diebstahl, Mord und Ehebruch. Er hält sogar das süße Verlangen nach der Frau eines anderen für eine Sünde. Aber hier haben wir das Necken und Quälen zur höchsten Kunst entwickelt. Komm mit mir, Methusalem, und ich werde dich in die Versammlung der Weisen mitnehmen, und du wirst Zeuge ihrer Leistungen sein und hören, was sie für die kommende schöne Zeit vorhaben. Mein Liebhaber, Ashiel, ist jetzt dort und auch viele gefallene Engel, die der Töchter Adams überdrüssig sind und jetzt beieinander liegen. Wenn du mit mir hier bleiben wirst, gebe ich dir alle meine Mägde und viele Teufelchen für unser gemeinsames Vergnügen.« Methusalem und Naama standen auf, und sie ging mit ihm durch ein Labyrinth vieler Gänge.

Sie betraten einen Tempel, wo jeder Gelehrte über sein Land und dessen Menschen sprach.

Ein Weiser aus Sodom berichtete der Versammlung, daß man in Sodom die Kinder in der Kunst des Mordens unterrichte, wie auch in den Künsten der Brandstiftung, des Betrugs, der Lüge, des Raubes, des Verrats, der Beschimpfung der Alten und der Vergewaltigung der Jungen. Ein Vielfraß aus Ninive erzählte, daß sie das Fleisch der noch lebenden Tiere aßen und ihr Blut tranken. Die besten Diebe, Räuber, Fälscher, Lügner, Huren, Folterer, wie auch die Söhne und Töchter, die ihre Eltern entehrt und die Witwen, die sich beim Vergiften ihrer Männer hervorgetan hatten, erhielten Preise. Man hatte Spezialkurse für Gotteslästerung, Gottlosigkeit und Meineidigkeit eingerichtet. Und der große Nimrod gab persönlich Unterricht in Grausamkeit gegen Tiere. Ein alter Dämon namens Shavriri hielt eine Rede und sagte: »Jahwe ist ein Gott der Vergangenheit, aber wir sind die Zukunft. Jahwe liegt im Sterben oder ist vielleicht sogar schon tot, aber die Schlange ist am Leben und gebiert zahllose neue Schlangen, indem sie sich mit unserer Königin Lilith und den Frauen ihres Hofes paart. Die Engel im Himmel sind alle durch den Fluch des Lichts geblendet worden, aber wir bringen die urzeitliche Dunkelheit, die die Substanz aller Dinge ist, wieder zurück.«

Eine schrille Musik wurde für die Versammlung gespielt, und der Gesang war so laut, daß er Methusalems Ohren belästigte. Er konnte nicht mehr den Unterschied zwischen Gelächter und Weinen ausmachen, zwischen dem Jubel der weiblichen Dämonen und den wilden Schreien der männlichen Kobolde. »Ich bin zu alt für all diese Lustbarkeiten«, sagte Methusalem und wußte nicht, ob er zu sich oder zu Naama sprach. Er fiel auf die Knie und flehte sie an, ihn zu seinem Zelt zurückzubringen, zu seinem Lager, zu der Seligkeit des Alters und der Ruhe. Zum erstenmal in fast tausend Jahren hatte ihn die Furcht vor dem Grab verlassen. Er war bereit, den Engel des Todes mit seinem scharfen Schwert und seinen Tausenden von Augen zu umarmen.

Am nächsten Morgen, als das Mädchen Methusalem eine Schüssel mit Dattelsaft brachte, fand sie ihn tot. Die Nachricht verbreitete sich, daß der älteste Mann auf Erden zum Staub zurückgekehrt war. Noah erfuhr bald, daß sein Großvater gestorben war, aber er konnte seine Frau und seine drei Söhne, Sem, Ham und Japhet, nicht verlassen und auch nicht die Arche, die zu bauen ihm der Allmächtige geboten hatte. Gottes Entschluß, die Flut auszulösen, stand bevor. Die Fenster des Himmels begannen sich zu öffnen, und niemand konnte sie schließen. All die großen Herren von Sodom und Sinear, Ninive und Adma wurden von der Sintflut hinweggespült. Irgendwo in den Tiefen von Scheol, der Unterwelt, und Duma versteckten sich Gruppen von Teufeln, unter ihnen auch Naama. Methusalem kannte die Vergangenheit recht gut, und er hatte einen Blick in die Zukunft getan. Gott hatte ein gefährliches Risiko auf sich genommen, als Er den Menschen erschuf und ihm die Herrschaft über alle anderen Geschöpfe auf der Erde übertrug, aber jetzt versprach Er bei dem Regenbogen in den Wolken, nie wieder eine Sintflut über die Welt zu bringen und alles Lebende zu zerstören. Es wurde Ihm klar, daß alle Strafen umsonst waren, da Fleisch und Korruption von Anfang an dagewesen waren und immer der Abschaum der Schöpfung bleiben werden, das Gegenteil von Gottes Weisheit, Gnade und Pracht. Gott hat den Söhnen Adams eine Fülle von

Eigenliebe, das gefährliche Geschenk des Verstandes, wie auch die Illusionen von Zeit und Raum gewährt, aber nicht den Sinn für ein Ziel und den Sinn für Gerechtigkeit. Die Menschen werden es irgendwie fertigbringen, auf der Oberfläche der Erde vorwärts und rückwärts zu kriechen, bis der Bund Gottes mit ihnen ein Ende nimmt und der Name des Menschen auf immer im Buch des Lebens ausgemerzt sein wird.

Nachbemerkung des Autors

Wann immer ich über den modernen Menschen und seine Enttäuschung über seine eigene Kultur nachdenke, gehe ich im Geist zurück zu der Schöpfungsgeschichte, wie sie der göttliche Genius, der das erste Buch Moses verfaßt hat, beschrieben hat. Die Erschaffung des Menschen wurde für Gott eine Enttäuschung. Er mußte sein eigenes Meisterwerk, das korrupt geworden war, zerstören. Nach dem Talmud und dem Midrasch war die Korruption eine sexuelle. Selbst die Tiere waren zur Zeit der Sintflut sexuell pervertiert, und vielleicht auch später in Sodom und Gomorra.

In meiner Geschichte »Der Tod des Methusalem« gehe ich diesem Thema nach. Methusalem, der Mann, der länger als jedes andere menschliche Wesen lebte, war wahnsinnig verliebt in einen weiblichen Dämon, den ich Naama nenne. Sie und ihr Liebhaber Ashiel leiteten eine Konferenz pervertierter und sadistischer Menschen aus der ganzen Welt. Das Böse war die größte Kunst des Menschen geworden, seine Hauptleistung. Dennoch gibt es einen Funken Hoffnung, denn Methusalems Enkel, Noah, hat die Aufgabe unternommen, durch seine Arche die Menschheit vor vollständiger Vernichtung zu bewahren. Diese Erzählung habe ich nicht wie die meisten anderen geplant. Sie schrieb sich beinahe »automatisch«. Sie berichtet dem Leser und vielleicht auch mir selbst die Geschichte kosmischer und menschlicher Kunst. Kunst muß nicht immer nur Rebellion und Haß sein; sie kann auch die Möglichkeiten zu Aufbau und Verbesserung in sich tragen. Sie kann auch, in bescheidenem Maß, versuchen, die Fehler des ewigen Baumeisters, in dessen Abbild der Mensch geschaffen wurde, zu berichtigen.

Alle Geschichten in diesem Band sind von meinem Freund und Lektor vieler Jahre, Robert Giroux, durchgesehen worden. Ich danke ihm und allen meinen Übersetzern, die bei der Herausgabe dieser meiner zehnten Sammlung von Erzählungen auf Englisch mitgeholfen haben.

I. B. S.

Glossar

Asmodi (Asmodäus) hebr., ein böser Geist, böser Dämon (Buch Tobias 3, 8). Im Talmud als »König der Dämonen« bezeichnet.

Aw hebr., der elfte Monat im jüdischen Kalender (Juli-August). Der neunte Tag des Monats Aw ist der größte Trauertag des jüdischen Jahres.

Bar-Mizwa hebr., »Sohn der Pflicht«. Die Festlichkeit, durch die der dreizehnjährige Knabe die religiöse Mündigkeit erlangt und als vollwertiges Mitglied in die Gemeinde aufgenommen wird.

Birobidschan. Gebiet in Sibirien am Fluß Amur. 1928 als ›autonomes Siedlungsgebiet‹ für Juden in der Sowjetunion erklärt.

Bolschewiki. Von Lenin begründete und geführte Fraktion in der Sozialdemokratischen Partei im zaristischen Rußland. Eroberte im Oktober 1917 die Macht. Seit 1918 ›Kommunistische Partei‹.

Chanukka hebr., wörtl. »Einweihung«. Achttägiges Lichterfest zur Erinnerung an die Wiedereinweihung (165 v. Chr.) des von den Griechen entweihten Tempels, nach deren Vertreibung durch Juda Makkabi.

Chassidim hebr. (Plural von Chassid), »Fromme«. Die Anhänger einer jüd. religiösen Bewegung, die um 1740 von Israel Baal Schem Tow in der Ukraine und in Polen gegründet wurde und in Osteuropa weite Verbreitung fand. Die Chassidim betonten das Gefühl in der Religion, dem Gesetzesglauben gegenüber die Offenbarung in der Natur.

Dibbuk hebr., wörtl. »Anhaftung«. Im jüd. Volksglauben ein Totengeist, der in den Körper eines Lebenden eintritt und bei dem so Besessenen ein irrationales Verhalten bewirkt. Nur einem Wundertäter kann es gelingen, die »Dämonen« auszutreiben.

Gebetsmantel. Viereckiger weißer Überwurf aus Wolle oder Seide, mit sogenannten Schaufäden an den Ecken.

Gebetsriemen. Sie werden beim Morgengebet am linken Arm und an der Stirn angelegt. An den Riemen befinden sich Kapseln mit vier auf Pergamentstreifen geschriebenen Texten aus dem *Pentateuch* (s. d.).

Gehenna, hebr.: »Gehinnom«, Tal der Söhne Hinnoms. Tal im Süden Jerusalems, wo dem Moloch Kinderopfer dargebracht wurden (2. Kön. 23, 10). Metaphorisch: Stätte der Pein für die Bösen nach dem Tode. Bezeichnung für die Hölle.

Gemara hebr., »Erläuterung«. Diskussion der babylonischen und palästinischen Talmudisten über die *Mischna,* mit der zusammen die Gemara den Talmud bildet. Gemara bezeichnet auch den Talmud überhaupt.

Jeschiwa, hebr.: *Jeschiwot* (Plural jidd.: *Jeschiwess*), »Sitz«. Höhere Lehranstalt. Hochschule für das Studium des Talmud.

Jom Kippur hebr., *Jom ha-Kippurium,* »Tag der Sühnungen«. Versöhnungstag, Fasttag, der höchste jüd. Feiertag, der den Abschluß der mit dem Neujahrsfest beginnenden zehn Bußtage bildet (Lev. 23, 27ff.).

Kabbala hebr., wörtl. »das Empfangene«, »Überlieferung«, die Lehre und die Schriften der mittelalterlichen jüdischen Mystik ab ca. 1200. Die Kabbala beschäftigt sich hauptsächlich mit dem geheimen, mystischen Sinn des Alten Testaments und der talmudischen Religionsgesetze, mit Begriffs- und Zahlenkombinatorik, mit der geheimen Bedeutung und mystischen Kraft der verschiedenen Gottesnamen. Hauptwerk: das Buch *Sohar.*

Kaddisch aramäisch, wörtl. »heilig«, »Heiliger«. Gebet mit der Verkündigung der Heiligkeit Gottes und der Erlösungshoffnung. Teil des täglichen Gebets und Gebet bei der Bestattung und an den Gedenktagen der Verstorbenen.

Kaftan arab., langer geknöpfter Oberrock der orthodoxen Juden.

Koscher jidd. (von hebr.: *kascher,* »recht«, »rein«). Was nach der Ritualvorschrift erlaubt ist; insbesondere den Speisegesetzen gemäß zubereitetes Essen.

Leviathan, Seeungeheuer. Nach volkstümlicher jüdischer Überlieferung werden die Gerechten in der Endzeit das Fleisch des Leviathan und des Behemot verspeisen.

Masel tow hebr., wörtl. *masal* = Stern, Glück; *tow* = gut. Allgemeine Glückwunschformel.

Maskilim (Plural von Maskil), »Aufklärer«. Anhänger der Aufklärungsbewegung, die in der jüdischen Welt um 1770 beginnt und bis etwa 1880 dauert.

Matze (Matzen, Mazza) hebr. Ungesäuertes Brot, für Pessach vorgeschrieben.

Mesuse (hebr.: *mesusa*), wörtl. »Türpfosten«. Handgeschriebene kleine Pergamentrolle in einer Metall- oder Holzhülse, die am rechten Türpfosten des Hauses angebracht wird. Mit Text aus Deut. 6, 4–9; 11, 13–21. Schutzsymbol.

Midrasch hebr. »Schriftauslegung«. Vortrag im Anschluß an die Toraverlesung im alten synagogalen Gottesdienst, sowie die daraus erwachsene Literatur.

Mischna hebr., wörtl. »Wiederholung«. Kern der mündlichen Lehre des Judentums. Sammelwerk von Lehrsätzen und Ausführungsbestimmungen zum *Pentateuch*. Um 200 v. Chr. Bildet einen Teil des Talmud.

Pentateuch. Die fünf Bücher Mose, in die das Gesetz Mose *(Tora)* seit dem 2. Jahrhundert n. Chr. eingeteilt ist.

Pessach. Das am ersten Vollmond im Frühling gefeierte achttägige Fest, das zur Erinnerung an den Auszug der Kinder Israel aus Ägypten begangen wird. Während dieses Festes darf nur Ungesäuertes gegessen werden.

Poale Zion (Arbeiter Zions). Radikale Strömung der jüdischen sozialistischen Arbeiterbewegung in Rußland.

Purim hebr., Freudenfest anläßlich der Errettung der jüdischen Diaspora im Perserreich (Buch Esther).

Rabbi hebr., von raw, »mächtig«, »erhaben«: »mein Lehrer«, »Meister«. Anrede und Amtsbezeichnung, Ehrentitel der jüdischen Schriftgelehrten, des bestallten Rabbiners, charismatischen Zaddik (Gerechten), mitunter auch des Religionslehrers.

Raschi, Abkürzung für Rabbi Schlomo ben Isaak (1040–1105). Der populärste Kommentator der Bibel und des Talmud im mittelalt. Europa. Stammte aus Troyes und wirkte u. a. in Worms. Die Raschi-Schrift ist ein Schrifttyp der hebr. Quadratschrift, der diese kursiv umbiegt; angeblich von Raschi zuerst angewandt.

Reb jidd. Respektvolle Anrede für gebildete fromme oder auch nur für ältere Männer.

Rebbe jidd., Herr, Lehrer, Gelehrter. Anrede für den bestallten Rabbiner wie auch für den Wunderrabbi der Chassidim.

Rebezzin. Die Frau des Rabbis bzw. des Rabbiners.

Rosch-Haschana hebr., »Anfang des Jahres«. Jüdisches Neujahrsfest im Herbst.

Sabbat hebr., »Ruhe«. Beginnt mit Sonnenuntergang am Freitag. Siebter Tag der Woche. Hochheiliger Ruhetag von aller Arbeit. Strenge Vorschriften sichern die Überlieferung der Heiligung und Ruhe (39 verbotene Arbeiten). Endet mit Sonnenuntergang Samstag.

Sabbatai Zevi (1626–1676), jüd. Schwärmer. Gab sich für den auf Grund kabbalistischer Verheißung 1648 erwarteten Messias aus; trat später unter Zwang zum Islam über. Die von ihm ausgelöste Bewegung (Sabbatianismus) hatte noch im 18. Jh. Anhänger und reichte bis in die Zeit der Franz. Revolution.

Sefardim. Die Nachkommen der spanischen und portugiesischen Juden, die sich nach ihrer Vertreibung im Jahre 1492 vor allem in den Mittelmeerländern niederließen.

Schofar hebr., althebräisches Blasinstrument aus einem Widderhorn. Wird an den Feiertagen Rosch Haschana und Jom Kippur geblasen.

Sohar hebr., »Lichtglanz«. Hauptwerk der Kabbala; entwickelt in der Form einer Erläuterung zum Pentateuch ein System kabbalistischer Gotteserkenntnis. Wurde wahrscheinlich von Moses de Leon (gest. 1305) in Spanien verfaßt, galt zuerst als Werk des Rabbi Simon ben Jochai.

Synagoge. Das Gotteshaus (»Bethaus«) der Juden.

Talmud. Nächst der Bibel das Hauptwerk des Judentums. Eine Zusammenfassung der Lehren, Vorschriften und Überlieferungen aus nachbiblischen Jahrhunderten (begonnen im 6. Jahrhundert v. Chr., abgeschlossen im 5. Jahrhundert n. Chr.). Der Talmud gilt als Grundlage jüdischer Erziehung und Bildung.

Tischa-be-Aw. Der neunte Tag des Monats Aw, an dem im Jahre 70 n. Chr. der Tempel von den Römern erobert und zerstört wurde. Seither als Trauer- und Fasttag begangen.

Tora hebr., »Lehre«, die Fünf Bücher Moses, der Pentateuch und dann allgemein das gesamte religiöse Schrifttum oder Wissen. Im Gottesdienst wird ein Abschnitt daraus von einer handgeschriebenen Pergamentrolle verlesen.

Inhalt

Isaac Bashevis Singer
im Carl Hanser Verlag

Feinde, die Geschichte einer Liebe
Roman. Aus dem Amerikanischen
von Wulf Teichmann
1974. 344 Seiten

Der Kabbalist vom East Broadway
Geschichten. Aus dem Amerikanischen
von Ellen Otten
1976. 316 Seiten

Leidenschaften
Geschichten aus der neuen und der
alten Welt. Aus dem Amerikanischen
von Ellen Otten
1977. 284 Seiten

Das Landgut
Roman. Aus dem Amerikanischen
von Anna und Henning Ritter
1979. 472 Seiten

Schoscha
Roman. Aus dem Amerikanischen
von Ellen Otten
1980. 332 Seiten

Das Erbe
Roman. Aus dem Amerikanischen
von Thomas Kolberger
1981. 416 Seiten

Die Gefilde des Himmels
Eine Geschichte vom Baalschem Tow
Aus dem Amerikanischen
von Hannelore Neves
1982. 120 Seiten

Isaac Bashevis Singer im Carl Hanser Verlag

Verloren in Amerika
Vom Schtetl in die Neue Welt
Aus dem Amerikanischen
von Ellen Otten
1983. 404 Seiten

Die Familie Moschkat
Roman. Aus dem Amerikanischen
von Gertrud Baruch
1984. 784 Seiten

Old Love
Geschichten von der Liebe
Aus dem Amerikanischen
von Ellen Otten
1985. 312 Seiten

Der Büßer
Roman. Aus dem Amerikanischen
von Gertrud Baruch
1987. 160 Seiten

Massel & Schlamassel
und andere Kindergeschichten
Aus dem Amerikanischen
von Gertrud Baruch, Irene Rumler, Rolf Inhauser
und Hildegart Krahé
1988. 392 Seiten

Ein Tag des Glücks
und andere Geschichten von der Liebe
Aus dem Amerikanischen
von Ellen Otten
1990. 320 Seiten

Israel Joshua Singer
Die Brüder Aschkenasi
Roman
Aus dem Amerikanischen von Gertrud Baruch
1986. 504 Seiten

Das Buch gilt allgemein als das wichtigste Werk des Autors. Wohl auch in den Augen von Isaac Bashevis Singer, der 1951 dem verstorbenen Bruder seinen Roman »Die Familie Moschkat« widmete und ihn in dieser Widmung den »Verfasser des Romans *Die Brüder Aschkenasi*« nannte. »Für mich war er nicht nur der ältere Bruder«, heißt es in dieser Widmung weiter, »sondern auch ein geistiger Vater und Lehrmeister. Ich habe stets zu ihm als meinem Vorbild an sittlicher Gesinnung und schriftstellerischer Redlichkeit aufgesehen. Obzwar er ein Moderner war, besaß er alle großen Eigenschaften unserer frommen Vorfahren.«

Frankfurter Allgemeine Zeitung

Carl Hanser Verlag

Isaac Bashevis Singer im Carl Hanser Verlag

Verloren in Amerika
Vom Schtetl in die Neue Welt
Aus dem Amerikanischen
von Ellen Otten
1983. 404 Seiten

Die Familie Moschkat
Roman. Aus dem Amerikanischen
von Gertrud Baruch
1984. 784 Seiten

Old Love
Geschichten von der Liebe
Aus dem Amerikanischen
von Ellen Otten
1985. 312 Seiten

Der Büßer
Roman. Aus dem Amerikanischen
von Gertrud Baruch
1987. 160 Seiten

Massel & Schlamassel
und andere Kindergeschichten
Aus dem Amerikanischen
von Gertrud Baruch, Irene Rumler, Rolf Inhauser
und Hildegart Krahé
1988. 392 Seiten

Ein Tag des Glücks
und andere Geschichten von der Liebe
Aus dem Amerikanischen
von Ellen Otten
1990. 320 Seiten

Israel Joshua Singer
Die Brüder Aschkenasi
Roman
Aus dem Amerikanischen von Gertrud Baruch
1986. 504 Seiten

Das Buch gilt allgemein als das wichtigste Werk des Autors. Wohl auch in den Augen von Isaac Bashevis Singer, der 1951 dem verstorbenen Bruder seinen Roman »Die Familie Moschkat« widmete und ihn in dieser Widmung den »Verfasser des Romans *Die Brüder Aschkenasi*« nannte. »Für mich war er nicht nur der ältere Bruder«, heißt es in dieser Widmung weiter, »sondern auch ein geistiger Vater und Lehrmeister. Ich habe stets zu ihm als meinem Vorbild an sittlicher Gesinnung und schriftstellerischer Redlichkeit aufgesehen. Obzwar er ein Moderner war, besaß er alle großen Eigenschaften unserer frommen Vorfahren.«

Frankfurter Allgemeine Zeitung

Carl Hanser Verlag

Israel Joshua Singer
Von einer Welt, die nicht mehr ist
Erinnerungen
Aus dem Amerikanischen von Gertrud Baruch
1991. 304 Seiten

Über die heute exotisch anmutende Lebensform des jiddischen Schtetls ist seit ihrer Zerstörung viel Gedrucktes in deutscher Sprache erschienen, in Roman- und Reportageform. Wer aber noch nicht Bescheid weiß oder seine Anschauung von dem bunten Gewirr dieser versunkenen Welt auf besonders vergnügliche Weise gewinnen will, dem sei dieses Buch angelegentlich empfohlen.
Mit den Augen eines heranwachsenden Knaben gesehen, aber mit der Kunst des reifen Schriftstellers dargestellt, entsteht ein aus vielerlei Episoden und Anekdoten zusammengesetztes Mosaik. Hier wimmelt es von Originalen, von Toralehrern und Schriftkundigen, von kleinen Handwerkern und Geschäftsleuten, von Vieh- und Pferdehändlern, Fleischern, Gerbern, Siebmachern, Rabbinern, Badedienern, Bettlern und Herumtreibern.
[...] Ein trockener Humor dominiert die Erzählhaltung von Israel J. Singer. Sie ermöglicht es dem Autobiographen, das skurrile Milieu, in dem er seine Jugend verbracht hat, zu schildern, ohne es zu verklären oder zu verteufeln.

Frankfurter Allgemeine Zeitung